저녁의 이웃

저녁의
이웃

이수안
소설집

문학수첩

차
례

세
상
의

기
원

※ 프랑스 사실주의 화가 귀스타브 쿠르베의 유화 작품 〈세상의 기원〉(1866)에서 착
   안했다.

니콜라는 금방 전화를 끊을 것 같았습니다.

"니콜라, 전화를 끊지 말아요, 부탁이야. 나 무서워서 그래."

"무섭다니, 뭐가?"

"밤하고…… 소리하고…… 다 무서워."

"음, 네 목소리를 들어보니까 작은 여자아이 같은데, 도대체 누구지?"

"나 작은 여자아이이라서 무서운 거야……."

"이것 봐, 울지 마. 너 이름이 뭐야?"*

* 《여보셔요, 니콜라》(쟈닌 샤르도네, 배기열 옮김, 금성출판사, 1987) 중에서.

"조이(Joy)예요."

입가에 미소를 달고 조희가 말했다. 스물세 살, 졸업을 앞둔 취업 준비생이라고 덧붙였다. 나는 그 말을 듣고 솔직히 놀랐는데, 그녀가 보기보다 어렸기 때문이었다. 조희에게는 그 나이 또래들이 흔히 가진 앳되고 무른 인상이 없었다. 다 자란 성인에게 이런 표현이 적절할지 모르겠지만 어딘지 조숙해 보였다. 그래선지 조희가 나이를 밝혔을 때, 우리 중 누군가가 "스물셋이요?" 하고 되묻고 말았다.

"왜요? 더 들어 보여요?"

조희는 이렇게 맞받았다. 웃음기는 거두지 않았지만 쏘아붙이는 말투여서 일순 분위기가 싸해졌다. 나 역시 '뭐? 스물셋?' 하는 생각을 입 밖으로 꺼내지 않은 것뿐이어서 조희의 반응에 움찔했다.

"나 노안인가 봐."

조희는 이렇게 말하고 크게 웃음을 터트렸다. 그 모습은 내가 오랫동안 조희라는 사람을 판단하는 기준이 된 첫인상이었다. 조희는 처음 만난 사람에게도 속마음을 다 내뱉는 사람이었고, 기분 나쁜 티를 내면서도 웃는 여유가 있었다. MBTI의 첫 글자가 'I'가 아니라 'E'일 것이 분명한, 나와는 정반대의 성향을 가진 사람. 나는 그런 사람을 은근히 동경해 왔다.

할 말, 안 할 말 구별하지 않는 사람은 겉과 속이 같으리라는 막연한 환상도 가졌다. (훗날 동하와 나는 이 일에 대해 이야기할 기회가 있었는데, 같은 일을 두고 우리의 의견이 엇갈렸다. 동하는 조희가 사람 말을 고깝게 듣는 경향이 있다고 했다. "스물셋이요?"라고 물은 것이 나이가 더 들어 보인다는 뜻은 아닌데 조희가 상대방을 무안하게 만들었다는 거였다. 그건 스스로가 조로했다고 느끼기 때문에 나온 반응 아닐까, 라고.)

나도 '해나(Hannah)'라고 닉네임을 밝히고, 얼마 전 회사를 나와 재취업을 준비하고 있다고 말했다. 스물아홉이라고 나이도 말할까 하다가 관뒀다. 그 당시 나는 '내일모레 서른'이라는 어디서 기인했는지 모를 압박감에 시달리고 있었다.

우리는 각자의 본명이 '조희'와 '혜나'라는 것을 알게 된 후, 뚜렷한 이유 없이 가까워졌다. 나는 단순히 내 이름의 음을 따서 닉네임을 지은 것뿐이었지만 조희는 '기쁨'이라는 뜻에 의미를 두었다. 이름이 '조희'가 아니었어도, 닉네임을 'Joy'라고 지었을 것 같다.

우리가 처음 만난 그 자리에는 나와 조희 말고도 다섯 명이 더 있었는데, 모두 온라인 취업 준비 카페의 지역모임방 회원들이었다. 우리는 서로 이웃한 지역에 거주하며 영어 면접을 준비한다는 공통된 목적으로 모였다. 이 모임을 만든 사람은 서른 살의 3년 차 호텔리어 동하였다. 동하는 2년 안에 외국계 호텔로 이직하는 것이 목표라고 했다. 모임의 주최자이자 최연장자인 그가 자연스럽게 리더 역할을 맡았는데, 특별한 책무나 권한이 있는 건 아니었고 모임 시간과 장소, 스터디 주제를 정할 때 의견을 조율하고 단톡방에 공지하는 정도였다.

첫 모임 장소를 정한 것도 동하였다. 인근에서 가장 번화한 거리에 있는 '봉구비어'로 나오라고 했다. 모두가 곧바로 알아듣는 위치였지만, 커피숍이나 스터디카페가 아니라 맥줏집으로 장소를 정한 것이 나는 떨떠름했다. 동하를 빼고는 모두가 대학생이나 취준생이었고, 우리가 모이는 목적을 떠올리면 한가하게 모여 앉아 맥주나 마실 형편은 아닌 것 같았다.

"첫 만남이니까 가볍게 한잔하면서 서로 친해지면 좋잖아요. 오늘은 월급쟁이인 제가 쏘겠습니다."

동하는 너스레를 떨며 상황을 정리했다. 어쨌거나 영어 스피킹을 함께 연습하겠다고 모인 사람들이었으니까 그 말도 일리는 있었다. 동하에게는 과시나 허세가 없어서 마음씨 좋은 형, 편한 사촌오빠 같은 느낌이 들었다. 저마다 약간은 지친, 그러나 꺼버릴 수 없는 의지를 담은 눈으로 동하를 바라보았다.

그날 나는 봉구비어의 생맥주 값이 웬만한 카페의 아메리카노보다 싸다는 것(동하가 자신 있게 모임 장소를 그곳으로 정한 이유였다)과 아울러 어릴 때 잠시 호주에서 살다 온 조희가 우리 중에 가장 영어에 능숙하다는 사실을 알게 되었다. 이것은 앞으로 내가 조희에게 도움받을 일이 많다는 것을 의미했다. 실제로 내가 재취업에 성공할 때까지 그녀는 훌륭한 연습 파트너가 되어주었다.

업무에서 영어를 쓰는 일이 이메일 주소 불러줄 때뿐이더라도, 영어 면접이 유행처럼 행해지던 시기였다. 그거라도 보지 않으면 인재를 구별해 낼 재간이 없는 것처럼. 그나마 다행인 건 외국계 기업이나 영어가 필수인 직종이 아니면 인터뷰 때 나오는 질문들은 대동소이했다. 그런 질문들의 족보를 구해서 정보를 나누고, 각자 모범답안을 만들어 면접관과 면접자의 역할을 바꿔가며 연습하는 것이 앞으로 우리가 모여할 일이었다.

당시 나는 2년 동안 다닌 직장에서 '계약 기간 종료'라는 타당한 사유로 퇴사한 참이었다. 우리 부서의 관리자였던 박 부장은 나를 정규직으로 전환시켜 줄 것처럼 공수표를 남발하며 온갖 잡일을 떠맡겼다. 그게 진짜 나빴던 건 이직을 준비하려는 내 의지를 꺾었다는 점이었다. 마지막으로 출근한 날

부장은 "다른 직장은 알아봤니?" 하고 살갑게 물어봐 주었다. 나는 업무상의 실수라도 한 것처럼 알아보는 중이라고 얼버무렸다.

"미리미리 준비했어야지, 요즘 애들은 철저하지가 못하다니까, 이왕 이렇게 된 거 한두 달 푹 쉬면서 천천히 알아봐요" 라고 그녀가 개소리를 할 때도 고개를 끄덕이며 듣고만 있었다. 조희였다면 부장의 면전에 대고 한마디 쏘아줬을까? 아마도 그랬을 것이다. 하지만 조희가 그렇게 행동하는 이유에 대해서 나는 완전히 착각하고 있었는지도 모른다. 솔직담백한 성격이라서가 아니라, 동하의 말처럼 남의 판단에 지나치게 신경 쓰는 성향 탓인지도. 그것도 아니라면 진짜 속마음을 감추기 위한 연막인지도 모르겠다. 조희를 알게 된 지 7년이 지난 지금에서야 그런 생각이 들었다. 그때만 해도 우리는 먹고살 길을 찾아가는 지난한 과정 중에 잠시 동행한 동지에 불과했다. 그 자리에 있던 일곱 명 중에 조희와 동하 두 사람만이 여태껏 나와 인연이 닿아있으니까. 5년 전, 나는 동하와 결혼했고 이듬해 딸을 낳았다.

*

　그것은 여성의 음부 사진이었다. 언뜻 봐도 그랬고 자세히
보니 확실했다. 다만 성인 여성이라면 으레 있어야 할 음모가
전혀 없었기 때문에 이질적으로 보였다. 그렇다면 아이인가?
그렇게 보이지는 않았다. 나는 그 사실에 불편한 안도감을 느
꼈다. 동하의 휴대폰에서 여자의 음부 사진을 보는 것이, 여
자아이의 그것을 보는 일보다는 덜 충격적일 테니까.

　동하는 소파에 모로 누워 〈사건의 전말〉을 보는 데 열중해
있었다. 우리 사회의 숨은 진실을 추적한다는 그 방송은 막장
드라마보다 더한 실제 사건을 소개하고 전문가들이 나와 시
야비야했다. 나는 딸아이에게 새 옷을 입히고 사진을 찍던 중
이었다. 사진은 늘 카메라 성능이 좋은 동하의 폰으로 찍었다.
아이의 사진을 보려고 사진첩을 열었을 때, 그 낯설고 기기묘
묘한 여자의 나체, 정확히는 나체의 일부와 맞닥뜨렸다. 답안
지를 훔쳐보다 걸린 수험생처럼 가슴이 덜컥 내려앉았다.

　자세히 보니 그 사진은 대화창을 캡처한 것이었다. 누군가
카톡으로 음부 사진을 전송했고 그 화면 전체가 캡처되어 사
진으로 저장돼 있었다. 보낸 사람 이름은 'Joy'. 대화창에 수
신자 이름은 뜨지 않아 누가 받은 건지 알 수 없었지만 통신

사 로고와 바탕화면, 글씨체 같은 정보로 짐작할 때 동하는 아니었다. 'Joy'라는 사람이 누군가와 나눈 카톡 대화가 왜 동하의 폰에 저장되어 있는 걸까. 'Joy'는 설마 내가 아는 그 조희?

"엄마, 엄마, 예뻐? 예뻐!"

윤조가 손가락으로 하늘을 찔러대는 동작을 하며 애교를 부렸다. 누가 가르치지도 않았는데 저런 춤을 잘도 춘다. 응 예뻐, 예뻐. 나는 무성의하게 대답하고 유아 의자에 윤조를 앉혔다. 아이패드로 '유튜브 키즈'를 켜주자 아이는 금세 빠져들었다.

나는 냉정을 유지하려고 애쓰며 동하를 불렀다.

"여보."

"으응."

티브이에 정신이 팔렸는지 대답이 건성이었다. 〈사건의 전말〉에서는 신변보호를 받던 여성이 헤어진 애인이 휘두른 흉기에 찔려 죽은 사건에 대해 기자와 변호사, 심리상담사가 갑론을박 중이었다. 매번 가해자와 피해자만 다를 뿐 복사판으로 찍어낸 듯한 사건들. 그때마다 전문가들의 의견도 판에 박은 것처럼 똑같았다. 수사기관의 안이한 대처를 성토하고 법과 시스템의 허점을 비판하고 범죄자에 대한 강력한 처벌을

촉구…….

나는 동하의 얼굴 앞으로 대화창 사진을 띄운 휴대폰을 들이밀었다.

"이게 뭐야?"

동하는 오뚝이처럼 벌떡 일어났다. 잠깐의 정적. 동하의 머릿속에서 무언가 빠르게 굴러가는 느낌, 연달아 한숨이 터졌다.

"나도 이거 때문에 골치 아파."

동하는 인상을 찌푸리며 뒷목을 주물렀다.

"뭔데? 이게."

"그게…….."

그 순간 동하의 얼굴에 잠시 떠올랐다 사라진 묘한 웃음을 나는 놓치지 않았다. 그는 사뭇 진지한 표정으로 돌아와 이런 이야기를 털어놓았다. 내내 답답했다는 듯이.

결론부터 말하면 사진을 전송한 'Joy'는 내가 아는 조희가 맞았다. 이틀 전 나와 함께 푸팟퐁커리와 똠얌쌀국수를 먹은 바로 그 조희였다. 사진의 수신자는 동하가 운영하는 재테크 관련 오픈채팅방의 회원이었다.

동하는 1년쯤 전부터 재테크에 열을 올렸다. 주식과 부동산은 물론이고 코인, 금, 외화, 나에게는 어느 하나 익숙하지 않은, 소위 수익 가능성이 있는 모든 분야가 그의 관심사였다. 한번은 리라화가 폭락했다며 생전 처음 보는 지폐 뭉치를 들고 오기도 했다. 동하는 그런 발품과 공이 다 경험이라고 생각했다. 퇴근 후에는 주식 공부를 하느라 꼬박 날을 새기도 했고, 부동산 유튜버가 추천한 곳으로 임장을 가느라 주말에도 쉬지 못했다. 그런 노력은 가상하면서도 불온해 보였다. 나는 애써 무심한 척했다. 동하가 살림을 결딴낼 만큼 담이 큰 사람도 아니었고, 제법 쏠쏠한 수익을 챙긴 적도 있었으니까.

재테크의 'ㅈ'도 모르는 나로서는 동하가 돈 벌 궁리에 골몰하는 것이 다행이라는 생각도 들었다. 매일같이 의지의 '주린이'가 탄생하는 와중에, 주린 배를 잡고 중고마켓에 유아용품이나 내다팔고 있자니 어쩐지 뒤처지는 기분이 들었다. 친구들 사이에서도 누가 주식으로 몇천을 벌었네, 시세차익으로 몇억을 벌었네, 하는 이야기가 심심찮게 들려왔다.

아이 하나를 키우는 데도 외벌이로는 부족했다. 동하는 우리가 처음 만난 날 밝힌 포부대로 외국계 호텔로 이직해 매니저가 되었지만, 나는 힘들게 구한 두 번째 직장을 아이를 낳고 그만두었다. 아이가 조금 크면 다시 일할 수 있다는 희망은 서서히 옅어져 갔다.

동하는 6개월 전 오픈채팅방을 개설해 같은 관심사를 가진 사람들과 대화를 나누기 시작했다. 동하의 표현대로라면 경제동향을 분석하고 투자종목을 연구하는 모임이라고 했다. 참여인원이 기백을 넘었다. 동하의 계정 소개글에는 '연구하지 않고 투자하는 것은 카드를 보지 않고 포커를 치는 것과 같다'고 적혀있었다.

어느 모임에서든 리더 역할을 좋아하는 동하는 채팅방에서도 방장이었다. 때때로 괴산축협 한우, 제주 천혜향, 프리미엄 쌍화청 세트 같은 것들이 집으로 배송돼 왔다. 동하가 짚어준 종목으로 수익을 낸 회원들이 소소하게 보답하는 거라고 했다. 동하에게 언제부터 그런 능력이 생긴 걸까. 일견 대견한 마음과 뒤숭숭한 불안감이 동시에 들었다.

"여보, 조심해. 선무당이 사람 잡는다는 말 알지?"

"걱정 마. 내 성격 알잖아. 그리고 나 선무당은 아니야."

방원이라는 사람들은 동하에게 "형님, 형님" 하며 따르는 20대 대학생부터, 점잖게 "박 선생" 하고 부르는 퇴직 교사까지 다양했다. 나는 제일 가까이에서 추종하는 사람들이 가장 먼저 등을 돌린다고, 하나 마나 한 조언을 했다.

채팅방에서 친해진 회원들은 오프라인에서도 만났다. '번개'니 '정모'니 하는 건 20세기 방식인 줄 알았는데 아직도 그렇게 만나는 사람들이 있다는 게 신기할 따름이었다. 누가 수

익을 내면 한잔 사고, 누가 잃으면 한잔 사주고. 만나서 무슨 얘기를 나누는지 몰랐지만 모임 장소가 봉구비어가 아닌 건 확실했다.

조희에게 사진을 받은 사람은 그 채팅방의 남성 회원이었다. 두 달 전 조희에게 그 채팅방을 소개한 건 바로 나였다. 사실 그즈음 나는 조희가 약간 귀찮게 느껴졌다. 조희는 아이를 기르는 내 입장은 고려하지 않고 시도 때도 없이 연락을 해왔다.

언니, 밥 같이 먹을래요?

내가 조희에게 가장 많이 들은 말이었다. 대체로 나는 정말 시간이 없거나, 시간이 있어도 피곤했다. 그래도 가끔은 아이를 어린이집에 보내고 조희의 회사 앞으로 가 함께 점심을 먹었다. 조희는 대식가이자 쾌식가였다. 어떤 음식이든 가리지 않고 잘 먹었고, 모르는 음식이 없었다. 나는 파바다, 잠발라야, 훈툰, 박소 같은 이름도 생소한 음식을 조희와 함께 먹으러 다녔다. 있는 줄도 몰랐던 내 혀의 미뢰를 전부 깨어나게 할 만큼 낯설고 자극적인 음식들. 맛이라고는 그저 달고, 쓰고, 짜고, 신 줄만 알던 나의 미각은 조희와 함께 다니며 점점 예민하게 곤두섰다.

"나, 맛 감수성이 풍부해진 것 같아."

"언니, 그게 바로 혀 발정이에요."

나는 씹던 음식을 뿜을 뻔했다. 조희가 웃었다. 사람을 놀라게 하는 큰 웃음이었다. 조희는 입이 큰 만큼 웃음도 컸다.

"너는 먹방 유튜버 하면 딱인데. 세계 희귀 음식 콘셉트로."

"채널 이름은 '나의 혀 발정기' 어때요?"

나는 이런 말을 곧잘 하는 조희를 보며 스스럼없고 당찬 MZ세대의 특징이려니 했다. 조희도 이제 서른 살(내가 조희를 처음 만났을 때 징벌처럼 느꼈던 그 나이)이지만 여전히 나보다는 여섯 살이나 어렸으니까.

나이가 어린 탓인지, 나처럼 돌봐야 할 아이가 없어서인지 조희는 늘 에너지가 넘쳤다. 나는 점점 조희의 맛집 탐방에 동행하는 일이 버겁게 느껴졌다. 애초에 남다른 센스가 없던 내 미각은 피어오를 듯하다가 금세 시들해졌다. 그러던 중 조희가 맛집보다 더 관심을 두는 일이 생겼는데 그게 바로 재테크였다. 갑자기 무슨 바람이 들었는지 국내외 주식은 물론 채권과 선물거래까지 열을 올렸고, 휴가를 내서 투자할 만한 부동산을 보러 다녔다. 나에게 지적재산권 투자에 대해 들어보았느냐, 법인을 설립해 부동산에 투자하는 방법을 아느냐 묻기도 했다. 나는 그쪽으로는 정말 무지해서 달리 해줄 말이 없었다. 주변에 물어볼 사람이 그렇게 없나, 하는 생각이 들었을 때 문득 동하가 방장으로 있는 오픈채팅방이 떠올랐다.

"동하 오빠가요? 어머, 너무 잘됐다. 언니 저 그 방에 초대 좀 해줘요."

조희는 내가 알짜 종목이라도 찍어준 것처럼 기뻐했다. 오 픈채팅방이면 말 그대로 아무나 들어갈 수 있는 거 아닌가, 초대를 해줘야 하나? 그런 것도 몰랐던 나는 동하에게 직접 연락해 보라고 했다. 우리는 결혼한 후에도 종종 조희와 함께 어울렸기 때문에 어색한 일은 아니었다.

나는 내 사소한 호의가 조희에게 도움이 되길 바랐다. 7년 전 영어 면접을 준비하던 그때 조희가 내게 그랬던 것처럼. 그 일이 이렇게 엉뚱한 사건으로 이어질 줄은 몰랐다. 대체 그 채팅방에서 무슨 일이 있었냐고, 나는 동하에게 따지듯이 물었다.

"나도 모르겠어. 조희 걔, 맛이 좀 간 거 같아."

한 번 먹어본 맛은 절대 잊어버리지 않는 조희가 맛이 가다 니, 며칠 사이에 정말 미쳐버리기라도 한 것일까. 동하의 입 에서 연달아 나온 말은 더 충격적이었다. 조희는 그 사진을 한 명이 아니라 채팅방에 있던 남성 회원 여럿에게 개인톡으 로 '뿌렸다'고 했다. 그 사진을 받은 남자들은 방장인 동하에 게 이 일을 '신고'했고, 증거로 대화창을 캡처해서 보냈다. 혹시라도 자신들이 억울하게 엮일까 봐 두려워하면서.

"괜히 덤터기 쓸 수도 있잖아. 우연히 와이프가 보고 난리 난 사람도 있어. 고소한다고 날뛰는 걸 간신히 말렸나 봐."

"그 남자들은 조희랑 아무 상관도 없는 거야? 사진을 보낸 전후 상황이 있을 거 아냐."

"그게 제일 이상해. 대부분 오프 모임 때 딱 한 번 본 것뿐 이래. 채팅방에서야 친하게 말도 섞고 했지만 개인적으로 연락하는 사이는 아니었대."

내심 사진을 받은 남자가 무슨 빌미를 제공한 게 아닐까 했던 나는 더 깊은 미궁 속으로 떨어졌다.

"김 박사도 이 일을 알아?"

동하는 말없이 고개만 저었다.

*

자칭 타칭 김 박사로 불리는 그는 조희의 남편이었다. 5년 전 내가 동하와 결혼한 해 끝자락에 조희는 김 박사와 결혼 했다. 결혼하기엔 좀 이르다 싶은 스물다섯이었는데, 조희는 일찍 결혼해서 아이를 많이 낳는 게 꿈이라고 했다. 김 박사 는 조희와 결혼할 무렵 지방의 한 대학에서 '군사학'이라는

(나로서는) 생소한 전공의 박사 과정을 밟고 있었다. 우리는 예비 박사인 그를 별칭처럼 '김 박사'라고 불렀고, 얼마 후 그가 학위를 받아서 진짜 박사가 되어버렸다.

조희는 김 박사의 고향이자 학교가 있는 지방의 중소도시에서 신혼살림을 시작했다. 김 박사의 부모님 댁으로 들어간다고 했다.

"오빠가 학위만 받으면 서울로 옮길 거예요."

이렇게 말하는 조희가 전에 없이 해맑아 보여 어쩐지 씁쓸했다. 늘 또래보다 성숙해 보이던 조희가 그때는 철부지 소녀처럼 보였다. 조희의 부모님은 호주에 머물고 있어서, 시댁에 입주하는 조희에게 친정은 한없이 멀었다.

조희는 서울의 직장과 월셋집을 미련 없이 정리하고 떠났다. 떠나기 전날, 우리는 도산공원까지 한 시간이나 버스를 타고 가서 미트파이를 먹었다.

"언니, 그 도시엔 미트파이도 없고 퓨전식당도 없어요."

오로지 그것만이 섭섭한 듯 조희는 그렇게 말했다.

조희를 다시 만난 건 이듬해 여름이었다. '언니, 저 서울 가요!!!' 조희가 보낸 문장 끝에는 느낌표가 세 개 달려있었다. 김 박사가 학회에 참석하러 서울에 오는데 조희도 동행한다고 했다. 학회가 열리고 있는 동안 나는 생과일주스 가게에서 조희를 만났다. 길었던 머리를 단발로 자르고 초록색 민소매 원피스를 입은 조희는 싱싱한 열대식물처럼 생기가 돌았다. 그녀는 사과와 비트를 즉석에서 갈아주는 주스를 주문했다. 오랜만에 만났으니 신기한 음식을 먹으며 맥주라도 한잔하고 싶었지만, 조희는 아이를 가질 계획이라며 거절했다.

"서른 넘은 언니 앞에서 몸 너무 챙긴다?"

내 핀잔에도 아랑곳없이 조희는 핸드백에서 엽산과 영양제를 꺼내 먹었다. 그 모습이 기특하면서도 유난스럽게 느껴졌다. 사실 영양제보다도 명품 로고가 크게 박힌 그녀의 핸드백에 신경이 쓰였다. 결혼 전에는 보지 못한 가방이었다. 조희가 미각을 포기하고 얻은 것 중 하나일까. 나는 기저귀 가방으로도 손색없을 나의 텀블러백을 엉덩이 뒤로 밀어붙였다. 가방이 아니라 나의 계산적인 마음과 까닭 없이 피어나는 염려를 감추고 싶어서였다.

그날 김 박사가 조희를 데리러 와서 우리는 일찍 헤어졌다. 결혼 전에도 가끔 그랬다. 조희와 나, 혹은 조희와 동하와 내가 술자리를 갖고 있으면 김 박사가 조희를 데리러 왔다. 같이 어울려 한잔할 법도 한데 김 박사는 그러지 않았다. 우리에게 정중히 목례를 건네고 조희를 데려갔다. 신나게 떠들고 놀다가도 조희는 김 박사가 오면 재까닥 일어나 손을 흔들고 떠나버렸다. 주말 커플이니까 둘만 있고 싶겠지, 우리는 그렇게 그들을 이해하려고 노력했다.

결혼 전과 달리 그날은 조희와 헤어질 때 꽤나 아쉬웠던 기억이 난다. 오랜만에 만난 탓도 있고, 맛 탐방을 하지 못해서였을 수도 있다. 무엇보다도 우리의 대화가 어쩐지 주변을 빙빙 돌다 끝나버렸다는 느낌이 들었다. 조희는 김 박사가 미슐랭스타를 받은 레스토랑에 저녁 식사를 예약해 두었다고 했다. 메뉴는 스테이크와 파스타라고 했는데 조희가 서울까지 와서 먹기에는 너무 흔한 음식이어서 뜻밖이었다. 이 세상 소울푸드를 다 놔두고 왜 그런 걸 먹느냐는 내 질문에 조희는 입가를 묘하게 일그러뜨렸다. 마치 쓰디쓴 음식을 씹는 것처럼.

"언니, 김 박사는 한식, 중식, 일식밖에 몰라요. 파스타면 그래도 나름 신경 쓴 거예요."

김 박사의 차에 오르기 직전에 조희가 갑자기 나를 포옹했다. 나는 어색한 마음을 감추고 조희의 등을 두어 번 토닥여주었다.

그해 초겨울 밤에 조희는 나에게 이런 문자를 보냈다. 자정이 다 된 시간이었다.

언니, 내 인생의 행복한 시간은 이제 다 지나간 것 같아요.

나는 그 문장을 한참 동안 바라보았다. 고작 20대 중반인 조희가 왜 이런 생각을 했을까. 스스로를 불행하다고 생각하는 사람은 얼마든지 있었다. 나 역시 그렇게 생각하던 시절이 있었으니까. 그래도 청춘의 낙관이랄까, 이를테면 지금은 불행하지만 언젠가는 행복해질 거라는 깨알만 한 희망은 품고 살았다. 조희의 말을 쉽게 넘길 수 없었던 건 그 때문이었다. '지금 행복하지 않다'가 아니라 행복을 다 소진해 버렸다는 어투가 맘에 걸렸다. 한참 만에 나는 답변을 보냈다.

조희야, 힘든 일 있니?
혼술 했어요, 언니.
어디서?
다용도실이요. ㅋㅋ
뭐?
안방에서 시부모님 주무시고, 남편은 우리 방에서 자고.

나는 '거실이나 주방에서 마시지'라고 썼다가 지웠다. 다용도실에서 마시는 이유가 있겠지. 그냥 거기 춥지 않은지 물었다.

괜찮아요. 언니, 여기 세탁기도 있어요.

그래, 든든하겠다.

우리는 시답잖은 대화를 조금 더 나누었고, 나는 끝내 '행복'에 대해 캐묻지 못했다. 취기가 올라 그냥 해본 말이었다고 하면 쓸데없이 심각해진 내가 우스워질 것 같았다.

이듬해 조희는 전에 다니던 직장에 재취업이 되어 서울에 전셋집을 구해 혼자 올라왔다. 김 박사와는 당분간 주말부부로 지낸다고 했다. 나는 조희가 서울에 열네 평 안식처를 얻기 위해 어떤 투쟁을 벌였는지 몰랐고, 그저 함께 맛 탐험을 할 수 있다는 사실에 들떴다.

그렇게 돌아온 조희는 내가 알던 바로 그 조희였다. 하고 싶은 말을 툭 내뱉고 웃음으로 무마하는 조희, 온갖 향신료의 미감을 온몸으로 만끽하는 조희. 조희가 그 밤에 보냈던 문자는 기억 저편으로 사라졌다. 그리고 나에게는 계획에 없던 아이가 생겼다. 아이를 원한 건 조희였는데, 번지수를 잘못 찾은 것 같다며 우리는 싱거운 농담을 나눴다. 허를 찌르며 탄생한 아이에게 나는 완전히 승복하고 말았다. "언니, 밥 같이 먹을래요?" 언제나 반가웠던 이 말이 점점 성가시게만 느껴졌다.

동하는 김 박사가 알 리 없다고, 알면 더 이상한 거 아니냐고 했다. 당분간 주말부부를 하겠다던 애초의 계획과 달리 두 사람은 벌써 3년째 떨어져 살고 있었다. 두 사람이 수시로 영상통화를 하고, 주말에 번갈아 오가며 만나고는 있었지만 사실상 별거나 다름없어 보였다.

동하는 조희를 채팅방에서 강퇴시키는 수밖에 없다고 했다. 조희가 그동안 이상한 언행으로 회원들과 갈등을 빚어왔다는 사실도 털어놓았다.

"이상한 언행?"

"뭐, 그런 거 있잖아. 19금 토크."

동하는 난처한 듯 말끝을 흐렸다. 내가 그 방은 재테크 정보방 아니냐고 따지듯 묻자, 동하는 "그러니까 이상한 언행이라고 하잖아" 하며 짜증을 냈다.

"나 그 채팅방 좀 봐도 돼?"

동하는 두말없이 폰을 열어서 보여주었다. 채팅방에는 기백 명의 회원들이 있었지만, 적극적으로 대화에 참여하는 회원은 스무 명 남짓이었다. 그중에서도 조희는 가장 열성적인 참여자였다. 먼저 화두를 던지고, 다른 회원의 말 밑에는 열심히 답글을 달았다. 조희는 주식이나 부동산과 관계없는 사사로운 이야기도 곧잘 올렸다. 넷플릭스 추천 드라마라며 〈섹스/라이프〉 링크를 올렸고, 남편이 치료를 받아야 하니 좋은 비뇨기과를 소개해 달라고 묻기도 했다. 그 글에는 아무도 답하지 않았다.

가장 최근에 조희가 올린 것은 한 장의 서류였다. 윗부분은 잘려있었지만 '확인 기일', '이혼 신고' 같은 단어 아래 이런 문구가 있었다.

미성년 자녀가 없는 경우 숙려 기간은 1개월입니다.

날짜를 보니 조희는 지금 숙려 기간 중이었다. 나에게도 털어놓지 않은 지극히 사적인 내용이 오픈채팅방에 버젓이 올라와 있었다. 나는 이런 조희가 낯설다 못해 두려워졌다. 7년이라는 시간 동안 나는 '진짜 조희'를 몰랐던 것일까. 하지만 내가 아는 조희도, 이 채팅방의 조희도 진짜 조희라는 사실만은 진짜였다.

*

그 후로 며칠간, 문득문득 조희의 음부 사진이 섬광처럼 뇌리에 떠올랐다 사라졌다. 생각하지 않으려고 애를 쓸수록 그 기이한 형체가 불시에 머릿속을 점령했고, 그때마다 소스라치게 불쾌해졌다. 조희가 뭇 남성들에게 그런 사진을 보냈다는 사실은 차치하고, 사진 자체가 주는 거북함이었다. 한동안은 그 불편함의 정체가 무엇인지 모른 채 그냥 찜찜했다.

어떻게 생각하면 그건 어느 여자의 몸에나 비슷비슷한 생김새로 달려있는 신체의 일부일 뿐이었다. 다들 벗고 있는 대중목욕탕에서는 눈길도 가지 않는 그것이, 산부인과에서는 처음 보는 의사 앞에서도 담담하게 보여주는 그것이, 그러나 조희가 보낸 사진은 그렇지가 않았다. 이를테면 그건 '생식기'와 '보지'의 차이 같은 거였다. 같은 건데 같지가 않았다. 나는 내가 그 점을 인지하는 것에 놀랐다.

일단은 사진을 찍은 각도가 묘했다. 침대에 다리를 벌리고 누워있는 여자의 나체를 다리 사이에서 찍은 사진이었다. 만약 조희가 직접 찍었다면 삼각대 같은 도구를 이용하지 않고는 잡기 힘든 구도였다. 사진의 중심은 성기 부분이었지만 하복부와 가슴 아랫선까지 희미하게 잡혔다. 내가 본 것은 단순히 사진에 잡힌 형체만이 아니었다. 카메라 너머의 시선, 그것은 명백한 관음의 흔적이었다. 그것이 나를 소름끼치게 했다. 사진 속에 조희의 얼굴은 없었다. 그런데도 나는 자꾸만 그 얼굴이 그려졌다. 무방비 상태로 입을 약간 벌린 채 낮게 코를 골며 자고 있는 모습이.

조희가 사진을 찍은 게 아니라 찍힌 거라면? 제 스스로 성기를 클로즈업해 찍어 보내는 여자가 있을까. 있을 수도 있겠지. 하지만 성적으로 어필하고 싶었다면 보디프로필처럼 보다 일반적인 관점에서 섹시한 이미지를 찾지 않았을까? 조희는 남성적 시각의 에로티시즘이라도 연구한 것인가. 그게 아니라면 저런 연출은 대체 어디서 나온 것일까. 나는 불온하게 떠오르는 생각을 털어내기 위해 과장되게 도리질을 했다. 이 모든 것은 내 추측일 뿐이었다.

처음에 나는 사진 속 나신이 조희가 아니기를 바랐다. 인터넷에 떠도는 사진을 주워 보낸 걸 수도 있으니까. 하지만 사진 속 여자가 깔고 누운 진홍색 공단 이불은 귀퉁이에 원앙한 쌍이 수놓여 있었다. 아이를 갖고 싶어 하던 조희에게 장난 반 진심 반으로 '금슬 좋아지는 이불'이라며 내가 선물한 거였다. 엉뚱하게도 그 이불을 처음 덮고 잔 사람은 나였다. 이불을 가져다준 날 조희의 집에서 낮술을 마시고 잠들어 버린 것이다. 깨어났을 때, 조희가 내 옆에서 입을 약간 벌린 채 낮게 코를 골며 잠들어 있었다.

결혼 후 당장 아이를 갖고 싶어 했던 조희 부부에게는 여태껏 아이가 없었다. 신혼 초에 조희는 임신한 적이 있었다. 서울에서 함께 생과일주스를 먹고 얼마 지나지 않아서였다. 아이를 잃은 건 임신 17주차에 접어들 무렵이었다. 유산 후 조희는 시어머니의 극진한 보살핌을 받았다. 어머니는 어디선가 귀신 머리채처럼 기다란 미역을 공수해 오셔서 밤낮으로 조희에게 끓여 먹이셨고, 안동의 어느 한의원까지 고속버스를 타고 가서 한약을 석 달 치나 지어 오셨다. 조희가 그 쓰디쓴 한약을 삼킬 때마다 그게 한 달에 자그마치 60만 원이라며 혀를 끌끌 차셨다. 그즈음 조희는 다용도실에서 술을 마셨다. 독한 약에, 독한 술. 그것은 몸에 독약을 퍼붓는 거나 마찬가지였다. 가끔씩 내게 전화해서 소곤소곤 말했다. 마치 옆에서 아기라도 자고 있는 것처럼.

"언니, 저는 괜찮아요. 어머니가 걱정이에요. 저러다 병나시겠어요. 저를 너무 챙겨요. 내가 몸이 약해서 애를 흘려버렸대요. 아기를요, 아기가, 아기가 무슨 액체도 아니고."

조희는 말끝에 "으흐흐흐" 하는 괴상한 소리를 냈다. 울면서 웃는 소리 같았다. 웃으면서 우는 소리거나. 그 후로 나는 조희에게 출산계획 같은 건 묻지 않았다. 동하의 폰에 저장된 그 사진을 보고 아기를 '흘려버린' 몸 같은 걸 떠올리는 사람은 아무도 없을 것이다. 그 사진은 그런 사진이 아니었으니까.

그 사진이 조희라고 단정 짓게 하는 다른 단서도 있었다. 첫눈에 묘하게 느껴졌던 이유이기도 했다. 마치 어린아이처럼 한 오라기의 털도 없이 말끔한 음부. 조희에게 레이저 제모에 대해 들었던 날이 독일 맥주에 슈바인스학세를 뜯던 날이었나, 레드와인에 라타투이를 먹던 날이었나. 여하튼 하이 소프라노 톤으로 떠들던 조희에게 내가 목소리를 좀 낮추라고 주의를 준 날이었다. 옆 테이블에서 날아오는 따가운 시선들 때문이었다. 조희는 피부과에서 레이저 제모를 받고 오는 길이라고 했다. 나는 겨드랑이나 다리일 거라고 생각했는데 조희는 '브라질리언'이라고 했다. 아마도 나는 '그게 뭐야?' 하는 멍청한 표정으로 조희를 쳐다봤을 것이다.

"올 누드요. 앞, 밑, 항문까지 전부 다 미는 거요."

조희는 이렇게 말하며 킥킥 웃었다. 여자들이 속옷 밖으로 삐져나오는 음모를 왁싱한다는 건 알고 있었지만, 완전히 제거한다는 말은 처음 들어서 나는 당황한 티를 내고 말았다. 조희는 알쏭달쏭한 표정으로 목소리를 낮추지 않고 이렇게 말했다.

"김 박사가 권했어요. 쾌감이 다르다고."

내가 웃었던가, 아니면 찡그렸을까. 그저 목소리를 좀 낮추라고, 식당에 민폐가 될 것만 신경 썼는지도 모르겠다.

"제모 엄청 아프다던데, 괜찮아?"

"벌써 스무 번이나 했는걸요?"

그 대목에서 나는 또 한 번 놀란 기색을 감추지 못했다. 모 낭 속 멜라닌 색소를 파괴시켜 생장기 모근을 죽이는 시술을, 조희는 김 박사의 권유로 스무 번이나 받은 것이다. 목욕탕에 가면 중년의 여자들이 조희의 그곳을 보고 깜짝깜짝 놀란다 는 말을 듣고 거웃 없이 민둥한 음부를 나도 모르게 상상했 다. 그 실상을 사진으로 보게 되리라고는 꿈에도 모른 채.

오전 내내 복잡한 생각으로 머리가 지끈거렸다. 잠깐 눈이 라도 붙이려고 눕자마자 전화벨이 울렸다. 액정에 뜬 조희라 는 이름을 외면하고 싶었지만 벨은 끈질기게 울려댔다.

"언니, 같이 점심 먹을래요?"

나는 아이가 등원하지 않았다고 말했다. 완곡한 거절이었 는데 조희가 눈치 없이 윤조도 보고 싶다며 데리고 나오라고 했다. 조희는 회사에 반차를 냈다고 했다. 두통 핑계를 댈까 하다가 조희가 할 말이 있다고 덧붙이는 바람에 나도 모르게 어디서 볼까, 묻고 말았다.

우리는 감자탕집에서 만났다. 조희와 감자탕을 먹은 건 그 날이 처음이자 마지막이었다. 감자탕, 곰탕, 순댓국 같은 메뉴는 조희와 먹지 않는 음식이었다. 우리의 취향에 관계없이 회식이나 단체모임에서, 때때로 남편과 먹어야 하는 음식이었으니까.

조희는 감자탕집에 실내 놀이터가 있다고 했다. 나와 단둘이 이야기할 시간을 갖고 싶은 눈치였다. 식사를 마치고 윤조가 정글짐으로 뛰어가자, 조희는 기다렸다는 듯 용건을 꺼냈다. 나는 올 것이 왔구나 생각했다.

"언니, 저 채팅방에서 강퇴당했어요. 동하 오빠한테 이유를 물어도 대답해 주지 않아요. 이젠 제 톡도 안 읽어요. 언니 뭐 아는 거 없어요?"

조희는 순진무구한 표정이었다. 나는 당장이라도 조희의 휴대폰을 열어 확인해 보고 싶었다. 적어도 조희가 모르는 게 뭔지 가르쳐 주고 싶었다. 하지만 나 역시 제대로 알고 있는지 자신이 없었고, 공연히 우리 관계만 망가뜨리는 게 아닌가 걱정이 됐다. 애정과 오지랖의 경계는 모호했다. 조희의 인생에 내가 얼마큼 관여할 수 있을까. 결국 판단을 내리지 못한 나는 동하에게 물어봐 주겠다고 에둘러 말했다. 생각할 시간이 필요하다고 스스로에게 핑계를 댔다.

식사를 마치고 조희가 자기 집으로 가자고 했다. 내가 거절할 틈도 없이 윤조가 신이 나서 외쳤다. 나 조희 이모네 갈래!

윤조는 캔디머신에서 뽑은 멘토스를 조희와 내 입속에 하나씩 넣어주었다. 조희의 집으로 걸어가는 동안 바둑알 모양의 단단한 캔디가 입안에서 점점 허물어졌다. '레인보우맛'이었는데, 나에겐 그저 시고 달았다. 조희는 일곱 가지 맛을 모두 느끼고 있을까. 그런 생각을 하자 내가 몹시 무디고 맹한 사람처럼 느껴졌다.

조희는 집에서 보드카를 탄 라임슬러시를 만들어 주었다. 한 잔만으로도 쉽게 감정이 고조되었다. 무언가 풀어헤쳐진 마음으로 나는 조희에게 물었다.

"조희야, 너 강퇴당한 채팅방에 굳이 다시 들어가고 싶은 이유가 뭐야?"

나는 조희에게 재테크에 그만 열 올리고 전처럼 미각 탐방이나 다니자고 말하고 싶었다. 조희는 잠깐 생각하는 표정을 짓더니 이렇게 말했다.

"돈 벌려고요."

"너 지금도 벌고 있잖아. 김 박사도 잘 벌고."

"김 박사 돈 말고, 제 돈요."

"왜? 김 박사가 돈 갖고 쩨쩨하게 굴어?"

조희가 내 눈을 피하려는 것처럼 슬러시 잔으로 시선을 옮겼다.

"이 집 전세금 돌려주려고요."

나는 '숙려 기간'이라고 적힌 서류를 떠올렸다. 나는 조희에게 이혼 서류를 봤다고 솔직하게 말했다. 조희는 무덤하게 고개를 끄덕였다.

"그 서류는 이제 무효예요. 합의가 안 돼서. 김 박사가 저 고소했거든요."

이렇게 말하며 조희는 피식 웃었다. 고소하다는 표정이어서 누가 누굴 고소한 건지 잠시 헷갈렸다.

"머리채 좀 잡은 거 가지고."

나는 내 머리채라도 잡힌 것처럼 쭈뼛했다. 머리채를 왜 잡았냐고 물어야 할지, 잡힌 게 아니라 잡아서 다행이라고 해야 할지. 그때 윤조가 동화책 한 권을 들고 오더니 제목에 손가락을 짚어가며 큰 소리로 한 자씩 읽었다.

"여, 보, 셔, 요, 니, 콜라, 콜라. 엄마 이거 콜라지?"

표지에 빨간 원피스를 입고 머리에 리본을 두른 여자아이가 그려져 있었다. 1986년에 금성출판사에서 발행된 동화책이었다. 조희가 호주에서 올 때 유일하게 들고 온 책이라고 했다. 오래된 책이라 너덜너덜했다. 윤조가 책장을 넘겨 그림을 읽었다. 다섯 살이 보기에는 글씨가 너무 많았다. 윤조의 눈에 금세 잠기가 가득 찼다.

"언니, 윤조 졸린가 봐요. 침대에서 한숨 재워요."

이렇게 말하며 조희가 윤조를 침실로 데려갔다. 침대에는 진홍색 공단 이불이 깔려있었고, 내 아이가 그 위에 눕는 걸 보자마자 괴괴한 불쾌감이 나를 덮쳤다. 나는 잠투정을 부리는 아이를 낚아채 일으켜 세웠다.

"윤조야 일어나, 집에 가자."

"왜요? 언니, 좀 더 있다 가지."

아쉬워하는 조희를 외면하고 나는 아이에게 신발을 신겼다. 조희가 윤조에게《여보셔요, 니콜라》를 건넸다.

"윤조야, 선물이야. 나중에 학교 가면 읽어."

"고맙슴이다, 이모오."

윤조는 소중한 것을 대하듯 가슴에 책을 포개 안았다. 아이를 데리고 조희의 집을 빠져나올 때 등 뒤에서 도어록 잠기는 소리가 들렸다. 복도를 걸어가는데 다시 문이 열리는 소리가 들렸고, 조희가 "언니, 잘 가요. 윤조야, 또 놀러와!" 하고 외쳤다. 나와 윤조가 동시에 돌아보았다. 조희는 문 밖으로 얼굴을 내밀고 손을 흔들고 있었다. 멀어서 표정은 보이지 않았다. 나는 손사래를 치며 "들어가, 들어가" 하고 말했다.

*

"어느 날 저녁 내가 이웃의 방에 갔었어. 그랬더니 어쩐지 모르는 사람 집에 간 것 같아. 물건도, 사람도, 다 뭐가 뭔지 모르겠는 거야. 저녁때의 각 집의 방 안은 '신비' 같은 것이 아닐까. 난 저녁을 좋아해. 다정하니까."

나는 윤조에게 조희가 선물한 동화책을 읽어준다. 파리에 사는 소녀 리이즈는 혼자 지내야 하는 밤이 두려워 아무에게나 전화를 건다. 멀리 시골에 사는 소년 니콜라가 우연히 전화를 받고, 포플러의 노랫소리와 올빼미 울음소리를 들려주며 두려움에 떠는 리이즈를 달랜다.

윤조는 눈을 깜빡이며 듣는다. 골똘하게 생각하는 표정이다. 이내 집중력을 잃고 딴짓을 하다가 하품을 한다. 나는 계속 읽는다.

"모든 것이 조용하고, 다정하고, 포근해. 밤이 되어 우리가 자고 있을 때, 밖에서는 어떤 일이 일어나고 있을까?"

"엄마, 리이즈 아령 들고 있어?"

윤조는 책표지에 그려진 여자아이를 가리키며 묻는다. 리이즈는 까만 수화기를 손에 쥐고 있다.

"이건 아령이 아니라 전화기야."

"전화기 왜 줄이 있어?"

"옛날 전화에는 줄이 있었어."

나는 수화기에 꼬불꼬불 달려있는 굵은 전화선을 바라본다. 선으로 타인과 연결되던 시절이 있었다. 지금은 선 없이도 세상과 연결되고, 그 지독한 연결 때문에 누군가는 외로움에 떤다. 윤조는 잠이 들고 나는 계속 읽는다. 읽고 또 읽는다. 조희가 어린 시절 책장이 닳도록 읽었다던 그 책을, 곤충의 피와 정체 모를 얼룩이 짓이겨진 낱장들을 한 장씩 넘겨가며 소리 내어 읽는다. 그러다 어느 밤에 조희가 나에게 전화했던 일을 떠올린다. 조희가 서울에 집을 구해 올라온 직후였다. 조희는 울고 있다. 어디냐고 묻자 한강변 어디쯤이라고 했다. 걷고 있는지 울면서 숨이 가빴다. 택시를 타고 조희가 있다는 마포대교를 향해 달리면서 나는 생각했다. 조희는 99.9999퍼센트의 확률로 죽지 않을 것이다. 그래도 나는 0.0001퍼센트의 확률이 두려워 조희에게 간다. 조희를 위해 간 것이지만 어쩌면 나를 위해서 갔다. 일말의 가능성을 방관한 대가를 치르고 싶지 않아서.

한강공원에서 조희와 나는 캔맥주를 마신다. 나는 그녀가 왜 내게 전화했는지, 그러니까 '왜' 전화했는지가 아니라 왜 '내게' 했는지 속으로 궁금해한다. 학창 시절 대부분을 한국에서 보냈는데도 친구가 그렇게 없을까. 외할머니가 키워주셨다는데 다른 친척은 없나. 친언니가 한국에 살고 있다고 얼핏 들은 것도 같은데. 이런 의문이 생겼지만 물을 수 없었고 물을 필요도 없었다. 곰곰이 생각해 보면 그 이유를 알 것도 같았기 때문이다.

나는 조희의 결혼식에서 그녀의 부모를 만났다. 어머니에게는 외국 생활을 오래 한 사람 특유의 분위기가 느껴졌다. 아버지는 식이 끝날 때까지 시종일관 무감한 표정이었고, 언니는 기억나지 않는다. 조희의 부모는 조희에게 "잘했다"고 하는 대신 "잘해야지"라고 말한다. 가족은 1990년대 초반에 한국을 떠났고, 사고의 일부는 여전히 그 시절 한국에 머물러 있다.

한강 둔치에서 조희는 내 어깨에 머리를 기대고 말했다. 언니가 내 친언니였으면 좋겠다. 나는 여러 면으로 그 말에 동의하기 힘들었다. 친언니였다면 내가 지금처럼 조희를 대할 수 있었을까. 조희는 죽고 싶다며 내게 전화할 수 있었을까.

내가 조희의 집 앞에서 "들어가, 들어가" 한 뒤로 몇 달이 흘렀다. 나는 조희를 만나지 않는다. 우리는 점심을 함께 먹지 않고 혀의 발정에 대해, 브라질리언 왁싱에 대해, 세탁기의 안부에 대해 이야기하지 않는다. 언젠가 왠지 모르게 분한 마음이 일어 조희에게 전화를 걸었다. 그녀에게 상처를 주더라도 그 사건의 진상에 대해 낱낱이 물어보고, 조희가 모르는 사실이 있다면 가르쳐 줄 생각이었다. 그때 조희는 경주에 있다고 했다. 김 박사와 여행 중이라며 들뜬 목소리였다. 이혼한다더니, 화해한 거야? 나도 모르게 볼멘소리가 터져 나왔다.

"우리 다시 잘해보려고요. 언니, 여기 너무 좋아요. 지금 무덤 산책 중이에요."

왕릉도 고분도 아니고 무덤이라니, 못 배운 사람처럼 구는 조희에게 짜증이 났다. 나는 무엇을 기대한 걸까. 조희가 '경주 대릉원 천마총에서 신라 시대의 찬란한 문화유산을 보고 있다'고 말했으면 짜증이 안 났을까.

채팅방 사건 직후 동하는 나에게 조희와 관계를 끊으라고 충고했다. '이상한 사람'을 곁에 두지 말라고 했다. 그 일로 동하가 곤혹을 치렀다는 것을 안다. 방원들은 조희와 동하에 대해 억측을 하고 말을 만들어 냈다. 나는 조희가 쫓겨난 채팅방에서 조리돌림당하는 상상을 하고, 누군지도 모르는 이들에게 분노를 느낀다.

나는 동하의 남성 친구가 같은 일을 벌였어도 동하가 그 친구를 정리했을까 궁금하다. 하지만 그런 무의미한 질문은 입밖에 내지 않는다. 내가 조희를 만나지 않는 것은 동하의 충고 때문이 아니다. 진작 조희에게 알려주었어야 했을까. 나는 네가 가족처럼 의지할 사람이 아니라고. 함께 별미를 먹고 맛품평이나 하는, 딱 그 정도의 사람이었다고. 하지만 조희를 만나지 않는 지금에서야 나는 내가 조희와의 맛 탐방을 얼마나 좋아했는지, 나에게 그 시절이 왜 그토록 중요했는지 깨달았다. 조희를 만나면 나는 아내도 엄마도 아닌, 조금 더 '혜나'에 가까운 무엇이었다. 그 순간들은 오로지 나만을 위한 쾌락과 보양의 시간이었고, 나머지 시간들을 견딜 수 있게 하는 힘이 되어주었다. 가끔 우리가 마지막으로 먹은 음식이 감자탕이라는 사실에 맥없이 허탈해지면, 나는 윤조의 책장에서 《여보셔요, 니콜라》를 꺼내 읽는다.

　리이즈, 너 정말 피곤하니?
　니콜라가 매우 슬픈 듯이 작은 목소리로 물었습니다.
　아니, 나 쉬기보다는 밖에서 놀고 싶어!
　두 아이는 손을 잡고 양 우리 쪽으로 달려갔습니다. 산들바람이 불어와, 두 아이의 머리 위에 벚나무의 흰 꽃잎을 풀풀 떨어뜨렸습니다.

　마침내 리이즈와 니콜라가 만나 손을 맞잡는다. 모든 동화책이 그러하듯, 마지막은 해피 엔딩이다. 행복한 결말은 위안을 준다. 나는 조희에게 전화를 걸어 이렇게 말할 용기를 얻는다. 불편을 견디기 싫어 불행을 참지 말라고. 나는 감정이 몹시 헤픈 사람이 되어, 어쭙잖은 충고를 조희에게 건네고 조금은 해피 엔딩에 다가가고 싶어진다.

※   소설 속 동화책 내용은 쟈닌 샤르도네, 《여보셔요. 니콜라》(금성출판사, 1986)에서 발췌했다.

모
나
로
부
터
,

모
나
에
게

유건 이야기

오늘 정연에게 네 소식을 들었다. 엊저녁 호텔에서 과음을
한 탓에 늦잠을 잔 아침이었다. 넥타이를 대충 걸치고 구두를
꿰어 신을 때, 긴급재난문자처럼 요란한 벨소리가 울렸다. 정
연이었다. 이른 시간이어서 불안한 마음이 앞섰다. 너도 알고
있을지 모르지만, 정연은 곧 출산을 앞두고 있다. 이런 시기
에 정연을 혼자 두고 일본에 출장을 오게 되어 마음이 불편
했었다. 모나, 네가 알았다면 그깟 회사일이 중요하냐며 당장
그만두고 정연에게 돌아가라고 했을지도 모르겠다. 예전의
너라면 그렇게 했을 것이다. 만사를 제치고 정연의 곁에서 아
이가 태어날 때까지 그녀를 지켜주었을 것 같다.

내가 출근 준비로 바쁠 걸 알면서도 정연은 전화를 걸어 네가 죽었다고 말했다. 나는 그게 무슨 말이냐 되물었고, 정연은 "모나가 죽은 것 같아"라고 고쳐 말했다. 너에게 이메일을 받았는데 그게 유서 같다고 했다. 솔직히 말하면, 네가 정연에게도 메일을 보냈을 줄은 몰랐다. 언제나 내 예측 밖의 너였지만, 이번에도 당하고 말았다는 느낌이 들었다. 헛웃음이 나왔다. 네가 죽을 결심을 하며 떠올린 사람이 오로지 나였을 거라는 헛된 미망에서 빠르게 깨어났다. 한때 너와 정연이 누구보다도 절친한 사이였다는 사실을 완전히 잊고 있었다.

나는 호텔 방문을 몸으로 밀어 열면서 이메일의 내용이 뭐였냐고 물었다. 정연은 너의 문장들을 천천히 읽어 내렸다.

여기는 노르웨이 로포텐 제도의 레이네라는 한적한 어촌마을이야. 밤하늘에 오로라가 슬며시 나타나 환상적인 너울춤을 추고 사라지는 곳. 나는 너희들을 오로라만큼이나 사랑해. 우리는 왜 함께할 수 없었을까. 차라리 사랑 없는 곳에서 평생을 잠들어 있고 싶어.

여기까지 읽고 나서 정연은, 지금부터가 중요한 대목이니 잘 들으라며 숨을 골랐다.

서른세 해를 살았던 내 인생을 정리해 보니 남길 게 별로 없었어. 그래도 너희들이 간직해 주었으면 하는 물건 몇 가지를 보냈으니, 이번에는 부디 무사히 도착하길.

3월 13일 자정 무렵, 모나로부터.

정연은 이메일이 도착한 어제 저녁과 3월 13일 사이의 간극을 알아차렸다. 네가 3월 13일에 편지를 쓴 게 맞다면 예약 발송된 메일이었다. 너에게 무슨 일이 생겼다 해도 이미 손을 쓰기엔 너무 늦어버렸을 시간. 나는 정연을 안심시키고 싶었지만 목소리에 자신이 없었다.

모나가 원래 좀 즉흥적이잖아. 설령 그런 마음을 먹었어도 이메일을 보내놓고 마음을 바꿨을 거야. 그냥 장난친 걸 수도 있어. 모나라면 충분히 그럴 수 있어.

정연에게 한 말들은, 보잘것없는 추측에 기대고 싶은 내 바람이었다. 그러나 내 의도와는 달리 정연의 불안한 심리를 더 자극하고 말았다.

그래 모나라면 충분히, 충분히 죽어버릴 수도 있어. 정연은 이렇게 말했고, 희미한 한숨 소리가 건너왔다. 그때 나는 슬며시 나타나 너울춤을 추고 사라진다는 오로라를 상상했다. 모나, 그건 마치 너 같다고 생각했다.

정연에게 나도 네 편지를 받았다고, 때문에 어제 만취하도록 술을 마셔버렸고 어쩌면 조금 울었는지도 모르겠다고 말하지 못했다. 숙취의 고통 때문에 생각할 기력조차 없다는 것이 다행이었다. 택시를 잡아타고 고객사인 N사로 향했다. 지난해 우리 회사가 출시한 신제품에서 원인 불명의 불량이 발견되었다며 해명을 요구하고 있었다. 원인을 알 수 없으니 해결책도 찾지 못한 상태였고, 당연히 회의에서는 결론이 나지 않는 공허한 말들만 오갔다. 사용에 전혀 지장을 주지 않는 수치상의 결함일 뿐인데도, 일본인 특유의 깐깐함과 집요한 태도가 나를 숨 막히게 했다. 온종일 계속되는 회의 중에도 목구멍을 넘어오는 신물처럼 불쑥불쑥 네 생각이 났다.

유 과장, 이 제품을 제일 잘 아는 사람은 당신이 아닙니까? 회의 말미에 노무라 부장이 나에게 물었다. 제품을 개발한 엔지니어가 결함의 원인을 찾아내지 못하는 것에 대한 질책이었을 것이다. 나 역시 이 제품을 가장 잘 아는 사람은 나라고 믿었다. 이 문제는 금방 해결할 수 있다고 생각했었다. 오래전 네가 말했던 것처럼, 모든 오해는 이해했다고 믿는 것에서부터 시작되는지도 모른다. 이제 나는 너를 전혀 모르겠다. 너를 만나고 22년이 지나서야 그 사실을 깨달았다. 너에 대한 나의 무지가 너를 영원한 미지에 박제해 버리고 말았다.

나는 아직도 너를 처음 만났던 열 살 무렵을 배회하곤 한다. 과학실 복도에 걸려있던 대왕나비 박제를 뚫어져라 바라보던 너. 대왕나비는 화려한 드레스를 입고 무도회로 떠나려는 귀부인 같았다. 너는 단호한 손놀림으로 나비가 박제된 액자를 벽에서 뜯어냈다. 책가방 속에 액자를 집어넣고 곧장 운동장으로 달려 나갔다. 내 시선을 알아채지 못할 만큼 너는 몰두해 있었다. 나는 네 뒤를 밟았다. 몸이 저절로 끌려갔다고 하는 게 맞겠다. 참나무 숲에 도착하자 너는 액자를 꺼내 유리를 들어냈다. 나비에 고정된 핀을 뽑아낼 때 그것이 바스러질까 봐 몹시 조심하는 눈치였다. 대왕나비 몸통을 손끝으로 집어 올린 너는 동산 아래쪽을 내려다보며 끈기 있게 바람을 기다렸다. 때마침 동풍이 불어왔고 참나무 잎사귀가 파닥파닥 우는 소리를 내자 너는 종이비행기를 날리듯 대왕나비를 바람에 실어 보냈다.

그날 너를 봤다고 한 번도 말한 적이 없었지. 그날 내가 사랑에 빠졌다는 것을, 첫사랑이었다는 것을, 그리고 여전히 사랑하고 있다는 것을 들키지 않고 말할 재간이 없었기 때문이다.

정연 이야기

하루가 어떻게 지났는지 모르겠어. 요즘 내 일과는 출판사에서 오는 이메일을 확인하는 것으로 시작해. 여름에 출간되는 동화의 삽화를 그리고 있어. 오늘은 산부인과 검진이 있는 날이라 평소보다 일찍 일과를 시작했어. 결혼하고 6년 만에 가진 아이야. 이런 소식 넌 궁금할 리 없겠지만.

받은 편지함에서 '모나로부터'라는 제목을 발견했을 때, 잘못 본 줄 알았어. 너와 연락이 끊긴 지 오래였으니까. 더 이상 너로 인한 여진은 내 삶에 없을 줄 알았거든. 혹시 내가 잘못 이해했을까 봐 열 번도 넘게 읽었어. 뜨거운 차를 한 잔 마시고, 저린 열 손가락을 한참 주무르고 나서야 생각의 가닥들이 모아졌어. 정말 모나 네가 보낸 게 맞을까 하는 의심도 들었지. 그러다 조금 화가 났어. 나에게 이런 편지를 보낸 저의가 뭘까. 그렇게 연락을 끊고 지냈으면서 마치 엊그제 헤어진 것처럼 다정한 말투며, '너희들'을 사랑한다는 뜬금없는 고백까지 참 너다웠지.

어쨌든 곧바로 답장을 보냈고, 몇 분 후 '전송 실패'로 되돌아왔어. 내가 알던 너의 마지막 전화번호를 눌러봤지만 없는 번호였고, 네 SNS 계정은 삭제된 지 오래였지. 네 소식을 물을만한 친구도 떠오르지 않았어. 대학 동기들 중 너랑 친했던 건 나뿐인데, 내가 누구에게 네 소식을 묻겠니. 다들 가십거리나 찾으려고 촉수들을 세울 테지. 노르웨이 대사관에 연락해 볼까 생각도 했지만, 무슨 말을 해야 할지 몰랐어. 인터넷으로 레이네에서 벌어진 사건 사고를 검색해 보기도 했어. 도무지 '사건'이란 것이 발생하지 않을 것처럼 비현실적으로 아름다운 풍경들만 펼쳐졌지.

네가 괘씸하다는 생각이 들었다. 사람을 골리는 방법도 참 가지가지야. 예전에도 그랬어. 내 결혼식 날 부케를 받기로 해놓고 끝내 나타나지 않았지. 원래 예비신부였던 다른 친구가 받기로 했던 건데, 네가 아이처럼 떼를 써서 내 약속을 얻어냈잖아. 너는 이혼한 전력이 있었지만 난 네 청을 거절할 수가 없었어. 내 친구들이 뒤에서 수군거리는 걸 나라고 몰랐겠니? 그런 일들은 너와 친구로 지내는 동안 종종 일어났어. 친구를 보면 그 사람을 알 수 있다고 돌려 말하거나, 나와는 어울리지 않는 친구라며 대놓고 충고하는 애들도 있었지.

솔직히 모나, 너는 좀 튀었잖아.

미대에는 개성이 강한 친구들이 많았지만 대부분 스무 살의 치기거나, 주목받고 싶은 욕구가 만들어 낸 어설픈 연기자들이었지. 모나 너의 독특함은 오히려 자연스러웠달까. 상식에 기대지 않는 사고방식과 돌연한 행동들은 꾸미지 않은 그대로의 너 같았어. 너는 상의를 훌훌 벗어던지고 교정에 엎드려 일광욕을 하다가 접시처럼 맨발로 수업에 들어왔지. 기분이 내키면 아무 데서나 춤을 추었고, 한 달 내내 렌틸콩만 먹다가 몇 시간 동안 폭식을 하기도 했어. 기행을 일삼던 너는 과에서 점점 외톨이가 되어갔지만, 네 주변에 사람이 아예 없는 건 아니었어. 너는 일주일마다 새 남자와 팔짱을 끼고 나타났어.

사실 동기들이 너를 싫어했던 진짜 이유는 따로 있었어. 수묵화 시간에 너의 작품을 본 P 교수의 한마디에서 시작된 거야. 그분은 세계적으로 명망 높은 동양화의 대가였고, 칭찬에 인색한 분이셨지. P 교수는 수묵의 한계를 넘어서기 위해 그 매력을 저버리면 아무것도 아니게 된다고 했지. 그러면서 네 작품을 보고 말했어. 농담을 가지고 노는 기교가 탁월하다고. 붓 맛이 좋고 명암에 깊이가 있다고.

모두가 네 작품을 보려고 몰려들었지. 묵의 농담을 가지고 논다는 게 어떤 의미일까. 우리들은 너에게 끌리면서도 질투를 느꼈고, 너의 기벽을 깎아내려야 마음이 놓였어. 그날 교수님이 네 그림에서 본 것은 무엇이었을까. 우리는 내내 그것이 궁금했지만, 그게 무엇이든 흉내 낼 수 없다는 걸 알았던 것 같아.

어쩌면 나는 너에게 집착했는지도 모르겠다. 나의 20대는 온통 너를 아끼고, 너를 증오하고, 너를 알아가기 위해 보냈던 것 같아. 다른 친구들에게 보란 듯이 너와의 우정을 지키고 싶은 오기도 있었지. 그때는 우리 모두 어렸으니까.

유건 이야기

저녁에 정연에게 전화를 걸었다. 영상통화로 본 정연의 얼굴은 슬퍼 보이면서도 묘한 생기가 돌았다. 정연은 네가 편지 말미에 '있고 싶어'라고 했다며 그것이 삶에 대한 미련을 뜻하는 게 아닐까 추측했다. 정연이 나에게 바라는 게 뭔지 몰라서 나는 듣고만 있었다. 내가 너를 찾아봐 주길 바라는 건지, 아니면 그냥 너에 대한 이야기를 나누고 싶은 것인지. 약속을 한 것도 아닌데 우리는 언제부턴가 네 얘기를 하지 않고 지냈다.

정연을 처음 본 날은, 내 마음을 너에게 전하려고 마음먹은 날이었다. 고백을 결심했던 게 그날이 처음은 아니었어. 대학 입학을 앞둔 2월의 어느 날, 너를 찾아간 적이 있었다. 너는 그때 일산의 '알라딘'에서 알바를 하고 있다고 했다. 일산에서 유년부터 살아온 우리는 시내 한복판에 위치한 그 큰 서점을 모를 수가 없었다. 너를 만나러 가는 길에 꽃집에 들러 푸른 수국 한 다발을 샀다. 꽃집 사장님은 수국의 꽃말이 '진심'이라고 일러주었다. 10년간의 짝사랑을 끝내고 너와 함께 20대를 맞고 싶었다. 마침 우리 둘 다 원하는 대학에 합격했지. 너는 미대, 나는 공대. 학교는 달랐지만 걸어서 갈 수 있을 만큼 가까운 거리였고, 우리의 미래는 그날의 청명한 하늘처럼 티끌만 한 오점도 없을 것 같았다.

서점 앞에 도착해 너에게 전화를 걸었다. 너는 "잠시만" 하며 전화를 끊었고, 10여 분을 기다렸지만 나오지 않았다. 고작 10분이었는데 몇 시간은 흐르는 기분이었다. 서점 앞은 번화가여서 지나다니는 사람들이 많았다. 삼삼오오 몰려다니는 행인들이 어쩐지 나를 흘끔거리는 것 같았다. 손에 든 수국 다발마저 초라하게 말라가는 느낌이었다.

얼마나 더 기다렸을까. 너에게 전화가 왔다. 그때까지도 내가 엉뚱한 곳에서 너를 기다리고 있다는 사실은 전혀 몰랐다. 그날 그냥 집에 돌아갔더라면 어땠을까. 너는 정발산역 알라딘이 아니라 한 정거장 떨어진 마두역 알라딘이라고 했다. 거기에도 서점이 있냐고 멍청하게 묻는 나에게 너는 서점이 아니라 술집이라고 했다.

정발산의 서점에서 마두의 술집까지 나는 걸어서 갔다. 가는 도중 짧은 겨울 해가 이울었고 찬바람이 귓불을 때렸다. 구름 한 점 없던 하늘은 먹먹하게 지워져 갔다. 나는 갓 스물이었고, 그때껏 맥주 한 잔 마셔본 적 없는 모범생이었다.

그날 너에게 마두역 알라딘에 갔었다고 말하지 못했다. 너를 만나지도 못했다. 주머니에 양손을 찔러 넣은 채 네가 커다란 쓰레기봉투를 들고 나오는 모습을 훔쳐봤을 뿐이다. 네 얼굴은 짙은 화장으로 덮여있었고, 두꺼운 인조 속눈썹에 가려져 눈빛도 읽을 수가 없었다. 그때 너를 부르지 않은 것을, 나는 너에 대한 배려라고 생각해 왔다. 그러나 지금은 의문이 든다. 내 안에 숨어있던 진짜 마음은 뭐였을까. 집에 돌아오는 길에 마두역 3번 출구 앞에 수국을 버렸다. 나중에 찾아보니 푸른 수국의 또 다른 꽃말은 '변덕'이었다.

2학년을 마치고 너는 갑자기 일본으로 유학을 떠났다. 애니메이션을 공부할 거라고 했다. 나는 학교를 휴학하고 입대했다. 제대 후 복학을 앞두고 있을 때 너에게 연락이 왔다. 한국에 돌아와 친구들을 불러 작은 파티를 연다고 했다. '모나 귀국 환영회' 같은 자리였다. 몇 년 만에 너를 볼 생각에 조금 설렜다. 어떻게 변했을지 궁금하기도 했다. 나도 더 이상 어리숙한 스무 살은 아니었다. 사랑의 낭만은 폭풍 속 요트처럼 언제든 뒤집힐 수도 있다는 걸 알 만큼은 성숙했다. 하지만 그때까지도 나는 너를 잊지 못하고 있었다. 미뤄두었던 고백을 이제는 꺼내 보일 수 있지 않을까 생각했다.

파티 장소는 네가 다녔던 학교 앞의 '블루버드'라는 작은 펍이었다. 건물 1층에 '선물의 집'이라는 가게가 있었다. 꽃은 쑥스러웠고, 인형은 유치했고, 향수는 노골적인 것 같아 노란색 접이식 우산을 샀다. 색감이 맘에 들어 고른 것인데, 생각할수록 어울리지 않는 선물이었다.

블루버드에 들어서자 10여 명의 사람들 틈에 끼어있는 네가 눈에 확 띄었다. 포엽에 둘러싸인 꽃차례처럼 너는 도드라졌으니까. 가슴 위로 아슬아슬 걸려있던 물결무늬 레이스가 아찔했다. 너는 환한 미소를 지으며 손을 흔들었고, 나는 어색하게 답례했다. 너는 네 옆에 딱 붙어있던 포니테일 머리의 남자를 나에게 소개했다. 네 남편이라고.

아마 내 얼굴에 종기처럼 퍼져갔을 당혹감을 그 자리에 있던 모두가 눈치챘겠지. 얼마나 멍청해 보였을까. 살면서 그런 기분은 처음이었다. 그 파티는 그러니까 너의 약식 결혼식 같은 거였다. 너와 네 남편이라는 남자가 무슨 말을 할 때마다 그곳에 모인 사람들은 장단을 맞추기 바빴다.

일본에 공부하러 간 게 아니라 결혼하러 간 거였나. 생긴 것도, 한국말도 어설픈 저 일본 남잔 어떻게 만난 건데. 고작 스물넷에 결혼이라니. 나를 이 자리에 부른 이유가 대체 뭐냐고.

수많은 질문이 목울대를 넘어오는 걸 막기 위해 나는 급하게 술을 들이켰다. 그 장소에 내가 아는 사람은 너뿐이었는데, 너는 나를 챙길 마음이 없어 보였다. 나는 테이블에서 일어나 바(bar)로 자리를 옮겼다. 블루버드 사장이라는 젊은 남자가 "독한 거 한잔 줄까?" 하고 물었지. 네가 친근하게 오빠라고 부르던 사람이었다. 지금부터 하는 이야기는 변명이라고 여겨도 좋아. 하지만 그날 있었던 일에 대해 한 번은 제대로 말해주고 싶었다.

블루버드 사장이 따라준 술에서는 싸구려 위스키 냄새가 났지. 금세 취기가 올랐고 정신은 빠르게 허물어졌다. 사장이 내 귓전에 속삭였다.

"여기 죄다 닭 쫓던 개새끼들만 모여있다."

테이블을 돌아보니 네 지인이라는 사람들은 전부 남자였다.

"너도 헛물켜다 좆됐지?"

조소가 가득한 그 얼굴을 진심으로 휘갈겨 주고 싶었다. 하지만 그렇게까지 망가질 순 없었다. 인내심을 쥐어짜 꾹 참았다. 녀석은 턱 끝으로 네 쪽을 툭 가리키며 말했다.

"모나 말이야. 여기 있는 놈들하고 한 번쯤은 다 잤을걸? 아무것도 모르는 저 일본 놈만 불쌍하지. 넌 어때? 해봤냐?"

미처 무슨 반응을 할 새도 없이, 시커먼 흑맥주가 날짐승처럼 날아가 사장의 면상을 할퀴었다.

"아, 씨발!"

사장이 맥주를 뒤집어 쓴 채 소리쳤고 나는 술이 확 깼다. 내 곁에 서있던 정연을 그때 처음 보았다. 그녀는 떨리는 손으로 빈 맥주잔을 꼭 쥐고 있었다. 언제부터 들고 있었던 걸까. 그곳에 너 말고도 여자가 있었다는 걸 그제야 알았다. 그녀가 너무 단아한 아이라서 속으로 놀랐다. 그녀 역시 나처럼 그 장소와 어울리지 않았다. 정연은 파티를 엉망으로 만들어 고장 난 로봇처럼 방치돼 있던 나를 구해주었다. 우리 두 사람은 너와 변변한 작별 인사도 못 하고 블루버드를 나왔다. 무작정 방향도 없이 걷다가 어색하게 통성명을 나눴다. 한 시간쯤 뱅뱅 돌다가 다시 지하철역에 도착했고 헤어지기 전 나는 그녀에게 노란 우산을 주었다. 문득 올려다보니 완벽하게 맑은 밤하늘이었다.

정연 이야기

연락처 목록에서 가장 최근까지 너와 연락하고 지냈던 사람들을 찾아봤어. 대학 동기들은 네가 유학 가기 전에 이미 연락이 끊겼을 테고, 너를 통해 알던 몇몇 친구들의 번호는 지워버린 지 오래였지. 그러다 블루버드 조세준을 찾아냈어. 제일 먼저 삭제했어야 할 이름이었지만 혹시나 하는 마음에 메시지를 보냈고, 득달같이 답장이 왔어.

한정연, 오랜만이다? 모나 소식? 글쎄, 어디 외국에 있다고 하지 않았나. 왜? 무슨 일 있어? 넌 어떻게 지내냐? 유부녀 됐다며? ㅋㅋㅋㅋ

띠링, 띠링, 띠링, 띠링. 알람이 연속적으로 울려댔어. '오랜만이다'에 물음표를 찍는 건 뭐며, 내가 유부녀가 된 게 'ㅋ'를 네 번이나 찍을 만큼 웃긴 일인가 싶었지. 왜 어떤 사람들은 끝내 성숙하지 않는 걸까. 도대체 삶이 그들에게 얼마나 관대하기에.

블루버드는 너와 내가 즐겨 가던 학교 앞 펍이었어. 우리는 수업이 없을 때 종종 거기에 들렀지. 맥주 맛은 형편없었고 조세준은 재수 없었지만, 그곳에선 대형 스크린으로 UFC를 볼 수 있었거든. 사실 나는 그런 과격한 스포츠는 좋아하지 않았어. 링 위에서 얻어맞고 피를 흘리는 선수들을 보며 환호하는 네가 이해되지 않았지. 하지만 너와 조세준은 열렬한 UFC

팬이었고, 나는 그냥 너와 보내는 시간이 좋았던 것 같아.

조르주 생 피에르가 존 피치를 꺾고 웰터급 챔피언 타이틀을 지켜낸 날이었을 거야. 조 씨가 이겼다며 조세준이 맥주를 한 잔씩 돌렸지. 너나 나나 그 승리가 그리 기쁠 것도 없었지만 기꺼이 김빠진 맥주를 들고 건배했어.

모든 격투기 선수들을 위하여!

그리고 모나 네가 이렇게 덧붙였어. 스스로를 지키지 못했던 약자들을 위하여.

나는 그게 내 질문에 대한 답이라는 걸 알았어. 링 위에서 사람을 두들겨 패고 구경거리로 만드는 짓을 왜 하는 거냐고 물은 적이 있었지. 너는 말했어. 그들은 어린 시절의 나약했던 자신을 위로하고 싶은 거라고.

너는 과격한 스포츠와는 어울리지 않게 가볍고 산뜻한 아이였어. 꽃밭 위를 종종거리는 나비 같았지. 너는 누군가를 먼저 미워하는 사람이 아니었어. 너를 미워하는 사람조차 미워하지 않았지. 그런 네가 딱 한 번 사람을 때린 적이 있어. 1학기 종강 모임 자리였어. 지금은 이름도 가물가물한 선배가 말을 빙빙 돌려가며 나를 공격했어. 선배는 고시원에 산다고 했었나. 기초생활수급자라는 타이틀을 훈장처럼 들먹이며 우리를 착취 계급의 부역자쯤으로 몰아세우던 사람이었지. 내가 부모로부터 받은 경제적, 문화적 혜택을 비난하는 것이 자신이 마땅히 누려야 할 권리인 것처럼.

우리 과에는 나보다 부유한 애들도 많았는데 선배가 유난히 나를 싫어한 이유가 있었어. 우리는 같이 사진 수업을 들었는데 내가 선배보다 좋은 학점을 받았고, 선배는 그 이유가 내 카메라의 비싼 가격 때문이라고 생각했지. 선배의 성적이 좋지 못한 이유는 여러 개의 알바를 뛰느라 수업에 빠지고, 과제에 소홀했기 때문이었어. 그런 이야기로 선배가 열변을 토하고 있는데, 네가 별안간 비명을 지르며 팔로 거세게 그의 얼굴을 가격한 거야. 선배가 내 머리께로 불쑥 손을 올린 순간이었어. 그가 나를 때리려는 것으로 오해한 것 같았어. 선배는 늘 과장된 제스처를 하는 사람이었을 뿐 물리적 폭력을 가할만한 사람은 아니었어. 너는 선배의 입을 일격에 막아버리고 과 전체 학생들에게 네 존재를 확실히 각인시켰지. 맹수로부터 새끼를 지키려는 초식동물처럼 비장한 모습으로. 동그랗게 벌어진 동공과 떨고 있던 어깨는 너를 폭행의 가해자가 아닌 피해자처럼 보이게 했어.

우리는 쫓겨나듯이 그 자리를 떠났고, 길거리에서 서로를 마주 보며 미친 듯이 웃었어.

"너 이제 분노조절장애라고 소문날 거야."

"그건 너무 과찬. 그냥 개쌍년이겠지."

그날 처음으로 너희 집에 갔어. 광역버스를 타고 시의 경계를 넘었지. 그 도시에 도착해서 너희 아빠가 운영한다는 라이브카페에 먼저 들렀어. 너는 '알라딘'이라는 붉은 LED 간판이 번쩍번쩍한 육중한 문을 밀고 안으로 들어갔지. 요술램프로 사라지는 지니가 아니라 고래 입속으로 빨려드는 갑각류처럼.

몇 분쯤 지났을까. 너는 만 원짜리 열 장을 부채처럼 쫙 펼쳐 들고 나왔어. 치킨 사 먹자. 너는 해맑게 웃으며 말했어. 그날 너에 대해 몰랐던 사실들도 알게 됐어. 네 가족은 아빠가 유일했는데 늘 저녁에 나가서 아침에 돌아온다고 했지. 너희 집은 50평은 족히 넘어 보이는 오래된 빌라였고, 가구들은 몇십 년은 된 것처럼 낡아 보였고, 사람 사는 흔적 없이 휑한 느낌이었어. 너는 아빠에게 용돈이 아니라 월급을 받는다고 했지. 너는 룸에 들어가는 건 아니고 카운터만 지킨다고 말했어. 마담들이 돈을 빼돌리는지 감시하는 역할이라고. 정작 돈을 빼돌리는 건 너라며 작게 웃었지. 네가 술집에서 일한다는 파다한 소문은 나도 익히 알고 있었어. 하지만 난 물을 수 없었어. 내가 감당할 수 없는 비밀이 튀어나올까 봐. 네 침대에 나란히 누워 두 눈을 꼭 감고 자는 척했지만 내 귀는 듣고 있었다. 네가 "정연아? 정연아, 자?" 하며 나직하게 불렀을 때.

친아빠가 아니야. 초등학교 때 엄마가 재혼을 했는데, 몇 년 후에 엄마가 죽어버렸어. 아빠는 내가 엄마를 닮아서 좋대. 어렸을 땐 가끔 때렸지만 크고 나선 안 그래. 근데 차라리 맞는 게 나아. 가끔씩 너무 죽고 싶거든. 정연아? 정연아, 자?

유건 이야기

지금 출장 와있는 곳은 도쿄 북쪽으로 100킬로미터쯤 떨어진 우쓰노미야라는 곳이다. 예정된 출장 기간은 끝났지만 아직 해결되지 않은 문제 때문에 우리는 다음 주 초까지 머무르기로 했다. 출장이 길어지면서 몸도 마음도 지쳐간다.

IT기업의 개발 엔지니어라는 직업에 처음으로 회의가 느껴진다. 이보다 더 나와 잘 맞는 일은 없다고 믿었는데. 애초에 불량률 제로라는 것은 불가능하다. 존재하지 않는 완벽을 추구하는 건 쓸쓸한 일이지. 나는 오점을 남기지 않으려고 발버둥 치는 삶을 살아왔던 것 같다. 원하는 대학에 입학하고, 좋은 학점을 받고, 목표했던 기업에 취직하고, 꿈꾸던 직업도 가졌지만, 인생은 매번 새로운 출발선을 제시했고 늘 시험대에 선 기분이었다.

'불량'을 해결하지 못한 덕분에 주말을 일본에서 보내게 되어 오늘 신칸센을 타고 도쿄로 향했다. 특별한 목적지가 있었던 건 아닌데 어느새 나는 아키하바라에 있었다. 피규어숍을 지날 때, 이것들을 홀린 듯이 바라보며 조심조심 집어내던 너를 떠올렸다. 모나, 너와 함께했던 그 하루는 내 인생 최고의 날이었고 동시에 잊히지 않는 악몽이 되어 오랫동안 나를 괴롭혔다.

네가 남편이라는 사람과 일본으로 떠나고 6개월이 흘렀을 무렵이었다. 어떻게 사는지 궁금했지만 너에게 연락하지는 못하고 정연에게 넌지시 네 안부를 묻곤 하던 시기였다. 어느 늦은 밤, 너에게 전화가 왔다. 너는 대뜸 일본으로 와달라고 했다. 언제 한번 놀러오라는 인사치레가 아니었다. 너는 비행기 티켓을 보내주겠다고 했지만 나도 그 정도는 마련할 수 있다고 자존심을 세웠다. 일본에서 꽤 유명한 애니메이터였던 네 남편과 취업 준비에 시달리는 대학생의 신분 차이를 부각시키고 싶지 않아서였다. 전화를 끊기 전, 나는 네 남편에 대해 물었다. 너는 조금 피곤한 목소리로 헤어졌다고 했다.

복학 전에 과외로 모아두었던 용돈을 털어 나리타행 비행기 표를 예약하면서 문득 불안한 기분이 들었다. 공항에서 너를 아는 한 무더기의 친구들과 조우하지나 않을까. 정연에게 슬쩍 물어보니 그녀는 전혀 모르고 있는 것 같았다.

공항으로 마중 나온 너는 나를 보자마자 꼭 끌어안았다. 너는 어딘지 지쳐 보였지만 사력을 다해 나를 끌고 다녔다. 오전 8시부터 늦은 밤까지 우리는 도쿄 거리를 쏘다녔다. 긴자, 롯폰기, 신주쿠, 요요기까지 전철을 타고 아무 곳에나 내려 아무 거리나 걸었다. 나는 그것이 나를 위한 배려라고 생각했는데, 너는 그저 정신을 무너뜨릴 만큼 몸을 혹사시키고 싶었던 게 아니었을까. 시간이 한참 흐른 뒤에야 그런 생각에 미쳤다.

밤이 내리자 우리는 에비스에 가서 생맥주를 마셨다. 이가 얼얼할 만큼 차갑고 부드러운 맥주와 발화되지 못한 말들이 목구멍으로 넘어갔다. 가게에서 나올 때 우리는 적당히 취해 있었다. 너는 기치조지의 집으로 나를 데려갔다. 노란 벽지와 베이지톤 가구로 꾸며진 너의 공간은 나를 아득하게 했다. 여기가 너의 신혼집이었겠구나. 들창을 열자 덥고 습한 9월의 바람이 거실로 밀려들었다. 누가 먼저랄 것도 없이 우리는 서로를 안았다. 마치 오랜 연인들처럼 자연스러웠지만 내 감정만큼은 첫사랑의 떨림 그대로였다. 마른 네 등 위로 툭 불거진 날개 뼈를 나는 힘주어 끌어당겼다. 서툴고 다급한 내 몸짓이 너를 몇 번이나 놀라게 했던 것 같다. 너는 수액처럼 내

혈관을 타고 흘러 내 감각을 깨웠다가 이내 마비시켰고 다시 각성시켜 나를 네 안으로 빨려들게 했다. 내 품 안에서 아기새처럼 쌕쌕거리는 너를 난폭하게 그러안고 싶었지만 바스러져 버릴까 봐 조바심이 났다. 너를 놀라게 하지 않고, 아프게 하지 않고, 조금만 더 만질 수 있기를 바라다가 새벽녘에 잠들어 버렸다. "내일은 이노카시라 공원과 지브리 미술관에 가자"고 속삭이는 네 목소리를 잠결에 들었다. 하지만 나는 내일도 모레도 이렇게 너를 안고만 있고 싶었다.

다음 날 아침, 나는 엄청난 기쁨과 약간은 부끄러운 감정으로 네 침대에서 눈을 떴다. 너는 어느새 내 품을 떠나 부엌에서 커피를 끓이고 있었다. 무람하게 너와 뒤섞인 전날 밤을 떠올리자 어쩐지 뿌듯해졌다. 너에게 얼마나 미숙하게 보였을까 생각하자 쑥스러워 이불 밖으로 나갈 수가 없었지. 그러다 문득 네 남편이었던 사람과도 이런 밤을 보냈을 거라는 생각에 질투심이 솟구쳤다. 이런 유치하고 어리석은 감상이 그날 너에게 얼마나 큰 상처를 주게 될지 상상도 못 했다.

너는 공원에 가져갈 도시락을 만들었다. 우리는 오니기리와 토마토를 들고 이노카시라 공원으로 향했다. 나무로 둘러싸인 연못에서 뱃놀이를 하는 사람들이 보였다. 그때 나는 너라는 사람에 대해 약간의 지분 같은 걸 획득했다고 착각했던 것 같다. 나는 그 흔한 연애 경험 한 번 없는 스물네 살 학생이었다. 이런 구차한 이유를 붙여서라도 그날의 나를 변명하고 싶다. 나는 이리저리 말을 돌려가며 네 남편과의 현재 상황에 대해 캐물었다. 그리고 너의 계획에 대해서도. 나는 그런 사람이었다. 아니, 나는 지금도 그런 사람이다. 모든 것이 명료하게 정리되어야 살 수 있는 사람. 선을 벗어나도 안 되고 불량이 있어도 안 되는 모범답안 같은 사람. 때때로 나 자신도 숨 막히게 하는 내 성격 때문에 끝내 너를 울리고 말았다. 너에게 상처 줄 생각은 아니었는데, 어느 순간 네가 눈물을 터트렸다. 그 눈물은 나를 향한 것이 아니었다. 어지럽게 내 귓속에 들어온 말은, 너는 아직도 남편을 사랑하고 있으며, 미치도록 그리워한다는 말이었다. 그를 다시 돌아오게 할 수만 있다면 너의 전부를 내줄 수도 있다고.

순간 내 자존감은 고꾸라졌고 나는 이성을 잃었다. 너에게 해서는 안 되는 말들을 마구잡이로 퍼부었다. 단순한 악담과 욕설이 아니었다. 네가 마두역 룸살롱에서 나오는 것을 본 날로부터 내 안에 쌓여왔던 뒤틀린 감정이 모두 쏟아져 나왔다. 수치심을 되갚아 주겠다는 알량한 마음으로 고래고래 소리치고 있었다. 그렇게 사납고 지질한 마음이 숨어있었다는 사실에 나조차 놀랐다. 너는 울음을 뚝 그치고 나를 멍하게 바라보다가 내가 말을 멈추자 큰 소리로 웃음을 터트렸다. 자지러질 듯 웃어대는 너에게는 광기가 어려있었고, 나는 네가 진짜 미친 게 아닐까 두려워졌다. 그 순간 우리 사이는 영원히 회복될 수 없는 지경에 이른 것이다.

다시 그날로 돌아갈 수 있다면 나는 너와 함께 이노카시라 공원에서 자전거를 타겠다. 쓸데없는 질문 따윈 접어두고, 종달새처럼 재잘대는 네 목소리만 귀에 담으며 다정한 연인처럼 한가로운 하루를 보내고……

그 후로 나는 너를 피했다. 훗날 정연에게 이런 말을 들었다.

"모나는 자기가 결점이 많은 사람이라 네가 싫어한다고 생각해."

그것은 엄청난 오해였지만 나는 아무 말도 하지 않았다. 너의 결점이 아니라 나의 결점이 문제였다. 나의 초라한 인격을 들켜버린 것이 견딜 수 없어 내가 너로부터 숨은 것이다.

3년 후 나는 정연과 결혼하게 되었고, 네가 부케를 받을 거라는 말을 전해 들었다. 우리 사이에 있었던 일을 모르는 정연에게 미안한 마음이 들기도 했고, 너를 내 결혼식에서 보는 것도 불편할 것 같아 너에게 몇 년 만에 연락을 했다. 결혼식에 오지 않으면 좋겠다고. 한참 침묵하던 너는 이렇게 말했다. 정연에게 잘해줘.

정연이 보는 나라는 인간은 완벽하진 않을지라도 '불량'에 가까운 모습은 아닐 것이다. 정연의 시선을 통해 나는 나를 반추한다. 여전히 비겁하게. 어제 네 이메일을 다시 읽었고, 그 밤에 꿈을 꾸었다. 우리는 나란히 참나무 숲에 앉아있었고, 수많은 나비 떼가 우리를 에워쌌다. 고개를 돌려보니 너는 나비가 되어 먼 하늘로 사라지고 있었다.

정연 이야기

한 꼬마가 길을 나서서 길고양이, 민들레 홀씨, 나무 밑동, 버려진 신발 한 짝과 우정을 나누며 모험을 하는 이야기. 내가 삽화를 그리고 있는 동화의 내용이야. 처음 콘셉트를 잡고 스케치를 할 때까지는 몰랐는데, 완성된 그림을 보니 그 꼬마가 영락없이 모나 네 모습인 거야. 깡마른 체형에 귀여운 보브 단발. 빨간 옷을 즐겨 입는 것까지 쏙 빼닮았더라. 모나 너는 지금 어디에서 누구를 만나 어떤 모험을 하고 있을까.

출산 예정일이 다가오면서 나는 설레기도 하고 두렵기도 해. 네가 옆에 있었다면 내 손을 잡아주었겠지. 왜 진작 너를 찾지 않았을까. 간간이 들려오는 네 소식을 애써 외면한 채 살아온 날들이 후회돼. 어쩌면 내가 출산을 앞두고 있어서 감성적이 됐는지도 몰라.

모나야. 나는 알고 있었어. 네가 얼마나 고통받았는지를. 네 아픔을 똑같이 느꼈다고 하면 거짓이겠지만 감당할 수 없는 상처였다는 건 짐작할 수 있었어. 네 남편이 너를 떠나버렸던 그때 너는 임신 중이었지. 그것이 네 남편이 떠나버린 이유이기도 했고. 신혼 초에 잠시 한국에 다녀간 너는 몇 주후 임신한 걸 알게 됐어. 너와 네 남편은 섹스리스 부부였어. 그렇게 합의하고 결혼했다고 했지. 네 남편은 너의 임신에 대해 너와 다른 생각이었어. 그는 낳아야 한다는 입장이었고, 네가 임신중절을 고집하자 너를 떠났지. 그때 네가 나에게 보냈던 편지, 실은 받았어. 너는 국제우편으로 편지를 보내왔고, 나는 받지 못했다고 거짓말을 했었어.

너는 끔찍하다고 썼어. 급하게 휘갈겨 쓴 손글씨로 이렇게 말했어. 내 몸에서 그 새끼의 벌레가 자라고 있어. 짐작한 대로 너희 아버지였어. 너는 결혼하고 그와 의절한 채 지냈지만, 그는 네 어머니의 유산을 핑계로 너를 집요하게 한국으로 불러들였지.

편지 말미에 너는 혼란스러운 듯 이렇게 적었어. 혹시라도 이 생명에 애착이 생기면 어떻게 하지. 그게 제일 무섭다고 했어. 네가 구태여 '벌레'니 뭐니 하는 혐오스러운 표현을 썼던 이유를 이제는 이해해. 아무리 배아 상태라도 '아이'라고 명명하는 순간 너는 끔찍한 속박에 갇혀버리게 되었겠지. 너는 사랑하는 것들을 속절없이 사랑하는 사람이었고, 그게 두려웠던 거야.

모나야.

내가 조금만 더 성숙했었다면 너에게 힘이 되는 어떤 말이라도 해주었을 텐데. 그랬어야 했어. 너는 네 남편에게 사실대로 말할 수 없었어. 그에게 고통을 나눠주고 싶지 않다고 했어. 그 사실을 모르는 네 남편은 누구의 아이인지도 모른 채, 무조건 낳을 것을 종용했고 너희 부부는 크게 다퉜지. 그는 너를 비정한 사람으로 몰아세웠어.

그런데 모나야. 남편에게도 털어놓을 수 없을 만큼 큰 비밀을 왜 나에게 얘기했던 거니? 가장 가까운 사람에게, 너를 보살펴 줄 의무가 있는 사람에게 왜 말하지 못했니? 그런 게 사랑일까? 당시의 나는 이렇게 생각하며 속으로 너희 부부를 비난했었다.

비난받아야 할 사람은 누구였을까. 어쩌면 너는 가장 가깝다고 생각한 사람에게, 너를 보살펴 줄 거라 믿었던 사람에게 그 사실을 털어놓았는지도 몰라. 그리고 그 사람은 너를 외면했지. 편지를 못 받았다는 간편한 거짓말로 모든 불행을 없던 일로 만들어 버렸지.

　블루버드에서 처음 유건을 만났을 때 나는 한눈에 알 수 있었어. 그때 유건은 너에게 영혼이라도 줄 것처럼 빠져있었어. 그 어리숙한 눈에 담긴 갈망을 너도 모르지 않았을 거야. 언젠가 넌지시 너에게 유건에 대한 감정을 물어본 적이 있었지. 너는 웃으며 말했어. 완벽한 친구를 놓치기 싫다고. 나는 '완벽'이라는 말에 웃었지. 어떤 뜻인지 이해가 갔거든. 그건 너와 건의 관계를 말하는 게 아니라 건이 추구하는 스스로의 모습을 의미했지.

　하지만 모나야, 건은 너를 친구로 생각한 적이 한 번도 없단다. 건에게 너는 놓쳐버린 첫사랑이고, 스스로가 빚어낸 이상화된 연인이었어. 유건이 사는 동안 그 사실을 깨닫는 건 불가능하겠지.

　내일 유건이 출장에서 돌아와. 함께 출산 준비를 하고 병원에 갈 거야. 아이 이름을 '모나'로 짓자고 하면 유건은 어떤 표정을 지을까. 난 이렇게 못된 구석이 있어. 물론 진짜 그럴 생각은 아니야. 모나라는 이름은 오직 너의 것이니까. '오로라'로 지으면 어떨까. 아이가 좀 자라면 네 이야기를 해주고 싶어. 함께 레이네에 가서 오로라를 봐도 좋을 거야. 네가 그때까지 그곳에 있어준다면.

유건 이야기

오늘 아침 네가 보낸 소포가 도착했다. '페덱스' 로고가 선명하게 찍힌 패키지를 보는 순간 가슴이 철렁했다. 나보다 더 놀란 건 정연이었다. 안색이 파리하게 굳더니 나에게 풀어보라고 했다. 상자 안에는 이중으로 포장된 물건들이 흰 종이에 싸여있었고, 그 위에 편지 봉투가 있었다. 소인이 찍힌 국제우편 봉투였는데, 보내는 사람은 모나 너였고 받는 사람은 정연이었다. 주소지는 각각 너의 일본 주소와 정연이 결혼 전 살았던 오피스텔이었다. 네가 일본에 살던 시절 정연에게 보낸 편지였다. 소인까지 찍혀있는 이 편지를 정연이 아닌 네가 가지고 있었다는 게 좀 이상했다.

정연은 그 편지를 보자마자 내 손에서 빼앗았다. 그러다 갑자기 진통을 시작했다. 나는 당황해서 경찰에 신고해야 할까 생각했다. 우리가 진짜 유품을 받은 것 같았다. 하지만 더 생각할 겨를 없이 나는 정연을 데리고 병원으로 가야 했다. 정연은 지금 여섯 시간째 진통 중이다.

정연 이야기

이 편지를 어떻게 네가? 옷장 깊은 곳에 숨겨두었는데, 그

뒤로 꺼내본 적은 없었지. 이사할 때도 생각 못 했고. 네가 내 방에 마지막으로 온 게 내 결혼식 전이었으니까 아마도 그때 였겠구나. 내가 편지를 읽었다는 걸 알면서도 감쪽같이 속아 주는 척했던 거였네. 넌, 너는 참 끝까지…….

소셜 다이닝

인리가 알려준 레스토랑은 망원시장 근처였는데, 나에게는 초행인 동네였다. 방향 감각이 무딘 나는 낯선 곳에 오면 새들한 긴장을 느꼈다. 그날도 그랬다. 망원역 2번 출구로 나와 휴대폰을 열었다. 집을 나서기 전 마지막으로 확인한 메시지가 화면에 떠있었다.

불참하거나 늦을 경우 다른 게스트에게 피해가 갑니다.

인리는 레스토랑에서 받은 이 문자를 그대로 나에게 보냈고, 그에 따른 결과는 좋지 않았다. 서두르다가 외투 챙기는 걸 잊었고(이즈음 날씨의 변덕이 하루에 사계절을 오갔다), 다시 돌아가 카디건을 들고 나오느라 시간을 지체했다. 길까지 헤매다면 다른 게스트에게 피해를 줄 것이 불 보듯 빤해졌다.

지도 앱은 차가 드나들지 못하는 좁은 골목으로 나를 안내했다. 골목 어귀에 단숨에 시선을 사로잡는 옷가게가 있었다. 두상이 작고 팔다리가 지나치게 긴 마네킹이 팝콘을 덕지덕지 붙여놓은 듯한 재킷에 흰색 별무늬가 찍힌 파란 바지를 입고 있었다.

아니, 저런 옷을 입는 사람이 있어? 누군가 지나가며 한 말.

아닌 게 아니라 마네킹이 쇼잉하고 있는 옷은 지난 세기 사람들이 상상한 미래인의 의복처럼 괴상하기 짝이 없었다. 작금에 내가 아는 누구도 저런 옷을 입는 사람은 없으니 영 헛짚은 거겠지. 혹시 내가 모르는 아방가르드 패션인가? 한 세기 후에는 다들 저렇게 입으려나. 결국 미래의 패션이군. 아니, 여긴 구제숍인데? 하다가, 외벽에 내걸린 동그란 거울을 보고,

깜짝이야.

사색의 가닥이 뚝 끊어져 버렸다. 핏기도, 살집도 없는 저 낯선 여자는 누구란 말인가. 나는 무언가 들킨 사람처럼 반사적으로 눈을 피했다. 다시 고개를 들자 퀭한 눈의 여자가 여전히 마주 보고 있었다. 건물 바깥에 거울을 걸어놓은 이유가

뭐야. 괜스레 짜증이 났지만 거울을 본 김에 옷매무새를 가다듬고 지도 앱의 화살표가 가리키는 쪽으로 재게 걸었다. 거울 속 내 모습에 각성한 일에 가만히 부끄러움을 느끼면서.

한 블록을 더 들어가자 인터넷으로 확인한 레스토랑의 노란 외벽이 보였다. 'La Tavola'라고 적힌 간판은 거의 눈에 띄지 않을 만큼 작았고, 밋밋한 은회색 출입문은 설마 여기인가, 하는 의구심을 키웠다. 차도 드나들 수 없게 좁은 골목, 잘 보이지도 않는 간판, 벽인지 문인지 분간하기 힘든 출입구. 모든 것이 환대와는 거리가 멀었다.

이제 이 문을 열고 들어가면 어떤 일이 벌어질지 짐작할 수 없었다. 이제부터 나는 김구경이 아니라 정인리야, 다짐하며 문을 밀고 입장했다.

안녕하세요.

입구에 서있던 남자가 인사를 건넸다. 그가 오늘의 호스트이자 셰프인 모양이었다. 가운데 가르마를 타고 부드럽게 흘러내린 앞머리를 섬세한 손짓으로 쓸어 넘기며 나에게 물었다. 정인리 씨?

좀 전의 다짐에도 불구하고 나를 정인리라고 인정하는 일에 약간의 거부감을 느꼈지만 나는 그렇다고 대답했다.

호스트는 몸의 윤곽을 따라 타이트하게 달라붙는 블랙 셔츠 차림이었다. 얼핏 마른 듯 보였지만 어깨와 가슴에 탄탄한 근육이 잡혀있는 게 티가 났다. 골반쯤에 걸린 진회색 에이프런은 허벅지를 타고 맵시 있게 흘러내렸다. 앞치마가 이렇게 멋질 일인가. 두 번 접어 올린 소매 아래로 치밀하게 솟아오른 그의 전완근이 나를 향해 뻗쳐왔다. 몹시도 우아한(내게는 은밀하게 느껴지는) 동작으로 그는 내 가방과 카디건을 받아 옷걸이에 걸었다. 돌아서서 나를 테이블로 안내할 때 보속을 따라 부드럽게 움직이는 그의 대둔근을 나는 대놓고 바라보았다.

왜냐하면 나는 정인리였으니까. 인리였다면 응당 그랬을 테니까. 오늘 하루 나는 정인리라는 배역을 맡은 배우였다. 이런 생각을 하자 영혼을 갈아 끼운 듯 자유로워지는 것을 느꼈다. 내가 그의 엉덩이를 훔쳐본 것을, 아니 보란 듯이 본 것을 그가 알아챘으면 좋겠다는 요망한 생각까지 들었다.

홀에는 정사각형 테이블이 맞춤하게 놓여있었다. 한 면에 두 명씩 여덟 명이 앉을 수 있는 널찍한 사이즈였다. 네 명의 게스트가 각각 정사각형의 한 면씩을 차지하고 있었다.

편하신 자리에 앉으시면 됩니다. 호스트가 이렇게 말하자 '자리'는 단번에 높임을 받는 지위로 격상되었고, 나는 낯선 타인들 틈에 섞여들기 편하신 위치를 선택하면 되었다. 남자 셋, 여자 하나. 네 사람의 면면을 살펴볼 틈 없이 나는 오픈형 키친에서 제일 가까운 자리에 앉았다. 얼굴이 희고 몸이 말라 자작나무를 떠오르게 하는 남자의 옆자리였다. 내 맞은편에는 활력이 차오르는 젊은 여자가, 왼편으로는 두둑한 살집의 더 젊은 남자가, 오른편에는 단정한 분위기의 내 또래, 즉 30대 초중반의 남자가 앉아있었다.

"오늘의 게스트 다섯 분이 모였으니 이제 식사를 시작할까요?"

호스트가 맞잡은 양손을 가슴께로 올리며 말했다. 마치 예능프로그램의 오프닝 멘트를 읊는 진행자 같았다. 열 개의 눈동자가 그에게 집중되었다. 그 순간에도 나, 김구경은 속으로 '나는 정인리다'를 되뇌고 있었다.

"미리 공지한 대로 오늘의 테마는 '처음 본 타인의 직업 맞히기'입니다. 이 자리에 모인 분들은 SNS 광고를 보시고 저에게 개별적으로 예약해 주신 분들입니다. 모두 오늘 처음 만난 분들이시죠."

이렇게 말하며 호스트는 참석자들을 차례로 둘러보았는데, 그의 눈길이 내 얼굴을 더듬듯 지날 때 나는 외벽의 거울로 보았던 추레한 여자를 떠올리며 홀로 우울해졌다. 호스트는 다이닝 순서와 룰에 대해 설명했다.

"먼저 스타터와, 식전주를 드시면서 서로 인사를 나누시겠습니다. 순서대로 제공되는 코스요리를 즐기면서 가벼운 대화를 통해 서로의 직업을 알아내셔야 합니다. 당연히 직접적으로 드러내면 안 되고요. 그렇다고 거짓말을 하셔도 안 됩니다. 신청서에 작성해 주신 여러분의 직업은 저만 알고 있습니다. 본 메뉴가 나온 후 모두의 직업을 공개하겠습니다.

이어서 오늘의 하이라이트인 두 번째 라운드가 시작됩니다. 첫 라운드에서 거짓말을 한 오늘의 '플레이어'를 찾는 순서입니다. 여기 계신 다섯 분 중 한 명이 자신의 직업을 속였습니다. 모든 걸 꾸며서 말씀하신 한 분을 찾아내시면 됩니다. 제일 먼저 맞히는 분이 우승자가 되며, 아무도 못 맞힐 경우 오늘의 플레이어가 승리하게 됩니다. 우승자에게는 특별 선물이 제공됩니다. 고급 빈티지 와인 한 병과 성주산 무농약 곶감 한 박스입니다."

이 대목에서 박수가 터졌다. 서먹한 분위기에서 나온 심심한 환호였다. 서로를 조심스럽게 탐색하는 눈길은 이미 시작되었다. 호스트가 말한 '오늘의 플레이어'는 바로 나, 정인리였다. 나는 실로 진실하게 남을 속이기 위해 이 자리에 와있었다. 이 모든 일을 꾸민 사람은 정인리였다. 그러니까 나, 정인리가 아니라 진짜 정인리 말이다.

평화로운 토요일 오후에 걸려온 인리의 전화로부터 이 소동이 시작되었다. 인리는 다짜고짜 말했다. 당장 침대를 박차고 나와 목욕재계 후 갈음옷을 입고 나갈 채비를 하라고. 이 무슨 뚱딴지같은 소리야? 나는 달큼한 잠 냄새가 깃든 광목 이불 아래로 두더지처럼 파고들며 물었다. 인리는 소셜 다이닝 어쩌고 하는 제법 유식한 단어를 들먹이며 평상시 그녀의 느긋한 말투를 2배속으로 돌리고 있었다.

듣자 하니 생판 모르는 사람들끼리 고급진 밥상머리에 둘러앉아 서로의 직업을 캐내는 다소 엉뚱하면서도 뭔가 있어 보이는 그런 모임에 참가 신청을 해놓은 바, 본인은 감독님의 예고 없는 호출에 득달같이 달려가는 사정으로 참석이 불가하니 내가 대신 가줘야겠다는 말이었다. 이 별난 모임에 노쇼는 대역 민폐이며 미리 지불한 식사비 6만5천 원도 돌려받을 수 없다는 말이었다. 덧붙여 자신이 이 파티의 '플레이어'로 자원했으며, 이는 그럴듯하게 꾸며대어 본인의 직업을 속이는 역할이라고 했다. 6만5천 원짜리 공짜 밥을 먹으며 새로운 사람들도 사귀고, 모두를 유쾌하게 속여먹는 재미도 누리고 얼마나 좋니, 너는 친구 잘 만나 호강하는구나. 이런 가당찮은 말들도 건너왔다.

나는 정인리의 신실한 친구로서 모임에 대신 나가주는 일 쯤이야 얼마든지 할 수 있었다. 이태리 유학파 출신 셰프가 시즌별로 다르게 선보이는 6종 코스요리와 와인 페어링이 제공된다는 말을 듣지 않았더라도 그렇게 했으리라 장담할 수 있다.

다만 플레이어 어쩌고 하는 것은 영 내키지가 않았는데, 내가 리플리처럼 거짓말에 탁월한 재능이 있는 것도 아니고 누구를 속여 넘길 만큼 제대로 알고 있는 직업군도 없었기 때문이었다. 이런 이유로 인리의 부탁을 거절하려 들자, 그녀는 답답하다는 투로 잘 들어보라고 했다.

어차피 호스트는 정인리가 누구인지 몰라. 예약할 때 신청서에 적어낸 이름과 직업을 알 뿐이야. 네가 가서 정인리라고 하면 그런 줄 알 거야. 직업 맞히기를 할 때는 네가 하는 일을 그대로 말해. '플레이어'인 너는 신청서에 적어낸 직업이 아닌 다른 직업을 말해야 하니까. 결국 네 입장에서는 지어내고 말고 할 게 없는 거지. 거기서는 네 진짜 직업이 가짜인 셈이야. 너는 정인리 역할이니까. 호스트까지 속이는 진정한 플레이어가 되는 거야. 짜릿하지?

결혼식 가짜 하객 노릇도 아니고 대체 무슨 꿍꿍인가 싶었지만, 짜릿이고 뭐고 생각할 겨를이 없었다. 모임 시간은 오후 5시, 지금 시각은 3시 반. 인리 말대로 당장 이불을 박차고 나가야만 제시간에 도착할 수 있었다. 그렇게 나는 인리의 농간에 엉덩이를 걷어차인 망아지처럼 부지불식간에 이곳으로 달려왔던 것이다.

ROUND 1. 직업 알아맞히기

스타터로 케이퍼와 어니언가니시를 곁들인 훈제연어타르타르가 서빙되었다. 셰프가 재료에 대해 몇 마디 첨언을 했지만 귀에 들어오지 않았다. 곱게 다져진 발그레한 연어를 보는 순간 이미 내 혀끝은 촉촉하게 젖어들었다. 네 명의 게스트 앞에 차례차례 내려진 접시, 마침내 내 앞에도 아담한 접시가 놓였다. 근데 이게 뭐야? 빛깔이 다르잖아. 내 앞에 놓인 건 산뜻한 연어 속살이 아니라 칙칙하게 색이 죽은 감말랭이였다.

"정인리 씨는 비건 메뉴로 신청해 주셔서 별도로 준비했습니다."

귓가에 끈적하게 달라붙는 셰프의 친절하신 말씀. 굳이 입김이 닿을 만큼 얼굴을 바짝 붙여 설명할 필요는 무엇인가.

인리가 채식주의자가 된 건 약 한 달 전의 일로, 육류를 섭

취하는 일체의 야만적인 행위를 중단하겠노라 선언한 바 있었다. 나는 그 사실을 까맣게 잊고 있었는데, 그 선언 이후 함께 식사를 한 적이 없어서 그녀의 비야만적인 행위를 목격할 기회가 없었기 때문이었다.

나는 채식주의자에게 눈을 흘기는 사람이 아니다. 그들의 옹골찬 결단과 신념에 오히려 박수를 보내는 쪽이었다. 인리가 어떤 조짐도 없이 채식 선언을 했을 때도, 나와 함께 황소곱창을 먹어줄 친구 하나가 사라졌다는 사실이 조금 원통했을 뿐 진정 어린 지지를 보냈었다. 그렇지만 오늘 이 자리에 나를 보내면서, 비건 메뉴라는 이야기는 쏙 빼고 이태리 유학파 셰프의 6종 코스요리 운운한 것은 분명 기망 행위였다. 고기 위주의 편식이 내 삶의 소확행이라는 사실을 누구보다 잘 아는 인리였다. 나는 그녀의 만행에 고요히 분노하며 포크로 감말랭이의 배를 찔렀다. 하지만 인리의 입장에서는 육식을 하는 행위에 비하면 이런 일은 짓궂은 장난 축에도 끼지 못할 터였다.

으음. 맞은편의 여자가 연어타르타르를 한 입 먹더니 이런 소리를 냈다. '미'에서 시작해 '솔'로 끝나는 음역대의 느낌씨였다. 그녀는 만족스러운 표정으로 한 스푼을 더 먹고 면 냅킨으로 입가를 꾹꾹 눌러 닦았다.

"돌아가면서 자기소개 할까요? 제 이름은 세미, 나이는 스물아홉이고요. 중곡동에서 웰시 코기와 같이 살아요."

세미는 둥글고 흰 얼굴에 숱 많은 생머리였고, 남색 재킷 안에 단추를 목까지 채운 미색 블라우스를 받쳐 입었다. 당장 어느 사무실에 앉혀놓아도 천연스럽게 녹아들 용모였다. 세미가 다음 순서를 지목하듯 오른편에 앉은 남자에게 시선을 돌렸다.

"안녕하세요. 저는 김모듬입니다. 밈 짤 만들기를 좋아하고, MBTI는 ENFJ입니다. 잘 부탁드립니다."

모듬 안주할 때 그 모듬이요? 하고 물은 건 세미. 좌중에 잔잔한 웃음이 터졌다. 모듬은 덩치가 컸고 목소리도 컸다. 출근 첫날의 신입사원처럼 패기발발하게 "잘 부탁드립니다" 하고 외쳤다. 나는 모듬의 얼굴을 유심히 뜯어보았다. 비록 살집에 파묻혀 티는 안 났지만 이목구비가 반듯했다. 곧이어 내 옆자리 남자가 배턴을 받았다.

"저는 서른일곱 살이고 서울 근교에서 부모님을 모시고 삽니다. 취미는 텃밭 가꾸기예요. 최근에 이직을 해서 지금 하는 일은 6개월 정도 됐습니다."

세미가 이름을 묻자 그는 머쓱해하며 고준영이라고 대답했다. 나는 찐득찐득한 감말랭이를 건성으로 씹으며 옆자리 남자를 쳐다보았다. 고준영 씨는 연필로 슥슥 그려놓은 것처럼 인상이 희미했다. 텃밭에서 잡초를 뽑는 모습은 잘 그려지지 않았고, 그냥 밭 언저리에 심어진 키 큰 자작나무 같았다. 희고 갸름한 얼굴에 어딘지 염세적인 느낌이 있었다. 그의 정수리에서 흰머리 한 가닥을 발견한 나는 뽑아내고 싶은 마음을 꾹 누르며 시선을 돌리다가 세미가 그를 향해 눈웃음치는 모습을 보고 말았다. 다음은 내 차례였다.

"저는 정인리입니다."

모두의 귀추가 주목되자 머릿속이 쌀뜨물로 헹군 것처럼 뿌예져서 잠시 말을 잃었다. 그러니까 나는 지금 정인리에 대해 말해야 하나, 김구경에 대해 말해야 하나. 그러다가 내 입에서 불쑥 튀어나온 말.

"저는 채식주의자입니다."

이 말은 앞으로 이어질 6종 채식 코스를 겸허히 받아들이겠다는 자기 암시적 선언이었다. 플렉시테리언이세요, 비건이세요? 하고 물은 건 김모듬. 뜻밖의 질문에 나는 입술이 바짝 말랐다. 채식주의자가 직업도 아닌데 벌써부터 이럴 수는 없었다.

정인리 씨는 비건이세요, 라고 대신 대답해 준 건 친절하신 셰프님. 인리야, 너는 비건이었구나. 속으로 곱씹으며 나는 마지막 게스트에게 시한폭탄 돌리듯 자기소개를 넘겨버렸다.

"이름은 해강이고요. 나이는 서른둘, 10년째 보드게임 동호회의 회원입니다."

어떤 게임을 제일 좋아하세요? 하고 물은 건 눈웃음을 잘 치는 세미. 해강은 더없이 상냥한 표정으로 그때그때 다르지만 요즘은 차오차오가 재미있다고 대답했다.

"진실과 거짓을 구별해 내는 심리게임이에요. 마치 오늘 이 자리와 비슷하군요."

유별나게 큰 눈이 인상적인 해강은 크림색 캐시미어 니트에 빈티지 청바지를 완벽하게 믹스매치했다. 처음 만난 사람과도 매끄럽게 소통할 수 있는 사람, 혹시 서비스직이거나 영업직일까?

간단한 자기소개가 끝나자 셰프가 두 번째 접시를 내왔다. 나는 물색없이 좌우로 흔들리는 눈동자를 고정하기 위해 묵상을 해야 했다. 다행히 이번 메뉴는 제철 채소로 만든 샐러드였고, 내 앞에도 모두와 같은 음식이 놓였다.

"이제 여러분이 하는 일에 대해 한 가지 이상의 정보를 주세요. 다른 분들은 자유롭게 질문을 던져서 더 많은 걸 알아내세요."

커틀러리의 달그락거림과 음식 씹는 소리가 침묵 속을 떠돌았다. 정적을 깨뜨린 건 고준영 씨였다.

"사람들은 저를 기다립니다."

순간 해강이 싱긋 웃었다. 설마 저 한마디로 뭘 알아낸 걸
까?

"어떤 사람들이 고준영 씨를 기다리나요?"

"제가 온다는 것을 아는 사람들이죠."

"취미가 텃밭 가꾸기라고 하셨는데 직업과 관련된 건가
요?"

"딱히 그렇지는 않습니다."

"누군가 기다린다는 건 환영받는 사람이라는 뜻이네요."

이 말에 고준영 씨가 희끗 웃었다.

"사람들은 저를 기다리지만, 정작 제가 도착하면 저에게는
관심이 없어요. 때로는 제가 오는 시간까지 체크하며 목이 빠
지게 기다리는 사람도 있고, 어떤 사람들은 제가 다녀갔다는
사실을 며칠씩 모를 때도 있어요."

저마다 각자의 생각에 잠긴 가운데, 모듬이 말했다.

"저는 울기도 하고, 웃기도 해요."

"울기도 하고 웃기도 한다? 애매하네요. 저도 때론 웃고, 가
끔은 울거든요."

준영의 말이었다.

"저는 직업적으로 그렇다는 말입니다."

나는 고개를 끄덕끄덕하며 생야채를 씹는 일에 집중했다. 누가 누구 직업을 알아맞힌들 나에게 중요한 건 그게 아니었다. 나는 어떻게 나를 드러내야 할지가 아니라, 어떻게 감춰야 할지 궁리하기 바빴다. 마침내 내 차례가 왔다.

"저는 돋보여야 하지만 동시에 저를 숨겨야 합니다."

빙그레, 그렇게 웃는 셰프의 얼굴을 보았다. 그가 내 앞에 놓인 와인 잔을 채워주었다. 셰프는 캘리포니아산 레드와인 한 병을 정확히 계량하여 다섯 개의 잔에 분배했다. 내 앞에는 이미 세 번째 코스요리가 놓여있었고, 이제 더는 남의 접시를 흘깃대지 않았다. 이어지는 대화 내용을 소화하느라 그들 앞에 놓인 음식이 오리스테이크인지 폭립인지 알 수 없었고, 내 앞에 놓인 버섯과 두부, 가지와 애호박의 향연을 묵묵히 입에 넣었다.

"저는 검은 옷의 천사입니다." 이건 세미의 말.

"백의의 천사는 아는데, 검은 옷의 천사라. 설마 신부님은 아니시죠?"

"설마요. 어떤 신부님이 자신을 천사라고 하겠어요. 암살자라면 모를까."

"암살자요? 나는 검은 옷의 천사, 너희를 구원하러 왔다. 내

칼을 받아라. 뭐 이런 거?"

취기가 오르자 싱거운 농담이 오갔다. 모두가 느슨하게 풀어지고 있었다.

"쉬운 힌트 하나 드릴게요. 암살자는 아니지만 죽어야 사는 직업이에요. 에이, 그냥 다 알려줬다." 세미가 선심 쓰듯 말했다.

"알았다, 장의사!"

모듬의 외침은 난데없는 면이 있었지만 납득할 만했다. 이어지는 자문.

"여자 장의사는 처음 보는데?"

세미는 뭔가 통쾌한 듯 박수를 쳤다.

"비슷했어요. 저는 장례지도사예요. 소렴뿐만 아니라 고인을 편안히 보내드리기 위한 모든 의식을 주관해요."

대단하네. 그것 참, 대단해. 누군가 중얼거렸고 정확히 어떤 점이 대단한 줄은 모르겠지만 나도 고개를 끄덕거렸다. 그리고 이 시점부터 나는 취기가 올라 슬쩍 삐딱해졌다.

"저는 톨스토이 소설의 주인공이에요."

내내 조용하던 해강이 입을 열었다.(풉! 대문호 나셨네.)

"톨스토이요? 저는 책을 안 본 지 20년은 된 것 같아요."

세미가 답했다.(그녀는 얼핏 봐도 20대, 글자를 깨친 후로 책을 본 적이 없는 거겠지.)

"바보 이반? 설마 직업이 바보는 아니겠죠?"(저딴 말을 농담이랍시고 하는 김모듬.)

"손을 쓰는 장인이고, 스스로는 예술가라고 생각합니다."

그 말을 듣고 나는 그의 직업을 알아차렸다. 톨스토이라는 말을 들었을 때부터 눈치챘던 것이었다. 내가 머뭇거리는 틈에 고준영 씨가 시선을 접시에 떨구고 독백처럼 내뱉었다.

"구두수선공."

해강의 커다란 눈동자가 고준영 씨에게 꽂혔다. 알아봐 주길 기다린 것처럼. 포크를 쥔 그의 손가락은 몽당연필처럼 마디마디 뭉툭했다.

"구두수선이요? 설마 지하철 역 앞 컨테이너에서 일하는 건 아니시죠?"

세미가 이렇게 물으며 재빨리 해강을 스캔하듯 훑어냈다. 그렇게 대놓고 물을 수 있는 세미에게 감탄하면서 약간은 민망한 기분이 들었다. 내가 《구두수선공 마르틴 아저씨》를 떠올리고도 바로 내뱉지 못한 이유를 그 순간 깨달았기 때문이었다.

"명동에 작은 매장이 있습니다. 주로 명품 슈즈를 수선하고 보강하는 일을 합니다. 명함을 드릴 테니 필요할 때 찾아주세요. 아무리 좋은 슈즈라도 언젠가는 닳거든요."

"아, 사장님이셨구나."

세미가 안도하는 것처럼 말했고, 나는 아무것도 의식하지 않는 척 연기하는 일에 점점 지쳐갔다. 이 모임의 콘셉트가 서로에 대한 배경지식 없이 본연의 모습 그대로 대화를 나누는 것이라고 했는데, 이미 첫 소개에서부터 우리는 알아야 할 것을 대부분 알아버린 게 아닐까. 이름과 나이, 사는 곳과 취미, 심지어 반려견까지 알아버렸고, 이제는 직업을 알아내려고 용을 쓰고 있지 않은가. 이 모임의 취지를 살리기 위해서는 우리에게 공개된 정보가 그들 본연의 모습은 아닐 수도 있다는 옅은 가능성을 배제하지 말아야 했다.

곧이어 직업적으로 울고 웃는 김모듬의 직업이 배우로 밝혀졌다. 짐작하기 쉬운 일이었다. 다만 120킬로그램에 육박해 보이는 그의 체구로 봤을 때 쉽게 연결 짓기는 어려웠다. 어렸을 때 잠시 아역배우를 했다는 그는 최근 한 영화에 캐스팅되었는데, 맡은 배역 때문에 일부러 살을 찌웠다고 했다. 원래 자신이 78킬로그램이었다며 누가 요청하지도 않았는데 휴대폰에 저장된 보디프로필 사진을 모두에게 보여주었다. 사진 속에는 균형 잡힌 몸매를 가진 남자가 있었다. 나는 사진 속 남자와 눈앞의 남자를 꿰어보려 했지만 도무지 맞춰

지지가 않았다. 그가 어떤 영화에 어떤 배역으로 출연하는지는 조금 궁금했다. 단편영화인지 상업영화인지 예술영화인지, 주연인지 조연인지 단역인지, 그 어렵다는 오디션은 어떻게 통과했는지. 그러나 그런 디테일한 질문까지 던질 분위기는 아니었다.

이제 '사람들이 기다리는 남자' 고준영 씨에게로 시선이 모아졌다. 맞은편의 세미는 한손으로 턱을 괴고 그윽한 눈길을 던졌다. 이 남자의 어떤 점이 세미를 사로잡았는지 알 길은 없지만 이게 커플 매칭 프로그램이었다면 그녀가 틀림없이 고준영 씨를 택할 거라고 나는 확신했다. 기다렸지만 정작 도착하면 외면받는 사람, 그렇다면 사람들이 기다린 것은 고준영 씨가 아니라 그의 전갈일 터였다.

"혹시 무언가를 배달하는 분이신가요?"

나는 이렇게 물었다. 순간 세미가 뜨악한 눈길로 나를 거의 노려보았는데, 은근히 그 시선을 즐겼다고 고백하지 않을 수 없다. 나는 세미의 기대를 무너뜨리고 그녀의 상실감을 거의 내 것처럼 느끼며 자조적인 쾌감을 누렸다.

셰프는 와인을 한 병 더 땄고, 이미 한 잔을 다 비워버린 나와 모듬의 잔을 채워주었다. 이런 말들이 테이블 위를 오갔다.

"아, 정인리 씨 직업이 제일 어렵네요."

"돋보인다고 하지 않고 돋보여야 한다고 했어요. 그리고 자신을 숨겨야 한다고 했고. 그 이유는 뭘까요?"

와인 한 모금이 목구멍에 뜨거운 열기를 남기며 넘어갔고 잘 익은 아보카도가 혓몸에서 감미롭게 뭉개졌다. 비건 음식이 이토록 맛있다니, 채식주의자가 되지 못할 이유도 없겠다는 생각이 들었다.

"나를 숨김으로써 드러내는 거예요. 내용물보다 포장지가 더 중요하거든요."

"혹시 예술가세요? 작가는 작품 뒤에 숨어있는 사람이다. 그런 말을 들은 적이 있어요."

"멋진 말이네요. 하지만 저는 예술가는 아니에요."

이 말을 하는데 입안이 텁텁했다. 다시 와인 잔을 들어 한 모금을 꿀꺽 삼켰다. 참석자들의 메인 접시가 비어갔다. 셰프는 이제 디저트가 나올 거라고 알렸다.

"아무도 정인리 씨 직업은 알아내지 못한 건가요? 그럼 직접 밝혀주세요. 디저트가 나오기 전에 두 번째 라운드를 시작합시다."

나는 접시 위에 포크를 내려놓고 내 직업을 밝혔다.

"저는 퍼스널 쇼퍼예요."

이 말에는 오해의 소지가 있었다. 나는 상류층 고객을 위해

백화점이나 명품관에 고용된 그런 류의 퍼스널 쇼퍼는 아니었다. 그보다는 개인 스타일리스트에 가까웠다. 아니 스타일리스트라는 말도 그럴듯한 윤색이고, 어쩌면 나는 그냥 누군가의 심부름꾼에 지나지 않을지도 모른다. 나는 한 사람을 위해 대신 옷을 골라주고, 입어보고, 사다 주는 일을 하고 있었다. 내가 고용된 이유는 단지 그 사람과 체형과 피부 톤이 비슷하다는 이유에서였다. 나는 살이 쪄도 안 되고 빠져도 안 됐다. 내 변변찮은 설명을 듣고 누군가 이렇게 물었다.

"인간 마네킹 같은 건가요?"

갑자기 입맛이 달아났다. 메인 메뉴까지 다 먹고 이러는 건 염치없는 일이지만, 잠시 전 맛있는 비건 음식 어쩌고 했던 생각이 깡그리 지워졌다.

"그런 것도 직업이라고 할 수 있나요?"

또 다른 누군가가 이렇게 말하는 순간, 나는 우리 집 냉장고에 들어있는 항정살 250그램이 간절하게 그리워졌다.

ROUND 2. 오늘의 플레이어 찾기

셰프가 디저트를 내왔다. 블루베리셔벗이었다. 이미 음식에 흥미를 잃은 나는 셰프의 잘생긴 손가락에 넌지시 시선을 던졌다. 저 손끝에서 재료가 요리가 된다고 생각하니 갑자기 그의 손을 한번 만져보고 싶었다. 아니 어쩌면 그 손에서 저며지고 달궈지는 고깃덩어리나 두부가 되고 싶었던 걸까. 나는 정인리가 되겠다고 결심한 순간부터 발칙해지기로 작심한 사람이었다. 그때 셰프와 눈이 마주쳤고 아주 빠르게, 그러나 분명하게 그가 나에게 윙크를 날렸다. 두 번째 라운드의 시작이었다. 그의 윙크는 오늘의 '플레이어'에게 보내는 파이팅 메시지였겠지만 나는 제멋대로 설렘을 즐겼다. 그의 윙크가 플러팅이든 파이팅이든 그와 내가 모종의 비밀을 나눠 가진 건 사실이니까. 한편으로는 이제부터 호스트인 셰프마저 속여야 한다는 사실이 성실한 연인을 배반하려는 흉계처럼 느껴져 가슴이 두근거렸다.

"장례지도사가 거짓말 같아요. 저렇게 젊은데? 아까 소렴 어쩌고 한 것도 전문용어 공부해 온 티가 나요."

배우가 셔벗을 한 입 문 채 말했다.

"저보다 더 어린 장례지도사도 있는걸요? 저는 대학에서 장례지도학을 전공했어요. 우리 직종은 AI가 대체할 수 없는 4차 산업에 속하죠."

장례지도사의 반론이었다. 그녀는 배송기사에게 곧바로 화살을 돌렸다.

"고준영 씨가 택배기사라는 게 더 안 믿겨요. 저렇게 마른 택배기사는 처음 봤어요."

"이 일 시작하고 살이 많이 빠졌어요. 제가 아직 6개월 차라 요령이 부족해요."

배송기사가 대수롭지 않다는 듯 말했다. 일이 힘들어 살이 빠졌다고 했지만 그는 입이 짧았다. 스테이크도 절반 가까이 남겼고 와인은 첫 잔이 고스란히 남아있었다.

"그럼 하루 일과를 설명해 보세요."

나는 이렇게 묻는 장례지도사에게 동정심을 느낄 지경이었는데, 어쩐지 나 역시 처량해진 기분이었다. 덕분에 우리는 묵묵히 배송기사의 하루 일과를 들어야했다. 아침 7시에 서브터미널에서 시작하는 하차 작업부터 저녁 8시쯤 마무리되는 배달의 전 과정을.

"저는 정인리 씨 같아요."

이렇게 운을 뗀 건 구두수선공이었다. 그러자 참석자 모두가 새로운 불빛을 발견한 부나방처럼 나에게 덤벼들었다. 나는 당혹감과 만족감을 동시에 느끼며 그들이 나를 향해 돌진하게 두었다.

"사실 퍼스널 쇼퍼라는 직업은 모호하잖아요. 어디 소속된 사람이 아니라 개인에게 고용됐다는 것도 좀 이상하고. 영화에나 나올법한 직업 아닌가요?"

"저도 그렇게 생각하긴 했어요. 인터넷으로 이색 직업 조사해 온 것 같은?"

그들은 퍼스널 쇼퍼에 대해 자신들이 알고 있는 지식을 주고받으며 열띤 토론을 이어갔다. 그들이 알고 있는 정보는 대개가 영화나 드라마에서 본 것이었고, 아무도 진짜 그런 직업을 가진 사람을 만나봤다는 사람은 없었다. 눈앞에 내가 있는데도 그런 말을 버젓이 했다. 본 적이 없다고. 나를 나라고 증명하는 일은 꽤 지리멸렬했다.

"원래는 부티크에서 일했어요. 거기서 지금의 고객을 만났고, 정기적으로 대신 옷을 구매해 주게 된 거예요. 대외활동이 많은 분인데, 쇼핑할 시간이 없으시거든요."

"와, 그분 재벌이신가 보다."

이렇게 말하는 장례지도사는 부쩍 의기소침해져 있었다. 나는 도움을 청하는 표정으로 셰프를 바라보았다. 그는 천진하고도 짓궂게 나를 마주 보았다. 이 상황을 가장 즐기고 있는 사람이 그라는 걸 알 수 있었다. 순간 나는 '나는 정인리가 아니며 퍼스널 쇼퍼는 내 진짜 직업'이라고 폭로해서 이 자리를 엉망진창으로 만들어 버리는 상상을 했다. 그러나 그런 심술도 잠시, 나는 다시 인리의 탈을 쓰고 셰프에게 느끼고 있는 관능적 호기심의 상태로 돌아갔다. 사실 나의 주장을 누가 믿어줄 것 같지도 않았다.

"그럼 이제 진실을 밝힐 시간이네요."

셰프가 더없이 다정한 시선을 내게 던졌다.

"오늘의 플레이어는 바로……."

나는 여우주연상에 호명된 배우처럼 짐짓 놀란 척을 했다.

"맞아요. 저예요."

나는 그들을 열심히 속인 대가로 박수를 받았다. 하지만 내가 오늘 했던 말 중에 유일한 진실은, 내가 퍼스널 쇼퍼라는 사실 뿐이었다. 속임수가 허용된 게임은 통쾌했지만 뒷맛은 씁쓸했다. 구두수선공이 좋아한다는 차오차오도 이럴까? 셰프는 오늘의 플레이어를 맞힌 구두수선공에게 약속한 선물을 건넸다.

"자, 그럼 정인리 씨의 진짜 직업을 말해주세요."

모두의 이목이 집중된 가운데 이제 마지막 거짓을 진실로서 고해야 할 순간이었다. 정인리가 신청서에 적어낸 그녀의 직업을 말이다.

"저는 시나리오 작가입니다."

"작가라고요? 아니, 거짓말을 그렇게 못해서야 픽션을 어떻게 쓰시려고."

구두수선공의 너스레에 사람들이 웃었다.

"그러게요. 아까 퍼스널 쇼퍼라고 말할 때 거짓말하는 티가 너무 났어요."

배우가 맞장구를 쳤다. 장례지도사는 뽀로통한 표정으로 배송기사와 나를 샐쭉하게 바라보았다. 그녀의 심기를 건드린 건 나인가, 배송기사인가. 와인이 다 떨어질 때까지 소셜 다이닝은 이어졌다. 기나긴 저녁식사였다.

뒤풀이. 진실과 진심의 간극

은회색 출입문을 밀고 다시 망원동 골목길로 나왔을 때 해는 이미 진 후였다. 식당에 창문이 없었다는 걸 그제야 깨달았다. 생경한 동네의 밤길은 낮보다 설었다. 나는 카디건을 걸쳐 입었다. 해강이 뒤풀이를 하자고 제안했다.

"저는 새벽부터 일을 나가야 해서요."

고준영 씨가 이렇게 말하며 돌아섰다. 그를 제외한 나머지는 야외 테라스를 갖춘 캐주얼한 맥줏집으로 자리를 옮겼다. 내 옆에 모듬이, 맞은편에 해강과 세미가 앉았다. 우리 앞에는 네 개의 맥주잔이 소품처럼 놓여있었다. 나는 이미 와인에 적셔진 상태였다. 실상은 레스토랑에서 나올 때 나를 응시하던 셰프의 지긋한 눈빛에 혼이 나가있었다. 스스로의 주책을 음미하며, 이제 소셜 다이닝인지 진실게임인지가 끝나버렸으므로 나를 김구경이라고 밝혀야 할지, 아니면 끝까지 정인리인 척해야 할지 결정을 내리지 못하고 있었다. 그때 해강이 입을 열어 나의 고민을 단번에 날려버렸다.

"다들 오늘 처음 오신 건가요?"

이 말이 무슨 뜻인지 몰라 어리둥절하고 있을 때 세미가 대답했다.

"저는 오늘이 두 번째였어요."

모듬이 미묘한 표정을 지었다.

"어? 난 세미님 오늘 처음 봤는데. 내가 안 온 날 오셨나 보다."

"셰프님이 기존 참석자들끼리 다시 안 마주치게 스케줄을 조율하시거든요. 때때로 다시 만날 때도 있지만요. 그럴 때는 서로 적당히 모른 척하는 거죠."

해강의 설명이었다. 그러니까 나만 빼고 모두가 처음이 아닌 거였다.

"모른 척 한다는 건, 이미 서로의 직업을 알면서도 처음 본 사람인 척 연기한다는 건가요?"

내가 묻자 모듬이 "그게 제 전문인걸요" 하며 웃었다.

여태껏 내가 모두를 속이고 있다고 생각했는데 정작 속은 건 나였을까, 뒤통수를 맞은 기분이었다. 한편으로는 그게 뭐가 중요할까 싶었다. 중요한 건 진실이 아니었고, 내가 느낀 해방감은 진심이었으니까.

"그 모임을 여러 번 나가는 이유가 뭐예요? 처음 보는 사람의 직업을 알아내는 게 그렇게 재미있나요?"

나는 세 사람을 차례로 일별하며 물었다. 모듬이 빙긋 웃었다.

"독서토론회에 나가는 이유하고 똑같은 거죠. 누가 남의 직업이나 맞히려고 나오겠어요."

"독서토론이요? 그건 왜 나가는 건데요?"

"그걸 모르세요?"

모듬의 포동포동한 얼굴이 빙글빙글 돌아가고 있었다. 분명 입도 안 댄 것 같았는데 내 맥주잔은 어느새 비어있었다. 취한 건 나만이 아니었다. 해강의 입술이 세미의 귀를 거의 깨물 듯 바투 붙어있었다. 해강이 무슨 말을 속삭이자 세미가 야릇하게 웃었다. 두 사람이 손을 잡고 일어나는 모습을 나는 멍하게 보고 있었다. 이제는 그들이 낯설지 않았고, 속속들이 아는 사이 같았다. 그러나 다시 보지 않을 사람들이었고, 그 사실이 섭섭하지 않아서 좋았다. 둘이 떠난 후 모듬과 나는 경쟁이라도 하듯 연거푸 입안으로 맥주를 털어 넣었다. 우리의 대화는 거칠게 쓰인 대사처럼 두서도 없고 맥락도 없이 오갔다.

그러니까 오디션을 통과한 비결이 뭐냐고요.

존버죠, 존버.

나는 투고, 반려 그리고 재투고.

그렇죠. 투고, 투정 그리고 투쟁.

그러다 망원동 골목길 어딘가에서 우리는 인사도 없이 헤어졌다. 낯선 길에 이제 나 혼자였다. 욕지기가 일었다. 고기를 안 먹어서 그런가. 안주가 부실했지. 그런 생각을 하며 망원동 골목길에 쭈그려 앉아 위액이 섞인 6종 비건 코스요리를 말끔히 토해냈다. 전사처럼 두 주먹을 불끈 쥐고 일어나자 눈앞에 동그란 거울이 있었다. 머리카락에 토사물이 붙은 여자가 풀어진 눈으로 나를 응시했다. 낯익은 여자의 처음 보는 얼굴이었다. 나는 한동안 초점을 맞추려고 노력했지만 그럴수록 더 어지러웠다. 쇼윈도에서 눈이 없는 마네킹이 나를 보는 것 같은데, 입이 없으니 답을 들을 수 없었고, 어차피 진실이 무언지는 누구도 알 수 없었다. 내가 구제 옷가게 앞에 뿌려놓은 토사물은 진실인가, 진심인가. 어쨌거나 게워내고 나니 속이 좀 가라앉아서 인리가 보낸 메시지를 읽었다.

잘 다녀왔어? 방금 셰프한테 문자 왔어.

뭐라고?

와줘서 감사하다고. 또 오라고.

다른 말은 없었어?

비건 메뉴를 더 다양하게 준비하겠대.

닥쳐.

나는 비틀거리며 일어섰다. 구제숍을 뒤로하고 천천히 골목을 벗어났다. 이 길을 다시 오게 될지도 모른다는 생각이 들었다. 어쩌면 팝콘 옷을 입고 고객 앞에 설지도 모르겠다. 하지만 그것보다 더 선명해지는 예감이 있었다. 어쩌면, 그러니까 정말 어쩌면 노트북에 방치된 미완성 시나리오를 완성하게 될지도 모르겠다. 그런 생각을 하며 골목 밖으로 휘적휘적 퇴장했다.

반
려

실종 5일째

첫 제보 전화는 오후 3시 49분에 걸려 왔다. 양희가 사라진 다람마을 1단지 놀이터 부근에 전단지를 붙이고 온 다음 날이었다. 저장되지 않은 010으로 시작하는 번호였고, 양희에 관한 일이라는 직감이 들었다. 은희는 다급해졌다.

"여보세요?"

저쪽에서는 말이 없었다. 아이들 여럿이 빠르게 재잘대는 소리가 들렸다. 먼 곳의 소음과 낮게 스치는 바람 소리로 전화를 건 사람이 야외에 있다는 걸 알 수 있었다. 재차 "여보세요" 하고 부르자 굼뜬 대답이 돌아왔다.

"……그런데요."

기껏해야 초등학교 저학년 정도일까. 무언가 긴요한 말을 꺼내기 위한 서두 같았다. 뒤에 마침표나 물음표가 아니라 쉼표가 찍힌 듯한 '그런데요'였다.

"네, 말씀하세요."

"고양이 없어졌어요."

질문은 아니었다. 정말 제 고양이를 잃어버린 듯 시무룩하게 느껴지는 말투였다. 은희는 잠시 생각을 가다듬고 대답했다.

"네, 맞아요. 우리 고양이가 없어졌어요."

아이의 말이 질문이든 아니든, 은희는 그 순간 가장 필요하다고 생각하는 말을 했다. 아이는 다시 말이 없었다. 급한 건 은희였으므로 기다리지 못하고 물었다.

"거기 지금 어디에요?"

"바람개비 놀이터요."

"혹시 노란 고양이 봤어요?"

"……."

"전단지 보고 전화한 거 아니에요?"

"맞아요."

"고양이 봤어요?"

다그치는 느낌을 줄까 봐, 그래서 아이가 지레 겁을 먹고 입을 다물어 버릴까 봐 은희는 최대한 감정을 억제하며 물었다. 아이는 반응이 느렸다. 한참 만에 고양이가 무슨 색이냐고 물었다.

"노란색 치즈태비예요. 전단지에 사진 있는데 못 봤어요?"

"여기 까만 고양이 있어요."

"아……."

복잡하게 꼬여있는 실타래를 팽팽히 당기는 느낌이었다. 당길수록 더 꼬여버리는, 그렇다고 이쪽에서 먼저 놓을 수도 없는.

"고양이 없어졌어요"라는 아이의 말은 양희를 닮은 고양이를 봤는데 놓쳤다는 뜻일까. 아니면 고양이를 잃어버렸느냐고 질문한 것일까. 아이의 화법을 이해하지 못해 답답했다. 아이는 더는 말이 없었다. 은희는 전화해 줘서 고맙다고, 혹시라도 노란 고양이를 보면 다시 연락해 달라고 거듭 당부하고 전화를 끊었다.

양희를 잃어버린 지 나흘째 되던 날, 은희는 남운과 함께 전단지를 들고 다람마을 관리사무소로 갔다. 실종 당일은 시간도 늦었고 금방 찾을 수 있으리라는 낙관에 전단지 붙일 생각은 하지 못했다. 이튿날 하루 종일 1천200세대에 달하는 1단지 전체를 돌아다녀도 양희가 나타나지 않자, 사흘째 되는 날 '고양이 탐정'을 고용했다. 세상에 그런 직업을 가진 사람이 있었다. 생각보다 많은 사람들이 고양이를 잃어버리는 모양이었다. 착수금 20만 원을 받고 수색을 시작한 고양이 탐정은 성공 보수 20만 원은 챙기지 못하고 떠났다. 떠나면서 그가 해준 말은 전단지를 돌리라는 거였다. 그 밤, 급하게 동물보호센터에 의뢰해 전단지를 만들었다. 전단지에 찍혀 나온 양희는 세상모르고 깜찍해서 이 일이 더 비극적으로 느껴졌다. 그러나 아직은 슬픔에 빠질 때가 아니었다. 한시라도 빨리 양희를 구조하려면 정신을 바짝 쥐어야 했다. 느닷없이 낯선 길에 툭 떨어진 양희에게는 각종 위험이 도사리고 있을 터였다.

전단지를 들고 찾아간 두 사람에게 관리사무소가 내놓은 대답은 기가 막혔다. 각 동 출입구 게시판에 전단지를 붙일 수는 있지만 매주 화요일에만 접수가 가능하다는 거였다. 화요일이면 나흘 후였다. 실종된 반려동물은, 설령 분실한 물건이라도 마찬가지겠지만 찾기 위한 골든 타임이라는 것이 있다. 광고 전단지와 같은 취급을 하다니 어이가 없었다. 더 황당한 일은 그다음에 일어났다. 은희가 항변할 말을 찾기도 전에 남운이 주섬주섬 전단지를 챙겨 넣으며 "그럼, 화요일에 다시 와야겠네."라고 말하고 있었다. 마치 블랙코미디의 한 장면 같았다.

내가 이 아파트 주민이었다면 달랐을까, 은희는 생각해 보았다. 양희는 왜 하필 이렇게 낯선 동네에 와서 사라져 버린 걸까. 은희는 관리사무소와 놀이터 같은 공공장소만이라도 지금 붙일 수 있게 해달라고 겨우 얘기했고, 직원은 큰 선심 쓰듯 그러라고 했다.

놀이터와 상가에 전단지를 돌리고 오는 길에 더 야물게 행동했어야 한다는 후회가 들었다. 양희가 없어진 마당에 체면이고 나발이고 제쳐두고 외쳤어야 했다. 규정, 원칙 내세우기 전에 상식적으로 생각을 좀 하시라고. 아니면 눈물 바람이라도 해서 죄책감이라도 심어주고 왔다면 이렇게 분하지는 않을 것 같았다.

살면서 처음으로, 은희는 제 성격에 문제가 있는 건 아닌지 의구심이 들었다. 여태껏 아무리 사소한 규정이라도 꼬박꼬박 지키며 살았다. 그 규칙이 합당한 것인가 따져보기 전에 규칙이니까 지켰다. 공중도덕을 안 지키고 사회질서를 파괴하며 목청만 높여 부당하게 이득을 챙기는 사람들을 보면 경멸하는 마음이 일었다. 이성적이고 합리적인 방법으로도 얼마든지 문제를 해결할 수 있다고 믿었다. 남운은 그런 은희를 순진하고 융통성 없는 사람이라고 했다. 그래도 늘 자신이 옳다고 믿어왔는데, 그런 태도가 오늘 양희를 찾는 데는 전혀 도움이 되지 않았다.

집 앞에서 남운과 헤어지면서 그날 처음으로 그의 얼굴을 일별했다. 내내 불편했던 마음의 일각에는 남운에 대한 원망이 섞여있음을 그 순간 깨달았다. 남운은 은희와는 다른 사람이었다. 규칙 따위는 가볍게 무시해 버렸고, 도덕관념도 희박했다. 가끔은 1990년대 영화에 나오는 비리 형사처럼, 매사에 좋은 게 좋다는 식으로 굴어서 은희와 자주 부딪혔다. 그런 그가 오늘은 왜 가만히 있었을까? 박카스라도 한 박스 안기며 관리소장을 구워삶든가, 아니면 무뢰한처럼 언성이라도 높였어야지. 그게 평소의 남운다운 태도였다. 문득 며칠 전 닭볶음탕을 먹다 말고 거의 협박조로 사랑한다고 외치던 남운이 떠올라 몸서리가 쳐졌다. 그는 앞뒤 재지 않고 덤벼야할 때와 가만히 있을 때를 구분하지 못했다. 하지만 양희 문제에서 절박한 사람은 은희였으므로 남운을 탓하고 있을 수만은 없었다. 평소에 싫어하던 남운의 품행이 나오지 않았다는 이유로는 더더욱.

집 앞에 도착했을 때 사위가 어둑어둑했다. 남운은 들어오고 싶은 기색이었지만 은희는 피곤하다며 그를 돌려세웠다. 저녁도 안 먹여 보낸 건 나중에 깨달았다. 잠시 미안한 마음이 들었다가 양희 걱정으로 일시에 잊었다. 침대에 누워 뒤척이는데 문자메시지가 왔다. 자동차 아래 숨어있는 검은 고양이 사진이었다. 발신 번호를 확인해 보니 낮에 전화했던 아이였다. 어두워서 화질이 좋지 않았지만 샛노랗게 번뜩이는 고양이의 두 눈만은 또렷하게 빛났다. 자정이 다 돼가는 시간이었다. 아이는 이 시간까지 안 자고 뭘 한 걸까. 벌써 나흘 밤을 낯선 곳에서 보냈을 양희를 생각하자 다시 불안이 엄습했다. 쉬이 잠들 수 없는 밤이었다.

실종 이틀 전

남운의 아파트 지하주차장에서 은희는 자동차 시계의 분침을 노려보고 있었다.

'너는 내 시간을 갉아먹는 좀도둑이야.'

은희는 이런 생각에 사로잡혔고, 남운은 15분째 내려오지 않았다. 이즈음 남운은 약속 시간을 잘 지키지 못했다. 10분 늦는 것쯤이야 이해 못 할 일도 아니었지만 번번이 그러는 데 진저리가 났다. 게다가 여기는 남운의 아파트 주차장이었다. 그에게 이보다 더 편리한 약속 장소가 있을까. 미리 만날 시간을 정했고, 출발하면서 메시지를 남겼고, 도착하기 10분 전에 전화도 했다. 그러지 않으면 또 늦을 걸 알았기 때문이었다. 매번 핑계도 가지가지였다. 오늘따라 엘리베이터가 늦게 왔다거나, 갑자기 중요한 전화가 왔다거나, 급한 생리 현상을 처리하느라. 그런 일들이 하필 은희를 만날 때마다 생겼다.

딱 열까지만 세고, 그냥 가자. 하나, 둘, 셋… 은희는 속으로 열까지 센 뒤, 브레이크를 꽉 밟고 기어를 D로 옮겼다. 그때 헐레벌떡 뛰어오는 남운이 보였다. 그냥 가버릴까, 아주 잠깐 그런 생각이 들었다. 남운은 허둥대며 조수석에 올랐다.

"미안, 미안, 미안. 많이 기다렸어?"

그걸 몰라서 묻는 걸까. 남운의 관자놀이에서 땀방울이 도르르 흘러내렸다. 대체 엘리베이터를 타고 내려오는 일이 뭐가 힘들다고 땀까지 흘려? 이렇게 쾌청한 10월 오후에.

은희는 왜 늦었냐는 의미 없는 질문은 생략하고 차로 15분 거리에 있는 영화관으로 출발했다. 영화 시작까지 10분이 남아있었다. 은희는 영화의 첫 장면을 놓치고 싶지 않았다. 커피를 살 시간도 필요했다. 그러려면 주차 공간이 여유 있기를 바라야 했다. 다행히 주차장의 빈자리는 쉽게 찾았지만, 카페 계산대는 줄이 길었다. 한참 만에 커피를 받아 든 남운이 잰걸음으로 은희의 뒤를 쫓았다. 상영관에 들어서자, 광고가 막 끝났고 곧바로 암전이 됐다. 어둠이 눈에 익을 새도 없이 두 사람은 계단을 더듬어 올랐다.

"앗."

남운이 발을 헛딛고 외마디 소리를 냈다.

"괜찮아?"

은희가 묻자 남운은 대답인지 신음인지 "으응" 하는 소리를 냈다. 뜨거운 커피가 남운의 손등 위로 흘러내렸다. 은희는 커피를 빼앗듯이 받았다. 가까스로 자리를 찾아 앉았을 땐 첫 장면은 이미 지난 후였다. 영화는 그저 그랬다. 재미있어질 만하다가 이내 지루해졌고 김빠지는 엔딩으로 끝나버렸다. 마치 은희와 남운의 연애 같았다.

두 사람은 영화관 건물 1층에 있는 닭볶음탕 집에 마주 앉았다. 남운의 오른손이 벌겋게 부어있었다.

"화상 연고라도 발라야 되는 거 아냐?"

"그러게, 나 왜 그랬지?"

남운이 머쓱하게 웃으며 귀퉁이가 찌그러진 양은 잔에 물을 따라 마셨다. 은희는 냄비에서 닭다리 하나를 집어 남운의 접시에 놓아주었다. 남운과 식사할 때마다 왠지 모르게 그렇게 했다. 제 손으로 떠먹을 수 있을 텐데도.

"나 정말 왜 그랬지?"

남운이 도톰한 닭다리 살을 뜯다 말고 다시 말했다. 은희에게 하는 말이라기보다 혼잣말에 가까웠다. 은희는 화제를 돌렸다.

"영화 어땠어?"

남운과 은희는 영화를 좋아했다. 두 사람의 거의 유일한 공통점이었다. 영화를 보고 밤새 영화에 대해 얘기하다가 어느새 해가 떠버린 걸 깨닫고 별수 없다는 듯 입을 맞췄다. 그렇게 별다른 언약도 없이 만나기 시작했다. 때로는 영화보다 남운과 나누는 관람 평이 더 재밌을 때도 있었다. 은희는 남운의 대답을 기다렸지만 닭살을 야무지게 발라먹던 남운은 이렇게 말했다.

"아, 나 정말 왜 그랬지?"

그 순간 감정 완화 장치가 터져버렸다.

"그래, 너 대체 왜 그러니? 사람이 무슨 말을 하면 대꾸를 해야지, 왜 자꾸 혼잣말을 하는 거야? 대화할 줄 몰라? 같은 말은 왜 계속 반복하는 건데? 너 그럴 때마다 좀 모자라 보여."

은희는 쌓였던 말들을 마구잡이로 쏟아냈다. 남운은 어안이 벙벙한 표정이었다.

"내가 무슨 말을 반복했는데?"

"나 정말 왜 그랬지, 나 정말 왜 그랬지, 나 정말 왜 그랬지! 나도 그게 궁금하다. 네가 정말 왜 그러는지!"

"내가 그랬어?"

"영화 어땠냐는 내 질문은 들은 거야?"

"아, 그거."

"좀 전에 물었잖아. 귀를 닫고 있으니 알아들을 리가 있어?"

"미안해, 미안해."

"한 번만 말해! 제발."

남운의 얼굴이 벌겋게 달아올랐다. 요즘 남운은 가는귀먹은 사람처럼 답답하게 굴었다. 말귀를 못 알아들으니 대답도 못 했고, 같은 말을 서너 번씩 반복했다. 배부른 나무늘보처럼 동작도 굼떴다. 은희는 남운을 참아내는 데 한계를 느끼고 있었다.

잠시 후 남운이 입술에 철근이라도 매단 듯 무겁게 입을 뗐다.

"나 탄수화물 결핍이래."

경도비만이었던 남운은 다이어트 중이었다. 첫 끼를 정오에 먹고 오후 6시부터 금식하는 간헐적 단식을 했다. 배드민턴과 조깅을 병행하면서 두 달 만에 10킬로그램을 감량했다. 몸이 눈에 띄게 달라지자 그렇게 좋아하던 빵과 라면도 멀리했다. 그러더니 언제부턴가 탄수화물을 완전히 끊어버렸다.

그거였을까? 사리분별력이 떨어지고 무기력증이 생긴 이유가.

은희는 묘기 부리는 곰을 조련하듯 칭찬과 격려로 그를 부추겨 왔다. 턱선이 살아났다는 둥, 복근이 생기겠다는 둥 볼 때마다 칭찬 세례를 퍼부었다. 애초에 살 좀 빼라고 돌직구를 날린 것도 은희였다.

"내가 살 빼라고 했지 탄수화물 끊으랬어?"

닭볶음탕을 공깃밥도 없이 먹고 있는 남운이 미련해 보였다. 준비하지도 않은 말이 은희 입에서 튀어나왔다.

"미안한데, 아니, 이게 미안할 일인지 모르겠지만, 우리 헤어지자."

무심결에 내뱉고 보니 진심이 되었다. 남운은 이번에도 못 알아들은 건지 대답이 없었다. 진짜 못 들은 건가 싶을 만큼 긴 침묵 끝에, 남운이 커다란 목소리로 외쳤다.

"은희야, 나는, 너를 사랑해! 사랑한다고! 사랑해!"

정확히 세 번이었다. 마침내 남은 정이 말끔하게 떨어졌다.

실종 당일

그날은 양희가 혼합 백신을 맞는 날이었다. 길에서 만난 양희가 은희 집으로 들어온 지 꼭 1년 되는 날이기도 했다. 한 해를 꼬박 고양이와 살다니, 1년 전만 해도 상상하기 힘든 일이었다. 은희는 동물에게 관심이 없었다. 고양이든 개든 햄스터든, 어떤 동물도 키워본 적이 없었고, 동물에게 끔찍한 애정을 퍼붓는 사람들을 보면 아연해지기까지 했다. 어쩌자고 인간이 인간보다 동물을 더 사랑하게 된 것일까. 마치 동물을 사랑하는 일이 인간에 대한 배척인 양 그들을 비예하기도 했었다.

양희를 처음 본 건 지난해 가을이었다. 어둑한 골목길을 따라 남운이 은희를 바래다주는 길이었다. 겨우 어미젖이나 뗐을까, 아주 작은 새끼 고양이 한 마리가 길가에 주차된 자동차 아래서 갑자기 뛰쳐나왔다. 노란색 치즈태비였다. 고양이는 하얀 배를 드러내고 은희 발치에 등을 비볐다. 놀랍도록 포근한 그 느낌은 난생 처음 갖는 감각이었다. 동물에 문외한인 은희에게도 그 몸짓이 우연으로 보이지 않았다. 손바닥만한 작은 생명이 온몸으로 무언가를 호소하고 있었다. 은희는 잠시 멍해졌다.

"저리 가!"

남운이 바닥에 발을 쿵 찍어서 고양이를 쫓아버렸다. 순간 은희는 남운에게 치미는 반감과 거의 같은 크기의 애정이 초

면인 아기 고양이에게 샘솟는 걸 느꼈다. 그녀는 자동차 밑으로 숨어버린 아기 고양이를 불렀다. 발등에 남은 온기가 사라지기 전에 다시 한번 보고 싶었다.

"고양아, 고양아⋯."

은희는 딱딱한 길바닥에 무릎을 대고 차 밑을 살폈다. 겁먹은 동그란 눈동자가 은희를 마주 보았다. 은희는 편의점으로 달려가 고양이 통조림을 한 캔 샀다. 새삼스러운 은희의 행동을 남운은 석연치 않아 했다. 은희가 동물을 싫어한다고 생각했으니까. 그것은 어느 정도 진실일 것이다. 은희는 그저 동물에 관심이 없을 뿐이었지만, 관심도 애정에서 비롯되는 법이었다. 다행히 고양이는 도망치지 않았고 은희가 사온 통조림을 맛있게 먹었다. 쯥쯥쯥 귀여운 소리를 내면서.

그 일은 어느 가을밤 일어난 작은 해프닝이었다. 일주일 후 은희의 집 창문턱에 그 고양이가 다시 나타나기 전까지는. 고양이는 밤새도록 가냘프게 울어대더니 새벽녘에 목이 쉬어버렸다.

"우연이겠지. 고양이가 너희 집을 어떻게 알고 찾아와. 스토커도 아니고."

남운의 핀잔을 흘려들으며 은희는 방충망에 한 옴큼 박혀있는 노란 털뭉치를 뜯어냈다. 이튿날 밤에도 고양이는 은희를 찾아왔다. 창문을 조금 열고 미리 사둔 통조림을 밀어주었다. 이번에도 쭙쭙 소리를 내며 잘 먹었다.

"아가야. 어쩌자고 또 왔어."

은희는 고양이의 작은 머리통에 살짝 손가락을 얹어보았다. 보드라운 온기가 손가락을 타고 와 은희의 심장에 가닿았다. 고양이를 만지는 게 이런 느낌이라는 걸 왜 아무도 말해주지 않은 걸까. 다음 날도, 그다음 날도 고양이는 계속 은희를 찾아왔다. 마침내 그 달콤한 집요함에 은희는 굴복한다. 고양이는 그렇게 스스로 살 집을 정했다. 은희에게 미지의 영역이었던 새로운 세상이 열렸고, 이제 모든 것은 전과 같지 않을 터였다.

인터넷에는 초보 집사들을 위한 정보가 차고 넘쳤다. '길냥이 입양 후 해야 할 일 목록'을 검색한 은희는 우선 건강검진부터 시키기로 했다. 고양이는 매우 예민한 동물이라서 병원 선택도 중요하다고 했다. 은희는 집에서 차로 20분 거리에 있는 고양이 전문병원을 선택했다.

"이름이요?" 동물 병원 간호사가 물었다.

"고은희요."

"아니요. 아기 이름이요." 간호사가 재차 물었다.

"고양이요?"

"고양희."

간호사가 타닥타닥 키보드를 두드렸다. 두 달 후 양희는 중성화 수술을 받았는데, 스트레스가 심했는지 의사에게 하악질을 했다. 양희의 그런 모습을 처음 본 은희는 겁이 났다.

"아기가 병원을 무서워하네요. 앞으로는 1년에 한 번씩 혼합백신 접종만 받으러 오세요. 심장사상충 약을 드릴 테니 매달 직접 발라주시면 됩니다."

은희는 의사의 조언대로 12개월 치 약을 받아오면서 고양이 케어가 별것 아니라는 생각을 했다. 그러나 1년 후 다시 병원을 찾았을 때 일이 터졌다. 병원에 도착한 양희는 수술의 충격을 기억해 낸 것처럼 바들바들 떨다가 담요에 오줌을 지렸다. 의사가 케이지를 여는 순간 세렝게티의 맹수처럼 눈을 번득이더니 털을 꼿꼿이 세워 공격 태세를 갖췄다.

애교쟁이 양희의 돌변에 은희는 적잖이 충격을 받았다. 집에서는 착하기만 하던 내 아이가 학교에서 전혀 다른 행동을 했을 때 부모가 받는 타격이랄까. 고양이라는 오묘한 생명체를 이해하기에 1년이라는 시간은 턱없이 부족했다. 은희는 여전히 동물에 대해 무지했고, 수천 대에 걸쳐 유전자에 새겨졌을 야생동물의 본능적 공포를 가늠하지 못했다. 양희는 목숨의 위태를 느꼈던 것이다.

결국 양희는 케이지를 열고 탈출했다. 집으로 돌아가기 위해 병원 문을 나서는 순간, 쏜살같이 8차선 도로를 무단으로 가로질렀고 건너편 아파트 단지의 덤불 속으로 몸을 날려 사라져 버렸다. 은희는 그 장면을 목격하고도 믿어지지 않았다. 양희는 치타만큼 빨랐고, 벌새처럼 날렵했으며, 오소리보다 용맹했다. 그 앙증맞은 생명체는 양방향으로 달리는 자동차들을 모두 비껴가며 달렸다. 엄청난 반사신경과 민첩성, 탁월한 거리감각과 움직임 예측 능력까지, 내 새끼가 이렇게 놀라운 재주를 가졌었나, 은희는 감탄으로 입이 쩍 벌어졌다.

기껏 인간일 뿐인 은희는 양희 뒤를 쫓을 수가 없었다. 횡단보도에서 발을 동동 구르며 보행등이 켜질 때까지 기다렸다. 건너편 아파트 단지에 도착했을 때 양희는 이미 어딘가로 꼭꼭 숨은 뒤였다. 그때까지만 해도 금세 양희를 찾아 돌아가리라는 터무니없는 희망이 있었다. "양희야" 하고 부르면 조금 귀찮은 듯 느릿느릿 기어 나올 거라고, 집에서는 늘 그랬으니까. 양희가 진정될 때까지 기다리면 된다고 생각했다.

그러나 해가 저물도록 양희는 나타나지 않았다. 동물병원 직원들까지 양희 수색 작전에 가담했지만 허사였다. 통조림과 '츄르'와 '쥐돌이'도 양희를 꾀어낼 수 없었다. 10월의 밤은 일교차가 컸다. 낮에 입고 나온 얇은 외투의 앞섶을 아무리 여며도 칼바람이 파고들었다.

"어두워져서 더는 찾기가 힘들겠어요. 일단 귀가하시고 내일 아침에 다시 찾아보시죠."

동물병원 원장의 말에 은희는 수긍도, 반발도 할 수 없었다. 병원 사람들이 돌아간 뒤 홀로 빈 케이지를 들여다봤다. 문은 뜯기거나 부서져 있지 않았다. 양희가 사람처럼 문손잡이를 눌러 연 게 아니라면 처음부터 잘 닫혀있지 않았다는 뜻이었다. 케이지에 양희를 넣고 문을 걸어준 사람은 원장이었다.

수의사라는 사람이 이런 것도 제대로 못 닫나. 빈 케이지를 들고 집에 돌아갈 엄두가 나지 않았다. 몸살이 날 것처럼 으슬으슬했다. 은희는 남운에게 전화를 걸었다. 이틀 전 그에게 이별을 선언했다는 사실은 깡그리 지워졌다.

실종 6일째

남운이 새벽마다 다람마을 1단지에 설치한 통덫을 확인해주었다. 먹이로 동물을 유인해서 다치지 않게 잡아두는 포획틀이었다. 양희가 좋아하는 간식과 사료를 넣어두고 아침저녁으로 들여다봐야 했다. 종종 다른 길고양이들이 갇혀있었고, 제때 풀어주지 않으면 기괴한 소리로 울어대서 인근 주민들에게 폐를 끼쳤다.

다람마을은 은희가 일하는 이탈리아 레스토랑과는 반대 방향이어서 출근 전에 들르기가 쉽지 않았다. 그 일을 남운이 자처했다. 남운은 새벽에 자전거를 타고 가 덫 안에 잡힌 길고양이들을 풀어주고 먹이를 도로 채워 넣었다. 잡힌 고양이들은 하나같이 먹이를 전부 먹어버렸는데 갇혔다는 걸 알고도 먹어 치우는 것인지, 배를 채운 후에 갇힌 걸 깨닫는지 모를 일이었다. 그 부근 길고양이가 죄다 잡혔다 풀려나는 동안에도 양희는 나타나지 않았다.

그래, 우리 양희가 얼마나 똑똑한데. 그깟 먹이로 유인 당할 애가 아니지. 은희는 레스토랑의 예약자 리스트를 확인하다가 씁쓸하게 웃었다. 희망이 옅어질수록 보고 싶다는 생각은 몇 배로 커졌다.

남운은 매일 통덫 앞에서 셀피를 찍어 보냈다. 텅 빈 덫 앞에서, 때론 덫에 갇힌 길고양이와 함께, 가끔은 손가락 하트까지 그려가며 사진을 찍었다. 은희가 그럴 필요 없다고 했는데도 남운의 '사진 보고'는 계속됐다.

어스름 녘에 포획 틀에 갇힌 야생 동물을 대하는 것은 곤혹스러운 일이었다. 위협을 느끼면 고양이들은 사나워졌다. 어떤 녀석은 탈출하려고 포획 망에 머리를 짓이겨 피투성이가 되어있었다. 병원에 데려가 상처를 소독하고 연고를 발라주는 데 몇만 원씩 들었다. 수컷들은 덩치가 커서 어두울 때 보면 작은 곰처럼 보이기도 했다. 은희는 야생 고양이들이 어쩐지 무서웠다. 양희도 길에서 데려온 아이라는 건 아득하게 지워졌다. 양희는 내 목소리를 잊은 걸까. 한 해 동안 정들인 보람도 없이. 아파트 단지를 샅샅이 뒤지며 아무리 불러도 나오지 않는 양희에게 섭섭한 마음도 일었다. 인간이 동물에게 이런 감정을 가지는 게 가당한 일인가 싶기도 했다.

전단지를 붙인 후 간간이 제보 전화가 왔지만, 대개는 며칠 전에 봤다는 뒤늦은 목격담이었다. 그래도 혹시나 하는 마음에 제보 장소를 전부 찾아가 보았다. 양희는 보이지 않았고, 그게 진짜 양희였는지 확인할 길도 없었다.

양희를 잃어버린 지 6일째 되던 날, 다람마을 인근에 있는 '초원복집' 앞에서 양희와 비슷한 고양이를 봤다는 문자 제보를 받았다. 마침 휴무일이었던 은희는 남운을 불러내 그 식당에서 점심을 먹었다. 남운은 까치복 한 그릇을 순식간에 비웠다. 다이어트 중인 게 무색할 만큼 먹성은 그대로였다.

"복튀김도 먹을래?"

은희가 묻자 남운은 괜찮다며 손사래를 쳤다.

"먹자. 너 좋아했잖아."

은희는 튀김을 주문했다. 남운이 양희를 찾는 일에 이렇게까지 열성을 보이는 게 내심 고마웠다. 식사 대접 한 번으로 퉁칠 일은 아니었지만 어쨌든 잘 먹는 모습을 보니 약간은 빚을 갚는 심정이었다. 남운이 튀김 하나를 손으로 집어 먹으며 물었다.

"나 맥주 마셔도 돼?"

다시 탄수화물을 먹기 시작한 남운은 이제 술도 마시는 모양이었다. 은희는 맥주를 주문하고 남운에게 물었다.

"새벽마다 통덫 확인하는 거 피곤하지?"

"그냥 새벽 운동이라고 생각하고 있어. 양희가 사라진 게 나에게는 천재일우의 기회 같아."

천재일우라니, 은희는 황당한 기색을 애써 감췄다.

"양희가 없어진 게 다행이라는 뜻은 아니고. 내가 너한테 해줄 수 있는 일이 생겨서 좋고, 너를 다시 볼 수 있어서 좋다는 말이야. 난 하나도 힘 안 들어."

이렇게 말하며 남운은 슬며시 웃었다. 그래, 너는 하나도 힘이 안 드는구나. 나는 너무 힘들어. 은희는 이 말을 삼켰다. 남운이 하는 말의 의미를 모르지 않았지만, 남의 불운을 천재일우니 뭐니 하는 아둔한 감수성에 진저리가 났다. 은희는 태없이 단순한 남운을 좋아했었다. 이제는 사랑이 식어서 그 점이 거슬리는지, 그런 데 질려서 사랑이 식은 건지 알 수 없었다.

눈에 익은 번호가 은희의 휴대폰에 떴다. 처음 제보 전화를 걸어왔던 아이였다.

"아줌마, 여기 바람개비 놀이터예요. 빨리 오세요. 빨리요!"

은희는 벌떡 일어났다. 남운이 뭐라고 외쳤지만 대답할 겨를도 없이 다람마을을 향해 뛰었다. '아줌마?' 뛰면서 생각했다. 마침 이 동네에 와있어서 다행이었다. 놀이터에 도착했을 때 아이는 보이지 않았다. 은희는 주변을 천천히 돌면서 최대한 다정한 목소리로 양희를 불렀다.

"저기요."

누군가 불러서 돌아보니 열 살쯤 된 남자아이가 서있었다. 슬리퍼에 운동복 차림이었다. 길게 자란 앞머리에 한쪽 눈이 거의 덮여있었다. 일부러 기른 게 아니라 자를 시기를 놓친 것 같았다.

"네가 전화했니?"

아이가 고개를 끄덕였다. 은희는 그 아이가 남자애라는 사실에 조금 놀랐다. 아이들은 목소리만 듣고는 성별을 구별하기 힘들구나.

"고양이를 봤니?"

"네."

"어디서?"

아이는 말없이 손으로 미끄럼틀을 가리켰다. 눈은 은희에게 고정한 채였다. 시선과 손짓이 어긋나 자세가 어딘가 어색했다.

"거긴 벌써 찾아봤는데. 언제쯤 봤니?"

"아까요."

"아까 언제?"

아이가 잠시 뜸을 들이다 말을 이었다.

"그런데 일찍 오셨네요."

"마침 근처에 있었거든."

아이는 딴청을 부리듯 얼굴을 모로 틀었다. 거짓말을 하고 있다는 직감이 들었다. 기운이 빠진 은희는 나무 벤치에 걸터앉았다.

"몇 살이니?"

"아홉 살이요."

"연락해 줘서 고마워. 다음에 우리 양희 보면 엄마가 기다린다고 전해줘."

"엄마요?" 아이가 갑자기 너무 큰 소리로 물었다.

"응. 내가 양희 엄마야." 은희는 그 사실을 증명해야 되는 사람처럼 힘주어 대답했다.

"사람이 어떻게 고양이 엄마예요?"

"내가 입양했으니까."

"좋겠다."

"뭐라고?"

아이는 입을 다물었다. 아이의 시선을 따라가니 101동 현관에서 안색이 어두운 노파가 걸어 나오고 있었다. 긴 병에 이골이 난 것 같은 용태였다.

"시우야!"

노파가 탁하고 걸걸한 목소리로 아이를 불렀다. 전화로 들었다면 틀림없이 남자라고 생각했을 목소리였다. 아이는 101동을 향해 뛰었고, 할머니를 지나쳐 곧장 공동현관 안으로 사라져 버렸다. 노파는 잠시 그 자리에 서있었다. 아이를 보고 있다고 생각했는데 은희를 보고 있었던 것 같기도 했다. 무언의 경고를 보내는 것처럼.

"여기 있었어?"

남운이 은희 옆에 털썩 주저앉으며 말했다. 은희는 그제야 식당에서 계산을 하지 않고 나온 게 생각났다. 잠깐 한눈 판 사이 노파도 사라지고 없었다.

실종 열흘째

사례금을 50만 원으로 올려 전단지를 돌리자 제보 전화가 급증했다. 모르는 번호의 문자와 전화가 수시로 왔다. 그사이에 남운은 이런 말들을 했다.

내가 없어져도 너는 나를 이렇게 찾으러 다닐까. 네가 나를 이용하는 거라고 해도 나는 좋아. 너에게 쓸모 있는 사람이 된 기분이야. 양희를 찾으면 나랑 헤어질 거야?

은희는 남운의 말에 마음 쓸 여력이 없었다. 시우라는 아이는 하루에도 몇 번씩 이상한 문자들을 보내왔다.

고양이 찾았어요?

어디서 찾았어요? 아니 입양했어요?

까만 고양이는 안 키워요?

어느 날에는 '고양이 엄마'라고만 써서 보내기도 했다. 은희는 이제 아이의 문자를 무시했고 여차하면 차단해야겠다고 마음먹었다. 은희는 예민해졌고 누군가 슬쩍 건드리기만 해도 하악질을 하거나 울어버릴 태세였다.

양희를 잃은 지 열흘째 되던 날 퇴근길에 시우로부터 사진을 받았다. 한 손으로 운전대를 잡고 다른 손으로 대충 메시지를 확인하던 은희는 숨이 멎을 뻔했다. 흙투성이가 된 노란 고양이가 고개를 꺾은 채 배를 뒤집고 누워있었다. 장소는 다람마을 아파트 단지 내 화단 같았다.

지난밤에 비가 많이 내렸다. 양희가 과연 잘 버티고 있을지 걱정이 되어 한숨도 못 잤다. 비를 피할 장소는 찾았는지, 영역 다툼에 쫓겨 해를 입지는 않았는지, 벌써 열흘째인데 밥은 먹고 다니는지. 만에 하나 영영 찾지 못하더라도, 길냥이로 살아남아 '묘생'을 누리길 바랐는데. 양희가 죽었을 거라는 가정은 한 번도 해본 적이 없었다. 심장이 미친 듯이 뛰어서 운전대를 잡은 손이 덜덜 떨렸다. 비상등을 켜고 갓길에 차를 세웠다.

다시 사진을 들여다볼 엄두가 나지 않았다. 그래도, 확인해야 했다. 지난 열흘간 몸과 마음이 지칠 대로 지쳐버렸다. 퇴근 후에 다람마을에 가서 양희를 부르는 일을 언제까지 해야 하는 건지, 아뜩아뜩 현기증이 났다. 솔직히 언제쯤 포기가 될지, 그게 제일 무서웠다. 고양이 카페에서 열흘이면 희망이 없다는 글도 읽었다. 사람도 아닌데 언제까지 찾아다닐 거냐, 고양이는 야생에서도 잘 적응하니까 그만 잊으라는 충고도 들었다. 어쩌면 그때 포기했어야 하는 걸까. 그랬다면 양희가 어디선가 잘 살고 있으리라는 희망을 품고 살 수 있었을까.

은희는 심호흡을 하고 사진을 찬찬히 들여다보았다. 털이 노랗고 목덜미와 네 발이 희고 입술이 분홍색인, 그러니까 흡

138

사 양희처럼 보이는, 어쩌면 양희일지 모를 고양이 사체를. 노란 고양이가 다 비슷해 보이지만 고양이를 키워본 사람은 안다. 제 고양이를 한눈에 구별해 낼 수 있다. 그러나 사진은 흐릿해서 실물로 보는 것과는 달랐다. 은희는 시우에게 전화를 걸었다. 신호음이 한 번 울리기도 전에 목소리가 건너왔다.

"여보세요."

가래침이 끓는 걸걸한 목소리, 은희를 쏘아보던 노파였다. 은희는 자초지종을 설명하고 시우가 그 사진을 언제 어디서 찍었는지 알고 싶다고 말했다.

"그거 벌써 파묻었어."

노파의 목소리에는 아무 감정도 실려있지 않았다. 엇나가는 대화 속에서 은희는 그 화단이 101동 후면이라는 것과, 경비원이 와서 고양이를 묻어주었다는 답을 들었다. 은희는 봉분을 파헤치는 한이 있어도 그게 양희인지 확인하고 싶었다. 그래야 포기가 될 것 같았다. 남운에게 전화를 걸었다. 은희의 횡설수설을 듣고 난 남운이 되물었다.

"그러니까 내일 날이 밝자마자 다람마을 화단에서 무덤을 찾아 파헤치고, 그 안에 양희가 있는지 확인해야 한다는 거야?"

"응. 나와 함께 가줘."

경황이 없는 와중에도 은희는 남운이 자기 말을 단번에 알아들었다는 사실이 신기했다. 다시 탄수화물을 먹기 시작한 건 역시 잘한 일이었다. 은희는 소금 기둥처럼 무너지려는 몸을 이끌고 집으로 돌아왔다. 양희 밥그릇, 양희 스크래처, 양희 장난감, 양희 화장실…, 온통 양희 세상인데 양희만 없었다. 발바닥의 뽀얀 털과 말랑한 핑크 젤리가 미치도록 만지고 싶었다.

양희는 참으로 절묘한 시기에 은희에게 왔었다. 은희는 여객기 승무원으로 7년을 일하다가 팬데믹이 세상을 뒤집어 놓던 시절 실직했다. 국제선이 전부 사라지고 국내선 운항마저 줄어들어 대량 해고가 불가피한 상황이었다. 한동안 무직 상태로 어려운 시기를 보냈다. 만약 양희가 그때 왔더라면 경제적인 문제는 차치하고라도 마음의 여유가 없었을 터였다. 승무원인 시절이었다면 한 달에 반은 집을 비워야 하는 상황이라 반려동물은 꿈도 꾸지 못했을 것이다. 양희는 이런 사정을 다 아는 것처럼 맞춤한 시기에 은희에게로 왔다. 은희와 함께 회사를 나왔던 선배가 이태리 레스토랑을 개업했고, 그곳에서 매니저로 일하게 된 이후였다. 시절 인연이었을까. 이 애틋함의 기원이 어디인지 모르겠고, 슬픔이 얼마나 더 갈지도 모르겠어서 눈물이 났다. 마지막 제보 전화는 바로 그 순간에 왔다. 모르는 번호였지만 은희는 망설이지 않고 전화를 받았다. 20대 초반의 젊은 여자였다.

"전단지 보고 전화드려요. 사진하고 똑같이 생긴 고양이가 여기 있어요. 산들마을 9단지, 915동 화단이에요. 맞아요, 빨간 목걸이 하고 있는 노란 고양이요. 다가가면 도망갈까 봐 그냥 지켜만 보는 중이에요. 빨리 오세요."

그동안의 숱한 제보와 다르다는 것을 은희는 직감으로 알았다. 구체적인 제보 내용과 정확하게 전달하려는 노력, 조급함이 느껴지는 목소리. 하지만 꼭 그게 아니더라도 어쩐지 알 수 있었다. 산들마을은 양희가 사라진 다람마을과는 꽤 떨어진 동네였다. 지금까지 모든 제보는 다람마을 인근에서 목격했다는 내용이었다. 전단지에 그렇게 적어두었기 때문이다.

자동차를 몰고 산들마을로 향할 때, 오만가지 생각이 은희의 머릿속을 헤집었다. 양희가 정말 거기까지 간 걸까. 잘 기다려 줄까. 겁을 내고 달아나 버리면 어쩌지. 왠지 이번이 양희를 찾을 마지막 기회 같았다. 25분 거리였다. 은희는 내비게이션을 켜지 않고 달렸다. 그곳은 은희가 너무 잘 아는 동네였다. 산들마을 9단지, 남운의 집이었다.

그리고 그 후

다음 날 아침 은희는 정성껏 쓴 손편지와 현금 50만 원이 든 봉투, 비타민 한 통을 챙겨서 산들마을 9단지로 다시 향했다. 915동 앞 벤치에서 어젯밤의 제보자를 만났다. 저녁에 봤을 때보다 훨씬 앳된 인상이었다. 대학교 1학년이라고 했다. 은희는 준비한 것들을 건네며 감사를 전했다. 제보자는 양희의 안부를 물었다.

"발톱 몇 개 부러지고 발바닥에 굳은살 박인 것 빼고는 건강해요."

은희는 조심스럽게 양희를 발견했을 때의 상황에 대해 듣고 싶다고 했다.

"아르바이트 끝나고 집에 가는 길이었는데, 화단 앞에서 어떤 남자 분이 고양이를 쓰다듬고 계셨어요. 길냥이들과 다르게 애가 너무 깨끗한 거예요. 제가 고양이를 좋아해서 캣맘도 했거든요. 양희는 딱 봐도 사람 손 탄 애 같았어요. 처음엔 그 남자분 고양이인가 했는데, 키우는 고양이를 케이지나 하네스도 없이 데리고 나오지는 않잖아요. 그래서 지켜봤더니 그분이 그냥 가시더라고요. 혹시나 해서 동물보호센터 앱에 들어가 보니까 딱 그 고양이 사진이 있는 거예요."

제보자는 스스로가 대견한 듯 해맑게 웃었다.

"혹시 그 남자분 인상착의 기억나세요?"

"어두워서 자세히는 못 봤어요. 그냥 젊은 남자였다는 것밖에는. 근데 다람마을에서 잃어버렸다고 하셨죠? 어떻게 여기까지 왔을까요. 꽤 먼데."

"그러게요. 어떻게 왔을까요."

은희도 그게 궁금했다. 제보자와 헤어진 후 은희는 산들마을 9단지에서 다람마을 1단지까지 천천히 걸어갔다. 8차선 차도를 따라 직진과 우회전, 다시 좌회전, 또 우회전을 했고 크고 작은 횡단보도를 여섯 번 건넜다. 43분이 걸렸다. 양희가 이 길을 혼자 건넜다면 위험한 상황에 많이 처했을 것이다. 자동차와 사람들, 영역을 지키는 길고양이들, 낯선 환경과 소음이 산재해 있었다. 어젯밤 양희를 데려오면서 은희는 남운에게 전화를 걸었다. 양희를 찾았으니 고양이 무덤을 파헤칠 필요도 없고, 통덫은 이제 철거하겠다고 말했다. 돌아온 남운의 반응은 묘했다. 기뻐하는 기색 없이 계속 무슨 말이냐고 되물었다. 무슨 말이냐니, 양희를 찾았다는 말이지. 그것도 너희 집 앞에서.

걸으면서 계속 남운의 말이 떠올랐다. 너에게 쓸모 있는 사람이 된 것 같아 기뻐. 양희를 되찾으면 너는 나를 버리겠지?

다람마을에 도착해 통덫을 설치한 장소로 갔다. 안이 비어

있었다. 이 동네 고양이들이 죄다 들어가서 포식하고 나오는 동안 양희는 왜 한 번도 잡히지 않은 걸까.

"엄마."

인기척에 돌아보니 시우가 서있었다.

"뭐라고?"

"엄마, 고양이 엄마."

은희는 차갑게 굳은 말투로 아이에게 말했다.

"우리 양희 찾았어. 이제 연락 안 해도 돼."

아이의 가늘고 긴 눈동자가 흔들렸다.

"죽은 고양이 사진 네가 찍었니?"

아이는 말없이 뒤로 돌아 걷기 시작했다. 은희가 소리쳤다.

"시우야! 혹시 너희 엄마…."

은희가 말을 끝내기 전에 아이가 돌아봤다. 노려보는 것 같았다.

"우리 엄마 없어. 원래 없어."

시우는 포식자에게 쫓기는 작은 동물처럼 맹렬하게 뛰어가 버렸다.

양희가 돌아오고 얼마 후, 은희는 예전에 다니던 항공사로부터 복직 제안을 받았다. 유니폼을 입고 비행을 하던 평범한 일상으로 돌아갈 수 있게 된 것이다. 그 사실은 기뻤지만 다시 여러 날씩 집을 비워야 하는 상황이었다. 영역 동물인 고양이를 강아지처럼 호텔에 맡길 수도 없었고, 비용도 만만치 않았다. '방문 탁묘'처럼 모르는 사람을 집에 들이는 것도 내키지 않았다.

"양희야, 너를 어쩌면 좋을까?"

은희 맘을 아는지 모르는지 양희는 몸단장에 여념이 없었다. 분홍색 혀를 내밀어 부지런히 발바닥을 그루밍했다. 은희는 홀린 듯 그 모습을 바라보다가 남운에게 전화를 걸었다.

"잠깐 올 수 있어?"

"애들 내려주고 들를게."

산들마을 상가의 체육관에서 어린이들에게 태권도를 가르치는 남운은 셔틀버스 운전도 겸했다. 거리에서 태권브이 캐릭터가 그려진 노란 밴을 볼 때면 은희는 반가운 마음이 들었다. 하얀 도복을 입은 남운과 올망졸망한 아이들이 어설픈 품새를 하며 왁자지껄 떠드는 모습을 상상하면 절로 웃음이 났었다. 이제는 그런 날이 있었다는 기억만 남았다.

남운은 기다란 펜스 모양 방묘문을 가져왔다. 길냥이 출신 양희가 호시탐탐 탈출을 시도한다고 남운에게 말한 적이 있었다. 남운은 세심하지는 않았지만, 때때로 자상한 면이 있었다. 벽면을 타공하지 않고 설치하는 제품이라고 했다.

"너희 집주인이 좀 까다롭잖아."

긴 폴대를 천장 높이에 맞춰 조절하면서 남운이 중얼거렸다. 은희는 남운의 저의가 의심스러웠고 그 때문에 가책을 느꼈다. 의심이 나쁜 게 아니라 아무것도 묻지 않아 나빴다. 목에 걸린 가시처럼 거슬렸지만 입 밖으로 뱉어낼 수가 없었다. 남운은 나에게 잘 보이려고 방묘문을 다는 것인가, 아니면 양희를 보호하기 위해 다는 것인가. 어느 쪽이든 상관없었다. 지금 양희를 부탁할 사람은 남운뿐이었다.

집사 속도 모르고 양희가 이야옹, 이야옹, 교태 가득한 소리를 내며 남운에게 다가갔다. 남운의 다리에 머리를 쿵쿵 박더니 옆구리를 스윽스윽 비벼대기 시작했다. 남운은 당황해서 "어, 어" 했고, 은희는 두 사람의 관계가 새로운 국면을 맞았다는 사실을 인정해야 했다. 남운이 한 번의 펀치도 날리지 않고 우위를 쟁탈해 간 것이다. 은희는 이제 셋의 관계에서 누가 제일 약자인지 알아차렸다. 주말마다 남운의 아파트 지하주차장에서 30분쯤 기다릴 각오를 해야겠지. 쓴웃음이 났다.

문자메시지 한 통이 도착했다. 색연필로 어설프게 그린 그림을 찍은 사진이었다. 한 여자와 노란 고양이가 춤을 추고 있었다. 고양이는 사람처럼 두 발로 서서 여자의 손을 맞잡았고, 오른쪽 귀퉁이에는 고양이만 한 남자아이가 있었다. 오른손은 옆으로 뻗고 왼손은 이상한 각도로 접은 어색한 모습으로. 은희는 메시지를 삭제해야 할지, 번호를 차단해야 할지 아니면 그림 속의 숨은 그림을 찾아내야 할지 난감해서 물끄러미 쳐다만 보았다. 어쩌면 아주 잠깐 동안만.

테라스가 있는 옥상 별채

치코를 집 안으로 들인 게 화근이었지.

화연의 얇은 어깨가 부챗살처럼 파르르 떨렸다. 혹시나 하는 마음에 장롱 안을 이 잡듯이 톺아보다가 어느 순간 맥이 탁 풀렸다. 스무 돈 금목걸이는 종적 없이 사라졌다. 열 자 장롱의 서랍장 안에 5년 동안 들어있던 그것은 이제 거기 없었다. 시장 거리 신성당에서 역 앞 홍보사보다 값을 더 쳐준다고 해서 시세나 알아보자는 마음으로 들고 나가려던 참이었다. 머릿속에서 무언가 우지끈 부서지는 소리가 들렸다.

화연은 두통약을 삼키고 거실 소파에 등을 대고 누웠다. 며칠 전 치코가 앉아있던 그 자리였다. 그 밤 거실 창에 비친 치코의 어두운 표정, 고개를 떨구고 앞마당을 가로지르던 그의 뒷모습이 가닥 없이 떠올랐다 사라졌다. 혀끝에 오래도록 머물렀던 마가리타의 잔향도.

금목걸이를 팔지 않아도 멜버른에 사는 아들 내외를 보러 갈 경비쯤은 얼마든지 댈 수 있었다. 화연이 진짜 찾고 싶었던 건 금붙이가 아니었는지도 모른다. 환갑을 넘긴 지도 여러 해가 지났지만 자신은 여전히 사리 분별이 밝은 사람이라고 자부하며 살고 있었다. 그런 화연에게 치코가 훔쳐 간 것은 스무 돈 금목걸이뿐만이 아니었다. 인간의 선의에 대한 믿음 그리고 자기 자신에 대한 확신과 자존감마저 빼앗겼다. 새파랗게 젊은 애를 믿고 경솔하게 속 이야기를 털어놔 버린 게 화연은 자존심이 상했다. 무게로 환산되지 않는 허탈감만 남았다.

그냥 그런 것뿐이었다. 그게 아니라면 달리 무슨 마음이 있을까.

나이 든 비숑프리제가 누런 곱이 낀 눈을 씀벅대며 화연의 발치로 기어들었다. 수의사가 안락사 얘기를 꺼낼 만큼 노쇠한 개였다. 사람으로 치면 이미 백수를 누린 거라며 고통을 덜어주는 것이 더 큰 사랑일 수 있다고 했다. 화연은 늙어빠진 개를 주섬주섬 거두어 다시 집으로 데려왔다. 하나뿐인 아들 현수가 군 입대 전에 화연을 위해 데려온 개였다. 엄마의

적적함을 달래주고 싶었던 대견한 아들의 표상이었고, 젖먹이 강아지를 데려다 17년을 키운 정도 애틋했다. 4년 전 현수 내외가 호주로 떠난 후에도, 2년 전 남편이 저세상으로 가버린 후에도 송이는 줄곧 잔재롱을 부리며 화연 곁을 지켰다.

개는 힘없이 뻗어있는 화연에게 기어와 가쁜 숨을 골랐다. 털이 듬성듬성한 송이의 몸뚱이가 따뜻했다. 송이는 화연을 온전히 사랑하는 유일한 존재이자 현재로선 하나뿐인 가족이었다. 송이마저 가고 나면 그때는 정말 혼자였다.

괴로운 마음이 열병처럼 퍼졌다. 화연은 벌떡 일어나 앉았다. 놀랄 기운도 없는 송이가 쭈뼛하더니 다시 늘어졌다. 화연은 자신이 운영하는 게스트하우스의 투숙객이었던 쿠바 청년 치코에게 메시지를 보내기로 했다. 호스트 교육을 받을 때 배운 대로 한 문장, 한 문장 정성껏 작성했다. 짧고 쉽고 정확한 단어를 골랐다.

치코, 더러운 녀석. 너는 야비하게 내 호의를 이용했어.

이 사달은 한 달 전 시작되었다. 방학과 휴가철이 겹쳐 화연의 게스트하우스가 처음 맞는 성수기였다. 그러나 이 고온 다습한 시절에 한국을 방문하는 외국인이 씨가 마른 듯 한 건의 예약도 없이 잠잠하기만 했다. 오픈한 지 얼마 안 돼 이용 후기가 별로 없기 때문이기도 했다.

사당동 주택가에 위치한 화연의 집은 원래 단층 주택이었다. 아들 현수가 장가갈 때 전셋집을 얻어주는 대신 옥상에 별채를 지어 올리고 아들 내외를 들였다. 건축사였던 남편이 증축 허가를 받고 거실과 주방, 침실과 욕실이 하나씩 딸린 아담한 살림집을 만들었다. 나머지 공간은 널찍한 테라스로 꾸몄다. 아파트에 살고 싶어 하던 며느리도 테라스를 보고는 못 이기는 척 마음을 바꿨다. 시부모가 사는 아래층과 아들 부부가 사는 옥상층은 외부 계단으로만 연결되었고, 각각의 현관이 있어 독립된 생활이 가능했다. 저녁 식사 후 화연 내외가 앞마당에 앉아 엽차를 우려 마실 때, 현수 부부는 테라스에 나와 맥주를 마셨다. 앞마당 화단에는 사철 다른 꽃이 피었고, 옥상 테라스에선 시시각각 하늘색이 변했다.

화연은 그런 일상이 흡족했다. 아래층과 옥상 사이가(1층과 2층이 아닌) 아들 내외와 살기 딱 적당한 거리 같았다. 화연의 친구들이 놀러 와 부러운 티를 내면 조금 우쭐한 기분이 들기도 했다.

그러나 이듬해 손주가 생긴 기쁨도 잠시, 며느리의 유학 명목으로 호주로 떠난 현수네는 거기서 눌러살 작정인지 4년째 돌아올 기미가 보이지 않았다. 이제 여섯 살이 된 손주는 영상 통화에서나 볼 수 있는 존재였다. 오물조물한 입술로 "함무니 따랑해요" 같은 한국말을 어눌하게 했다. 한식, 양식, 일식 조리사 자격증을 가지고 있는 현수가 지난해 멜버른의 한식당에 매니저로 들어갔다는 소식을 들었을 때 화연은 "잘 되고 있는 거지?"라고 묻고 말았다.

저희들끼리 잘 살면 그게 잘된 거지.

그렇게 생각하다가도 문득문득 회한이 차오를 때가 있었다. 그럴 때면 아들 사업 자금을 대느라 등골이 휘고 있는 여고 동창 영옥이를 생각했다. 고급 트위드재킷에 손주의 젖 얼룩을 묻혀 오는 제일교회 윤 권사도 떠올렸다. 그러면 단출하고 자유로운 자신의 삶에 안도감이 들었다.

현수 가족이 떠난 후 한동안 옥상 별채에 세를 놓았다. 대학원생이 2년을 살다 나갔고, 세 살배기 딸을 둔 젊은 부부가 잠시 머물기도 했다. 그 후에 다른 사람은 들이지 않았다. 현수 내외가 계획했던 3년간의 유학 기간이 끝나가고 있었기 때문이었다. 돌아올 날짜를 못 박은 건 아니었지만, 돌아오지 않겠다고 한 것도 아니니까. 행여나 급하게 귀국하면 당장 머물 곳이 필요하지 않을까 하는 내심이었다.

그렇게 멀쩡한 방을 몇 개월씩 놀리는 게 아깝던 차에 공유숙박이라는 것을 알게 되었다. 화연은 퇴직 후 꾸준히 문화센터를 다니며 실버 정보화 교육을 받고 있었다. 대학에서 영문학을 전공하고 외국계 은행에서 25년을 근속한 화연에게 문화센터 수업은 새로울 게 없었다. 다만 끊임없이 배우는 일에 기쁨을 느꼈고, 나이 드는 것에 대한 막연한 두려움도 잊을 수 있었다.

화연은 앞마당에 심은 베고니아의 성장 과정을 2, 3일에 한 번씩 인스타그램에 올렸다. 여고 동창 밴드에는 여행 가서 찍은 사진을 업로드했고, 유튜브에 올라오는 박 목사의 설교 영상에 '좋아요'를 누르며 댓글을 다는 것도 잊지 않았다. 중고 마켓에는 안 쓰는 독일제 냄비를 내다 팔았고, 새것이나 다름없는 등산화를 헐값에 득템하기도 했다. 간편이체로 재빨리 송금할 수 있어 가능한 일이었다. 현수와 영상통화를 하는 일은 달걀프라이 부치는 것보다 쉬웠다.

문화센터 강사는 물건만 사고파는 게 아니라 안 쓰는 방을 빌려주는 숙박 공유 사이트도 있다고 알려주었다. 화연의 귀가 번쩍 뜨였다. 임대 날짜를 호스트가 지정할 수 있어 현수 내외가 올 때 비워둘 수 있다는 점에 구미가 당겼다. 때마침 초보 호스트를 위한 강좌가 진행되고 있었다. 곧바로 강의를 신청한 화연은 '책임감 있는 호스트 되기', '호스팅의 기준' 같은 강사의 설명을 꼼꼼히 받아 적었다. 게스트가 외국인일 뿐

복잡할 것도 없었다. 강사는 몇몇 번역 툴을 소개해 주며 간단한 문장은 쉽게 번역할 수 있다고 설명했다. 화연은 자신이 영문학 전공자이며 영국에서 6개월 정도 지낸 적도 있다고 여유롭게 대답했다.

"어쩐지, 정 선생님은 연세에 비해 세련됐다고 느꼈어요."

'연세에 비해'라는 말이 좀 거슬리긴 했지만 화연은 강사의 말을 칭찬으로 받아들였다. 외국인 게스트들이 보내온 메시지에는 복잡한 문장이나 어려운 단어가 없어서, 번역기나 영어사전의 도움은 필요하지 않았다.

역시 사람은 배워야 해. 화연은 자신이 진보적인 60대 여성이라는 생각에 옅은 흥분을 느꼈다. 그즈음 주변 사람들로부터 젊어 보인다는 말을 종종 들었다.

화연은 옥상 별채를 말끔히 청소하고 사진을 전공한 조카에게 부탁해 홍보용 사진을 찍었다. 테라스의 야외테이블 위로 노을이 떨어지는 배경이 어우러져 낭만적인 풍경을 자아냈다.

2층 독채. 침실과 욕실, 주방 및 전용 테라스. 강남역까지 지하철로 12분.

고심 끝에 '한국 가정식 조식 포함'이라고 덧붙였다. 화연의 동네는 홍대나 성수동 같은 핫플은 아니었지만, 번화가를 피해 조용히 쉬었다 가는 게스트에게 인기가 있었다. 첫 예약이 왔을 때는 데이트 신청을 받은 것처럼 가슴이 두근거렸다. 중국에서 온 여대생 둘이었는데, 의욕이 넘쳤던 화연은 간식을 챙겨서 별채를 찾았다가 혼비백산하여 돌아 나왔다. 붕대로 얼굴을 휘감은 그녀들은 방금 관에서 깨어난 한 쌍의 미라 같았다. 놀란 가슴을 가라앉히자, 자신이 의료 관광 산업에도 일조하고 있다는 자긍심이 들었다. 다음 날 붓기 빼는 데 좋다는 호박죽을 쑤어 주었고, 친절한 호스트였다는 후기와 별점 다섯 개를 받았다.

두 번째 게스트는 배낭여행을 하는 30대 초반의 호주 여성이었다. 새벽마다 배꼽이 드러나는 크롭티 차림으로 동네를 한 바퀴 돌고 와서 화연이 차려주는 아침밥을 김치까지 싹싹 비웠다. 가끔씩 화연 대신 숭이와 저녁 산책을 나가기도 했다.

로마에서 온 젊은 커플도 있었다. 도통 숙소 밖으로 나오질 않아 괜한 의구심이 밀려들 때쯤 앞집 여자에게 전화가 걸려 왔다.

"현수 엄마, 내가 고리타분한 사람은 아니지만, 우리 손자가 중학생이잖아요. 옥상에서 민망하게 저러면 안 되지."

화연은 슬리퍼를 꿰어 신고 계단을 올랐다. 맨몸의 백인 남녀가 열띤 자세로 엉겨 붙어 음양의 조화를 시전하고 있었다. 화연의 등장으로 옥상 라이브는 돌연히 중단되었고 앞집, 뒷집, 옆집 창문마다 몰려있던 관객들도 멋쩍게 흩어졌다. 뒷집 남자는 어린 아들을 돌려세우고 팔벌려뛰기를 했다. 헛둘헛둘 힘차게 기합까지 넣으면서.

그렇게 옥상 별채에 게스트가 들고 나며 두 계절이 지났고, 초여름이 되자 손님이 뜸해졌다. 휴가 시즌에 맞춰 침구를 새로 장만하고 커튼도 리넨으로 바꾼 화연은 예약 문의가 없자 조바심이 났다. 무심히 여러 날이 흘렀다. 샌프란시스코에 사는 스물여섯 살 바텐더에게 연락이 온 건 그 무렵이었다. 당장 이틀 후부터 일주일 동안 묵고 싶다고 했다. 화연은 잠시 고민했다. 어차피 열쇠만 건네주면 서로 마주칠 일은 없었지만 젊은 외국 남자가 혼자 온다고 하니 딱 집어 말할 수 없는 불편함이 느껴졌다. 그러나 거의 한 달 만에 온 손님을, 그것도 일주일이나 묵겠다는 게스트를 놓칠 수는 없었다.

"혼자 살다 보니 겁이 많아졌어. 손님은 다 같은 손님이지, 차별하면 안 돼요. 안 되고 말고. 그렇지, 송아?"

화연은 늙은 개의 머리를 쓰다듬었고 갸르릉, 기운 없는 대답을 들었다.

이틀 후 침낭만 한 백팩을 멘 치코가 화연의 집에 도착했다. 베레모를 쓴 남자가 그려진 티셔츠에 닳아빠진 청바지, 끈 달린 가죽 부츠를 신고 있었다.

"환영해요, 치코."

화연이 환영 인사를 건네자 치코는 어색하게 입꼬리를 올렸다. 그 모습이 다람쥣과의 작은 동물을 연상시켰다. 아침이었는데도 치코에게는 한낮의 햇볕 냄새가 났다.

"아침 식사는 8시에 테라스 테이블 위에 둘게요."

"아침은 안 먹어요. 어쨌든 감사합니다."

치코는 예의 바르게 대답하고 묵직한 신발을 끌며 계단을 올라갔다.

"객지에 나오면 끼니를 잘 챙겨야지, 아침을 왜 안 먹어."

치코의 뒷모습을 보며 화연이 혼잣말을 했다. 거실 벽의 LED 시계가 오전 10시 15분을 알렸다. 이곳이 오전 10시면 멜버른은 오전 11시였다. 오늘은 꼭 현수에게 전화를 해야지. 언제쯤 돌아올 계획인지, 아니 돌아올 계획이 있기는 한 건지, 작정하고 물어봐야겠다고 마음을 다잡았다.

지루한 봄가뭄이 이른 더위를 몰고 왔다. 치코가 도착한 날은 아침부터 푹푹 찌더니 늦은 오후에 소나기가 내렸다. 장독 위로 타닥타닥 떨어지는 빗줄기가 후련했다. 기력이 쇠한 개는 빗소리에도 몸을 떨었다. 화연은 송이를 안아 올렸다. 살아있는 것만이 가질 수 있는 온기가 느껴졌다. 송이에게 체온을 뺏을 수는 없었다. 도저히 그럴 수는 없었지만, 밭은 숨을 뱉는 송이를 볼 때마다 화연은 가책을 느꼈다.

그날 아침 현수랑 통화하면서도 좋은 소리를 듣지 못했다. 현수는 그만 송이를 보내주고 다른 강아지를 입양해 정을 붙이라고 했다. 화연은 아들의 매정한 면모에 속으로 놀랐다. 제 손으로 데려와 애지중지 예뻐했던 강아지였다.

엄마, 그거 사랑 아니에요. 엄마 마음 편하자고 송이를 고통스럽게 하는 거라고요.

내 강아지 내 손으로 죽이는 건 이타적인 거야? 그게 예수 믿는 사람이 할 소리냐?

화연은 행여 송이가 들을까 봐 손으로 입을 감싸고 말했다.

"실례합니다."

현관에서 인기척이 들렸다. 비를 맞고 뛰어왔는지 치코의 머리가 젖어있었다. 양손에 버드와이저가 들려있었다.

"같이 마시겠어요?"

조심스러운 말투였다. 문득 집 안에 아무나 들이지 말라던 현수의 당부가 떠올랐다. 엄마, 이상한 외국 애들 많아요. 조심해요. 항상.

그렇게 걱정되면 곁에 살 것이지. 현수의 말은 스쳐가는 실바람처럼 덧없었다. 그것은 숑이가 주는 구원한 온기와는 달랐다. 화연은 치코를 거실에 앉혀두고 주방으로 가서 금싸라기 참외를 깎고, 지난밤 볶아놓은 땅콩도 꺼냈다. 게스트와 술을 마시는 건 처음이었다. 비도 오는데 아무럼 어때. 맥주한 잔쯤은 괜찮겠지, 아니 여러 잔이라도 안 될 건 없었다. 치코는 빗줄기가 쏟아지는 앞마당을 내다보며 한국어로 또박또박 말했다.

"예뻐요."

화연은 잠시 어리둥절했다. 예쁘다는 말 때문이었을까, 아니면 예상 밖의 한국말이라서? 치코의 손끝은 앞마당을 향해 있었다.

"당신 정원, 정말 예뻐요."

아, 화단 이야기였구나. 화연이 멋쩍게 웃었다.

"지금이 제일 예쁠 때예요. 내가 봉선화도 심고, 방울토마토도 심고, 금낭화도 심고 그랬어요. 뭐든 정성을 들인 건 다 예쁜 법이죠."

화연은 치코가 건넨 맥주를 한 모금 마셨다. 다시 현수의 목소리가 들렸다. 엄마, 보리는 엄마처럼 몸이 찬 사람에게는 좋지 않아요.

"한국말은 어떻게 배웠어요?"

"잘 못해요. 단어 조금. 내 애인이 한국 사람."

"아, 치코 애인이 한국 사람이었구나."

"나는 쿠바 사람이에요. 샌프란시스코에 산 지는 6년 됐어요."

화연은 쿠바가 카리브해의 섬나라라는 것을 알고 있었다. 언젠가 다큐멘터리 프로그램에서 낡은 티코가 아바나의 택시로 운행되는 걸 본 적도 있었다. 하지만 그것 외에는 떠오르는 게 없었고 가본 적 없는 나라라는 것만은 확실했다. 그러다가 《노인과 바다》의 배경이 쿠바였다는 사실이 떠올랐다. 대학 시절 화연은 늙은 어부가 청새치를 잡기 위해 거친 바다에 맞서 고군분투하는 내용의 소설을 원서로 읽었다. 노인이 미안해할 때면 소년이 "께 바(Qué va)"라고 다정히 위로하던 장면과 "그 애가 있었으면 좋았을 텐데" 하던 노인의 독백. 이 생각에 미치자 화연은 치코가 소설 속 소년인 양 다정하게 느껴졌다. 치코의 티셔츠에 잿빛으로 새겨진 남자는 쿠바의 전설적인 혁명가였다. 화연의 시선이 자신의 티셔츠에 머물자 치코가 말했다.

"유진이 두고 간 옷이에요."

"유진?"

화연이 '유진' 하고 말하자 치코의 얼굴은 여름날의 달리아 꽃처럼 환해졌다. 치코는 샌프란시스코의 아트스쿨에서 예술을 전공하는 학생이었다. 학비를 벌기 위해 유니언 스퀘어의 레스토랑에서 바텐더로 일했고, 쿠바에 있는 세 명의 동생에게 매달 생활비를 보낸다고 했다. 치코는 화연에게 동생들의 사진을 보여주었다. 눈망울이 맑고 속눈썹이 길며 순한 표정을 지닌 아이들. 치코는 한 명씩 손가락으로 짚어가며 "카를라, 후안, 실리아" 하고 다정하게 불렀다. 마치 동생들이 옆에 있는 것처럼.

불가항력의 돌림병이 전 세계를 휩쓸던 시절 치코는 고향에 갈 수 없었다. 끝을 알 수 없는 아득한 기다림이었다. 미국이 쿠바를 테러 지원국으로 지정한 것은 전염병 종식 선언보다 앞선 일이었다. 국제 테러 행위에 반복적으로 지원을 제공한 국가, 그 나라를 방문한 사람은 미국 입국을 거절당할 수 있었고, 불행히도 치코의 조국도 그중 하나였다. 그 사이 5년이라는 시간이 흘러 다섯 살이던 실리아가 10대 소녀가 되었다. 치코는 동생들의 유년기를 놓쳐버린 걸 아쉬워했다.

5년이라. 화연은 돌쟁이 손주가 어느새 자라 자전거 보조 바퀴를 떼어냈다고 전화했던 날이 떠올랐다. 아이가 프리스쿨에 입학하던 날, 친구의 생일파티에 처음 초대받은 날에도 현수는 소식을 전해왔다. 화연은 손주가 성장하는 과정을 건너 듣는 일에 익숙해졌다. 현수를 키울 때처럼 손주가 자라는 모습도 보고 싶다는 생각이 들 때면, 부러 '손주살이'의 고단함에 대해 떠올렸다. 외로움이란 혼자 살아 생기는 병이 아니라 인간의 근원적인 고통이라고 되새기면서.

"많이 보고 싶겠어요."

치코가 고개를 끄덕였다.

"치코 애인 유진 씨는 지금 어디에 있어요?"

치코의 눈이 먼 곳을 헤매듯 아득해졌다. 유진은 스탠퍼드 대학교에서 영문학을 전공한 수재였다. 2년 전 대학원을 마치고 한국으로 귀국한 뒤 만나지 못했다고 했다. 곧 돌아오겠다던 기약이 무색하게 이런저런 이유로 미국행을 미루더니 6개월 전부터 아예 연락이 닿지 않는다는 것이었다. 치코는 여비를 마련해 한국에 오기 위해 학교를 휴학했다.

"한국에 와서 유진 씨에게 연락해 봤어요?"

치코는 고개를 저었다.

"여기까지 왔는데 만나보고 가야죠."

화연이 부드럽게 일렀다. 치코는 앞마당에 쏟아지는 빗줄기로 눈길을 돌렸다. 지나가는 소나기인 줄 알았는데 제법 오래갔다. 장마의 시작이었다.

비가 내렸지만 더위를 쓸어가지는 못했다. 이틀 후 장맛비
가 소강상태에 들어서자 화연은 앞마당에 나와 봉선화를 살
폈다. 잘 여문 꽃잎들을 추리고 초록색 이파리를 적당히 섞어
작은 절구통에 담았다. 옥상 테라스에 내놓은 파라솔 아래서
화연은 치코에게 공이 찧는 법을 시범 보였다.

"치코, 이렇게 콩콩콩 찧어야 해."

"콩콩콩, 콩콩콩."

"입으로 하라는 게 아니고, 그냥 콩콩콩, 콩콩콩."

"응, 콩콩콩, 콩콩콩."

화연은 곱게 뭉개진 꽃잎을 치코의 손톱 위에 얹고 칡잎으
로 감싸주었다. 곧고 반듯한 치코의 손가락에는 오래된 잔 흉
터들이 많았다.

"우리 아들도 어렸을 때 내가 봉숭아 물을 들여줬어요. 남
자애가 어찌나 살가운지 꼭 딸 같았다니까."

"아들은 어디 있어요?"

"장가갔어요. 지금 호주 멜버른에 살아요."

"보고 싶겠네요."

"보고 싶지. 아들도 보고 싶고, 손주도 보고 싶고, 며느리도
보고 싶고."

"그럼 보러 가세요."

"거기가 한두 시간 걸리는 데도 아니고."

"저도 열 시간 걸려서 왔어요."

화연은 빈말이라도 놀러 오라는 말 한 번 없는 아들 내외를 어떻게 설명하면 좋을지 몰라 그저 웃었다. 치코는 열 번째 손가락에 칡잎이 감기는 걸 물끄러미 바라보았다. 치코의 등 뒤로 얇은 먹구름이 성급히 흘러갔다. 금세라도 비를 몰고 올 것 같았다.

"이따가 파전 부쳐 먹을까요?"

화연의 말에 치코가 어린아이처럼 좋아했다. 저녁 무렵 화연은 화단에서 대파를 뽑아냈다. 고소한 기름 냄새가 눅눅한 공기를 타고 번졌다. 치코는 열 손가락을 칡잎으로 동여맨 채 막걸리 두 병을 들고 왔다. 화연이 치코의 손가락에서 칡잎을 벗겨내자, 주황색 꽃물이 옅게 스민 손톱이 드러났다.

"여름 내내 두어 번 더 들여야 색이 짙고 곱게 입혀져요. 이것도 다 정성이죠."

"지금도 멋져요. 맘에 들어요."

치코는 꽃물이 든 손가락으로 파전을 호호 불어가며 막걸리와 함께 먹었다. 숑이가 기어와 치코의 발치에 엎드리더니 이내 잠이 들었다. 발랄하게 꼬리를 흔들며 애정을 갈구하던 모습은 오간 데 없고 온기 있는 곳을 찾아 몸을 누이기에만 급급했다. 치코가 잠든 송이를 가만히 쓰다듬었다.

"우리 송이가 많이 아파요."

꽃물이 든 다섯 개의 손가락이 화연의 어깨를 가만히 토닥였다.

"화연, 우리 기분 좋아지는 내기해요. 가장 행복했던 순간을 이야기하는 거예요. 누가 누가 더 행복한지."

화연은 치코의 순수함에 물드는 느낌이 좋았다. 살면서 행복했던 순간들을 반추해 보았다.

"봄에 파종한 봉선화가 첫 꽃잎을 틔울 때, 맑은 날 송이와 산책에 나설 때, 손주 녀석이 처음으로 '함무니' 하고 불러줬을 때."

말하고 보니 정말 그런 것들이 다 행복이었다. 행복은 약간의 시차를 두고 찾아오는 그리움 속에 있는 건지도 몰랐다. 행복이라고 말하는 순간에 속수무책으로 쏟아졌고 속절없이 달아났다. 치코가 아몬드 빛 눈동자를 반짝이며 이야기를 시작했다.

"주말마다 유진과 함께 자전거를 타고 프레시디오 공원에 갔어요. 울창한 나무 숲길을 따라 정신없이 페달을 굴리다 보면 곧게 뻗은 금문교에 다다르지요. 바다가 보이는 카페에서 샌드위치를 반쪽씩 나눠 먹고, 손을 맞잡고 금문교를 건너요. 바람이 불어 유진의 머리가 헝클어지면 내가 손으로 빗겨줬어요. 유진의 머리카락은 검고 부드러웠어요. 저는 바람이 좋았어요. 자꾸 불어야 유진의 머리를 빗겨줄 수 있으니까요."

"예쁜 이야기네요. 치코, 한국 온 지 3일이나 지났잖아요. 유진 씨에게 전화해 봐요."

치코가 유진을 보기 위해 한국에 왔다는 건 듣지 않아도 알 수 있었다. 치코의 머뭇거림에는 거절당할 것에 대한 두려움이 자리하고 있는지도 몰랐다. 화연이 현수에게 내가 갈까, 하고 묻지 못하는 것처럼.

"유진은 한국에 대한 결벽이 있었어요. 한국에 오면 담배도 끊었고, 부모님과 한국 친구들에게 저와의 교제를 알리지도 않았죠. 고향에 돌아오면 느긋해지는 게 아니라 오히려 경직됐어요. 유진에게 저는 한국에서 배제된 사람이었어요."

금문교에서 한국인 관광객을 마주치면 유진은 치코와 맞잡은 손을 슬며시 놓았다고 했다. 그런 일이 서너 번 반복되고 나서야 치코는 그걸 알아차렸다. 유진에게 치코는 낯선 곳에서의 일탈이거나 해방감이었던 걸까. 화연은 치코에게 많은 걸 묻고 답할 수 없었지만, 어떤 것들은 말로 설명하지 않아도 그저 와닿았다.

"화연, 우리 춤출래요?"

치코가 이렇게 말하며 음악을 틀었다. 블루투스 스피커에서 쇼스타코비치의 〈세컨드 왈츠〉가 흘러나왔다. 화연은 약간 비틀거리며 일어섰고 치코가 그녀의 손을 잡아주었다. 쿠바에서 온 스물여섯 살 청년과 함께 음악에 몸을 맡긴 화연은 훗날 이 기억도 행복한 순간으로 기억되길 바랐다. 종일 머뭇대던 먹구름이 마침내 비를 뿌렸다. 달도 없는 밤이었지만 화연의 가슴에는 맑은 별들이 사박사박 쏟아졌다.

이튿날 일찍 집을 나선 치코는 저녁때가 다 되어 돌아왔다. 종일 쏘다니고 온 치코의 얼굴은 볕에 그을려 붉어져 있었다. 치코는 화연을 옥상 테라스로 초대했다. 푸른색 민소매 원피스에 얇은 여름 카디건을 걸친 화연은 가볍게 화장도 했다. 테라스에는 오렌지빛 랜턴이 켜져있었고 알앤비 스타일의 라틴팝이 흘렀다. 치코는 화연이 앉을 수 있도록 의자를 빼주었다.

"치코, 오늘 어디 다녀왔어요?"

"여기저기요. 익선동, 한강, 남산 그리고 이태원에 가서 쿠앵트로를 좀 구해왔어요."

치코는 자신이 유니언 스퀘어에서 꽤 유명한 바텐더라며

마가리타를 만들어 주겠다고 했다.

"이제부터 저를 보세요. 마가리타는 만드는 과정부터가 시작이에요."

치코는 셰이커에 테킬라와 쿠앵트로, 라임주스를 차례로 부었다. 처음에는 한 손의 스냅으로, 곧이어 양손으로, 마지막에는 온몸을 이용해 셰이커를 흔들었다. 치코의 몸놀림이 벌새의 날갯짓처럼 역동적이어서 셰이커 안에서 금방이라도 날짐승이 튀어나올 것만 같았다. 치코가 칵테일 잔의 테두리에 라임주스를 묻혀 소금을 바르는 모습을 화연은 미혹하여 바라보았다. 치코는 완성된 리큐어에 라임 한 조각을 얹어 화연 앞에 내려놓았다. 화연은 잔을 들어 처음에는 빛깔을 다음에는 향을 마지막으로 맛을 음미했다. 시트러스의 상큼한 향과 강한 알코올 기운이 목구멍을 넘었다. 혀끝에 달착지근한 여운이 남았다.

"마가리타는 이 칵테일을 만든 바텐더의 죽은 연인 이름이래요."

"그래요?"

"믿거나, 말거나."

무슨 조화인지 화연의 눈에 슬그머니 눈물이 고였다. 갱년기에 퓨즈가 나간 듯 감정이 통제선을 벗어난 적은 있었지만

이즈음엔 드문 일이었다. 그런데 그게 시작이었다. 화연은 갑자기 울컥했다가 느닷없이 웃음을 터트렸고 실없는 농담을 주워섬기며 주책을 부렸다.

"치코, 이 술에 뭐 탄 거 아니에요?"

화연은 속눈썹에 눈물을 매달고 웃었다. 그리고 치코에게 털어놓았다. 현수에게 전화를 걸어 너희가 바쁘면 내가 가도 되느냐고 물었다고. 현수는 그 말에 선뜻 답을 하지 못했다. 그 짧은 머뭇거림이 어색해서 화연은 엉뚱한 말을 주절거렸다. 네 아버지가 결혼 30주년에 해준 금목걸이는 이럴 때 쓰라고 준 것 같다고. 문제는 여비가 아닌 것을 알지만 차라리 그게 문제였으면 좋았을 테니까.

며칠 후 그날 일을 되짚으며 화연은 자신이 무언가에 단단히 홀렸다고 생각했다. 그러지 않고서야 굳이 치코를 아래층으로 끌고 내려가 현수의 어린 시절 사진과 현수가 군대에서 보내준 편지들, 여행지에서 사 모은 해묵은 기념품들과 스무돈 금목걸이까지 꺼내서 보여주었을 리가 없다.

치코의 휴대폰이 울리지 않았다면 화연은 자신의 여고 시절 사진까지 꺼내서 보여줬을지도 모른다. 치코는 벨소리가 한참 울리도록 전화를 받지 않았다. 화연이 정신을 차린 건 그 때문이었을 것이다. 거실 창에 비친 푸르스름한 치코의 표정은 괴이했다. 망설이는 것인지, 초조한 것인지, 아니면 놀란 것인지. 마지막 기억은 비바람에 목이 꺾인 허수아비처럼 고개를 떨구고 앞마당을 가로지르던 치코의 모습이었다.

이튿날 옥상 별채에서는 아무런 기별이 없었다. 다음 날도, 그리고 또 하루가 지나도. 어쩐지 민망한 마음에 화연은 별채를 들여다보지 못했지만 가끔씩 치코 생각을 했다. 쌀뜨물에 된장을 풀면서, 화단에 비죽 솟아난 들꽃을 보다가, 아침에 샤워기에서 더운물이 나오기를 기다리는 몇 초 동안, 불쑥 치코가 떠올랐다. 3일째가 되자 화연은 국수를 삶았다. 뽀얀 면발에 동치미 육수를 넉넉히 붓고 얼음을 띄웠다. 면기를 쟁반에 받쳐 옥상 계단을 오르는 그 짧은 순간에도 불볕이 따가웠다.

치코는 태아처럼 웅크린 몸으로 앓고 있었다. 온몸이 땀으로 흥건했다. 화연은 답답해서 화가 났다.

"이렇게 아프면 나라도 불렀어야지. 대체 어디가 어떻게 아픈 거예요?"

대답을 듣지 않아도 알 것 같았고, 병을 알아도 약이 없었다. 화연은 집으로 내려와 닭가슴살을 으깨 죽을 쑤었다. 무더위에 지친 송이를 건너다보며 찜통에서 끓어오르는 닭죽을 땀을 뻘뻘 흘리며 휘저었다.

"송아, 송아?"

송이는 이제 불러도 꿈쩍을 못 했다. 가슴이 철렁했다. 나직한 숨소리를 확인하고서야 마음을 놓았다. 유예된 슬픔이 매 순간을 독촉해 왔다. 봉선화 꽃물이 빠질 때까지만. 화연은 이렇게 되뇌었다.

화연은 묵묵히 송이와 치코의 끼니를 챙겼다. 그러다가 치코가 떠나기로 한 날이 지나갔다. 어쩌면 유진이 치코를 만나러 오지 않을까 덧없는 기대도 했다. 별채에서 청소기를 돌리고 침구를 바꾸고, 욕실에 새 수건을 걸어놓으면서 바깥에서 오는 기척에 귀를 기울였다. 치코의 협탁 위에는 꾹꾹 눌러 적은 열한 자리 숫자가 있었다. 치코가 떠나기 전날 화연은 그 번호로 전화를 걸었다. 살면서 가족도 아닌 누군가의 인생에 이렇게 간섭한 적은 없었다. 유진이 전화를 받는다면 어떤 말을 해야 할지 대책도 없었다. 전화기 너머 여자의 목소리를 듣는 순간 화연은 말문이 막혔다.

"저는 유진이 아닙니다. 정유진은 제 남편이에요. 아시겠어요?"

지친 듯한 여자의 목소리에 금이 가 있었다. 어리둥절한 화연이 치코의 이름을 꺼내자 여자는 이렇게 말하고 전화를 끊어버렸다.

"제발 저희를 좀 내버려두세요."

화연은 이 상황을 이해하기 위해 여러 가지 가설을 만들었지만 어떤 것도 들어맞지 않았다. 결국 명명백백한 진실을 받아들여야 했다. 치코의 연인이었던 정유진은 아내가 있는 남자라는 사실을.

송이는 곡기를 끊었다.

어느 밤, 갑자기 고개를 쳐들고 먹는 시늉을 했다. 송이가 살아서 보여준 마지막 모습이었다. 그것은 생에 대한 애착이었을까? 이별을 감당해야 할 시간이 오자 화연은 담담하게 장례를 치렀다. 개들을 위한 천국이 있다면, 송이는 분명 그곳으로 가리라. 화연은 송이를 위해 기도했다. 요 며칠 부쩍 늙어버린 기분이 들었다. 송이보다 앞서 치코가 화연의 옥상 별채를 떠났다. 테라스에 편지를 두고 갔다.

인사 못 하고 떠나서 미안해요. 화연의 집에 머문 열흘은, 평생 잊지 못할 소중한 추억이 될 거예요. 화연이 끓여준 닭죽 덕분에 제 몸과 마음이 회복되었어요. 빠른 시일 내에 아들 가족과 만날 수 있기를 기도할게요. 저는 쿠바로 갑니다.

추신. 추가로 머문 3일 치 숙박비는 곧 보내드리겠습니다.

예산을 초과한 숙박비를 벌기 위해 치코는 몇 잔의 칵테일을 만들어야 할까. 치코는 인사를 못 하고 떠나서 미안하다고 했다. 빈 죽그릇을 돌려주러 온 치코를, 마가리타를 만들어 온 치코를, 앞마당을 기웃대던 치코를 화연은 외면했다. 치코도 그 사실을 모르지 않을 것이다. 두 사람은 끝내 작별하지 못했다.

　금목걸이가 없어진 걸 알아차린 건 치코가 떠난 다음 날이었다. 치코에게 목걸이를 보여준 후로는 다시 꺼내본 적도, 집에 들인 사람도 없었다. 술 취한 화연이 방심한 사이 목걸이는 사라졌다. 며칠 후 송이를 매화나무 아래 묻어주고, 묻은 자리를 바라보며 생각했다. 자신이 아주 늙고 무력한 사람 같다고. 스포츠센터에서 알몸으로 수영장에 들어온 늙은 여자가 그랬다. 수영복 입는 걸 깜빡했다고. 새빨개진 그녀에게 누군가 타월을 던져 주었지만 수치심을 가리기에는 너무 작았다. 늙으면 판단력이 흐려지지. 전에는 하지 않던 실수도 하겠지.

　화연은 치코에게 메시지를 보냈다.

　치코, 더러운 녀석. 너는 야비하게 내 호의를 이용했어.

　그러나 그다음 말은 하지 말았어야 했다. 며칠 후 송이의 온기가 남아있는 애견하우스에서 쿠션을 들어냈을 때 뱀처

럼 똬리를 틀고 있는 순금목걸이를 발견했다. 화연은 목걸이
를 잃어버렸을 때보다 곱절은 놀랐다. 살면서 한 번도 물건
을 물어간 적 없는 송이는 순금을 깔고 앉아 영면했다. 화연
이 그 사실을 깨달았을 때는 이미 치코에게 마지막 말을 보
낸 후였다.

　치코, 너는 지옥에 갈 거야.

　그 후로 화연은 게스트를 받지 못했다. 문화센터에도 나가
지 않았다. 송이를 묻은 매화나무 아래서 잠연히 더위를 견
뎠다. 멜버른으로 가는 비행기표를 검색해 보기도 했다. 그러
다가 쿠바로 가는 항공편을 찾아보았다. 샌프란시스코와 휴
스턴을 경유해 마흔 시간이 걸렸다. 이런 안내문이 있었다.
2021년 1월 이후 쿠바를 방문한 여행자는 ESTA를 이용해 미
국에 입국하는 것이 불가능합니다. 평생 미국 무비자 입국을
포기할 것인지, 평생 쿠바를 가지 않을 것인지 선택하라는 말
이었다. 치코는 지금 어디에 있을까.

　어느 늦은 밤 앞마당에 앉아 있는데 전화벨이 울렸다. 화연
은 그 번호를 알아보았다. 치코가 꾹꾹 눌러 적은 열한 자리
숫자. 이번에는 진짜 유진의 목소리였다.

　"치코?"

　너무 늦어버린 유진의 부름에 화연은 아무 대답도 할 수 없

었다. 어쩐지 끊을 수도 없었다.

"Are you there?"

유진이 재차 물었다. 화연은 가만히 말문을 열었다.

"우리 화단에 붓꽃이 피었는데 올해는 한참 늦었지 뭐예요. 조금만 일찍 폈으면 좋았을 텐데. 보라색 꽃잎이 조롱조롱 매달린 걸 보면 숑이가 깽깽대며 참 좋아했거든요. 치코도 봤다면 예쁘다고 했을 거예요. 치코가 떠나고 며칠 후에 숑이도 가버렸어요. 영영 가버렸죠. 아마 좋은 데로 갔을 거예요. 세상에 태어나 단 한 번도 악의를 품어본 적 없는 생명이니까요. 치코가 살았다는 샌프란시스코, 그곳은 아마도 좋은 곳이겠죠? 사랑하는 사람을 만난 곳이니까 거기가 바로 천국이겠지요. 그리고 치코, 나는 어쩐지 인생을 잘못 살아온 것 같아요. 나는…."

화연은 말을 잇지 못했고 한동안 저편에서도 아무 말이 없었다. 잠시 후 화연은 전화기에서 건너오는 한숨 같은 한마디를 들었다.

"께 바."

앨리스타운

여자들에게 악의는 없었어. 악의라니, 어울리지 않아. 그녀들은 격의 없는 대화를 나누면서도 매너를 잃지 않았고, 다정한 관심과 쓸데없는 참견의 경계를 알고 있었다. 부담스럽지 않을 정도로 친밀감을 나누고, 감정의 골이 생기지 않을 만큼만 서로를 아꼈어. 암묵적인 교제의 룰이랄까.

가식이라고? 서로를 할퀴는 솔직함이나 상대를 곤혹스럽게 만드는 진심은 민폐일 뿐이야. 나는 예의 없는 인간들을 몹시 싫어해. 내 발치에 염치없이 오줌을 갈기는 도베르만, 코를 박고 킁킁대는 다육한 돼지와 다를 게 없지.

나는 민낯을 드러내지 않는 그녀들이 싫지 않았어. 그녀들은 근사한 차림으로 필립 파레노의 녹아내리는 눈사람을 음미할 줄 알았고, 루스키섬 해변에서 백마를 타고 달리는 진귀한 경험을 하기도 했지. 그런 것까지 어떻게 아느냐고? 그녀들이 말해주었거든. 엄밀히 말하면 나에게 털어놓은 건 아니었지만, 서로서로 말을 하고 싶어서 그런 경험을 했다는 듯 앨리스공원 티테이블에 앉아 세련된 한담을 나누곤 하지. 아침마다 필라테스나 혈자리 테라피로 유연성과 근력을 기르고, 점심은 '탄단지' 샐러드로 가볍게, 마침내 한낮의 햇살이 아늑하게 앨리스공원을 감쌀 즈음 그녀들이 모여들기 시작해.

에바, 루씨아, 라우라 그리고 발렌띠나. 그녀들은 신도시 주상복합아파트 앨리스타운의 입주민들로 아파트에서 운영하는 스페인어 교실에서 서로를 만났어. 앨리스타운의 마스코트인 나는 에이프런이 달린 푸른 원피스를 입고 반쯤 새침한 척, 반쯤 무심한 척 공원 가운데 서있지. 그녀들은 넷플릭스 신작에 대한 감상이나 제로 웨이스트 상품을 품평하며 사사로운 대화를 즐겼고, 가끔은 이슈가 되는 정치나 사회 문제도 화제에 올렸지만 보편적이고 상식적인 수준의 언급 이상은 하지 않았어. 더러는 남편과 자녀들의 이야기도 꺼냈지. 하지만 그건 누구나 공감할 수 있기에 아무도 흥미를 느끼지 않는 그저 그런 이야기일뿐.

1

그녀들에게 2동 여자의 죽음은 티테이블에서 기꺼이 나누고 싶은 주제는 아니었다. 하지만 그날 오후는 딱히 나눌 말도 없었고 분위기는 적막하다 못해 냉랭하게 식어갔다. 네 여자가 말없이 각자의 찻잔만 쥐고 있을 때, 에바가 말문을 열었다. 그녀는 죽은 여자의 바로 위층에 살고 있었다.

"안마의자 하나 들여놓을까 봐요."

찻잔을 쥐고 있던 루씨아의 손이 가늘게 떨렸다. 그녀는 2동 여자가 안마의자에 앉은 채로 죽었다는 것을 알고 있었다. 초고층 아파트인 앨리스타운은 원형 공원을 중심으로 세 개 동씩 동일한 간격으로 솟아있는 탑상형 구조였다. 3천 세대에 거주하는 입주민이 만 명에 달했다. 공원에서 바라보는 앨리스타운의 불빛은 아름답고도 기묘했다. 우연히도 그녀들은 모두 공원을 바라보는 안쪽 라인에 살았다. 동 사이의 거리가 멀지 않아 밤에 집 안 불을 밝혀놓으면 나머지 두 개 동에서 건너편 실내가 들여다보였다. 얼굴이 보일 정도는 아니지만 윤곽이나 움직임 정도는 알아챌 수 있었다. 대개는 블라인드나 커튼으로 가리고들 살았는데, 간혹 무신경하게 훤히 열어두는 집도 있었다. 죽은 여자가 그랬다. 그녀는 거실 창가에 안마의자를 놔두고 밤이면 으레 거기 앉아있곤 했다.

"가게로 한번 보러 와요. 권해주고 싶은 모델이 있어요."

기능성 수입 가구점을 운영하는 라우라가 말했고 에바가
반색을 했다. 라우라와 에바는 마흔네 살 동갑이지만 서로를
존대했다. 그건 30대 중반인 루씨아와 50대 초반인 발렌띠나
도 마찬가지였다. 얼마 전 라우라의 가게에서 안마의자를 구
입한 발렌띠나가 요즘은 남편보다 안마의자가 더 좋다며 해
죽 웃었다. 그녀는 굳이 안 해도 될 말을 하면서 부끄러워하
는 습관이 있었다. 스페인어 수업 때도 그랬다. 빈도를 묻고
답하는 연습을 하는데 "당신은 일주일에 몇 번이나 사랑을
나눕니까?" 같은 문장을 고상하게 말하고 홍학처럼 붉어지
는 식이었다. 그 질문에 답하느라 진땀을 뺀 건 에바였다. 입
만 열면 "무이 비엔!, 엑셀렌떼!"를 외치는 라틴계 남자 강사
앞에서 진땀을 흘렸다.

안마의자는 충분히 체험해 보는 게 좋다며 다 함께 매장으
로 가자고 라우라가 제안했다. 루씨아가 쭈뼛쭈뼛 그녀들을
따라 일어났다. 스페인어 이름을 부르며 서로서로 존대했지
만 엄연한 나이 서열까지 없앨 수는 없었다.

2

에바는 라우라의 가게에서 배달 온 안마의자를 거실 창가
에 두고 설치미술품을 감상하듯 골똘히 바라보았다. 엔초 페
라리를 디자인한 켄 오쿠야마의 안마의자라니. 은은한 광택
이 흐르는 블랙 프레임과 짙은 와인톤의 천연 소가죽. 그 강
렬한 대비가 스포츠카를 연상시켰다. 안마의자 덕분에 거실
인테리어가 한층 고급스러워진 느낌이었다. 충분히 흡족해
진 에바는 측면의 스윙도어를 열고 자동차에 올라타듯 안마
의자에 앉았다. 의자를 무중력 각도로 만들자, 모듈을 작동시
키기도 전에 나른함이 몰려왔다. 창밖으로 잘 꾸며진 앨리스
공원이 내려다보였다. 타이트한 운동복 차림의 20대 여자가
매끄러운 모질의 반려견과 함께 산책로를 도는 모습이 보였
다. 개는 패기 좋게 달려 나갔고 여자가 쥐고 있던 목줄이 팽
팽해졌다. 공원 한가운데 금발의 앨리스 동상이 서있었다. 개
가 그 앞에서 제자리 돌기를 하더니 엉거주춤 주저앉아 똥을
누기 시작했다. 문제는 그다음이었다. 여자가 볼일을 마친 개
를 그대로 당겨 끌고 가는 것이었다.

에바는 리모컨을 눌러 안마의자를 정지시켰다. 급하게 슬
리퍼를 꿰어 신고, 초고속 엘리베이터로 순식간에 1층으로

내려갔다. 앨리스공원에 도착한 에바는 견주가 반원을 돌아올 때까지 기다렸다가 거리가 충분히 가까워지자 말을 건넸다.

"미니어처 핀셔인가요?"

재게 걷던 여자가 개의 목줄을 당기며 멈춰 섰다. 틈을 놓치지 않고 에바가 진짜 용건을, 배변봉투를 건넸다. 한 손은 허리에 짚고, 다른 손은 길게 뻗어 앨리스를 가리키면서.

"도베르만 핀셔예요."

여자가 떨떠름하게 대답하며 봉투를 받았다. 에바는 여자가 개똥을 다 치울 때까지 꼼짝 않고 지켜보았다. 정확히는 '룰루레몬' 레깅스가 휘어감긴 여자의 탄력적인 보디라인을. 퍼스널 트레이너를 바꿀까 하는 생각이 잠시 에바의 머릿속을 스쳤지만, 진짜 문제는 트레이너도 레깅스도 아닌 젊은 여자의 무개념이라고 되뇌면서 생활지원센터로 걸음을 옮겼다. 지난주에 주차 관련 민원을 넣은 것이 어떻게 처리되었는지 확인해야 했다. 주차 공간이 아닌 곳에 임의로 차를 대는 사람들이 문제였다. 에바는 '이곳에 주차하지 마세요'라고 적어 일일이 차량 앞유리에 붙였다. 아파트 민원 담당 과장에게 일주일간 불법 주차 차량을 집중적으로 단속하겠다는 약속도 받아냈다. 오늘은 반려동물 얘기를 해야 했다. 아침마다 앨리스공원 한복판에서 쩌렁쩌렁 짖어대는 개가 있었다. 동

심원의 중심에서 시작된 개 소리는 건물에 메아리쳐 한없이 되돌아왔다. 뉘 집 개인지 밝혀내서 경고하라고 요청하고, 방금 있었던 배변 사건도 전달해야 할 터였다.

또 뭐가 있었더라, 에바는 바쁘게 머리를 굴렸다. 기억났다. 며칠 전 입주민 카페에 돼지를 끌고 온 사람이 있었다. 미니피그가 아니라 시커먼 점무늬를 망토처럼 두른 거대한 돼지였다. 좀처럼 감정 표현이 없는 아들 주원도 돼지를 보고는 놀랐다.

"아, 존나 어이털, 개쩜."

외아들인 주원은 올해 중학교에 입학한 뒤로 어딘가 엇나가고 있었다. 에바는 주원의 말본새에 당황한 티를 내지 않으려고 최대한 우아하게 말했다.

"랭귀지!"

목에 리본을 맸어도 돼지는 돼지였다. 야외 테이블에서 차를 마시는 돼지 엄마의 발치에서 돼지 아들이 웩웩거렸다.

"저도 이렇게 클 줄 몰랐어요."

에바와 주원의 시선을 느꼈는지 돼지 엄마가 이렇게 말했다. 에바는 커피 맛이 달아나 안으로 자리를 옮겼다.

"살다 살다 별꼴을 다 본다. 아들, 애완 돼지는 좀 그렇지 않니?"

"취존."

아들은 스마트폰 게임에서 눈을 떼지 않고 대답했다.

"그만 꺼라."

"저녁에 통돼지바비큐 사줘."

에바는 주원의 휴대폰을 박살 내고 싶은 욕구를 억눌렀다. 저도 이렇게 클 줄 몰랐어요. 돼지 엄마의 말이 귓가에 윙윙거렸다. 에바는 아파트 관리 규약에 혐오동물 관련 조항은 없는지 알아봐야겠다고 생각했다.

3

라우라의 수입가구점은 앨리스타운 상가에서 가장 목 좋은 1층 코너에 있었다. 편백나무로 만든 반신욕기와 각도 조절 침대, LED 마스크와 각종 웨어러블 기기들이 눈부신 조명 아래 흐트러짐 없이 진열되어 있었다. 없어도 사는 데 지장은 없지만 있으면 편리해지는 것들이었다. 유니폼을 갖춰 입은 전문 직원들이 100평 규모의 매장에서 고객을 맞이했다. 고성능 스피커에서는 경쾌한 클래식 선율이 적당한 볼륨으로 흘러나왔다.

라우라는 고객들에게 일일이 체험을 권했고 본인이 직접

시연해 보이기도 했다. 그녀는 "조금 더 생각해 보고 결정하세요, 충분히 느껴보셔야 후회하지 않아요"라고 말했는데 이상하게도 그런 말을 들은 고객들은 지갑을 꺼내기 바빴다. 특유의 친화력과 사교술은 손님을 붙잡는 비결이었다. 입소문을 타고 다른 도시에서 찾아오는 사람들도 제법 있었다.

죽은 2동 여자가 안마의자를 사러 온 것은 석 달 전이었다. 미농지처럼 얇고 파리한 피부에 과하게 뚜렷한 이목구비가 부자연스러운 느낌을 주는 여자였다. 안마의자가 필요한 나이처럼 보이지 않았는데도 매장에서 가장 비싼 모델을 골랐다. 차근차근 따져보거나 묻지도 않았다. 천만 원에 가까운 제품을 사는 사람의 태도치고는 너무 무심했다. 라우라의 경험상 그런 사람은 둘 중 하나였다. 지나치게 돈이 많거나, 자기 돈으로 사는 것이 아니거나. 며칠 전 에바가 똑같은 제품을 주문하기 전까지 라우라 가게에서 그 모델을 산 사람은 그녀가 유일했다. 함께 매장에 들른 스페인어 교실 여자들은 진열된 안마의자에 번갈아 앉아보더니 약속이나 한 듯 그 제품을 최고로 꼽았다. 다른 안마의자에 비해 두 배 가까운 가격이었다. 에바는 선뜻 그걸로 하겠다고 했다. 그녀는 타인의 시선에 민감하게 반응했고, 라우라는 오랜 장사 경험으로 그 점을 간파하고 있었다. 모두가 극찬하는 고가의 안마의자는 에바의 욕구를 여러 면에서 충실히 만족시켜 주었다.

안마의자가 배송되었다는 보고를 받고 라우라는 에바에게 전화를 걸었다. 전화기 너머가 소란스러웠다. 에바는 생활지원센터에서 중요한 용건을 처리하는 중이라고 했다. 짧은 통화를 끝내자마자 입주간병인에게 연락이 왔다. 아버지가 사라졌다고 했다. 라우라는 다급하게 집으로 향했다. 때마침 가게 앞을 지나가던 루씨아가 손을 흔들었지만 라우라는 그녀를 보지도 못한 채 신경질적으로 걸음을 옮겼다.

2동에 도착한 라우라는 엘리베이터를 타고 10층 버튼을 눌렀다. 승강기 안 모니터에 실내 흡연 금지 경고문이 몇 주째 노출되고 있었다. 연달아 주차단속 안내 방송이 나왔다.

간병인은 얼빠진 얼굴로 거실에 동그마니 있었다. 잠시 화장실에 다녀온 사이 아버지가 사라졌다고 했다. 곧바로 뒤쫓아 나갔지만 엘리베이터에서도 비상계단에서도 종적을 감춘 후였다. 라우라는 아버지의 방문을 열어보았다. 희미한 나프탈렌 냄새와 박하향이 방 안을 떠돌았다. 아버지의 칠십 평생이 발효되어 냄새로 남은 것 같았다. 작년에 치매 진단을 받은 아버지는 미혼인 라우라의 차지가 되었다. 오빠는 대학입시를 앞둔 아이 핑계를 대며 요양원을 알아보자고 했다. 맏딸인 언니는 미국으로 이민 간 지 20년이 되어갔다. 가족이라기보다는 해외동포 같은 느낌이었다. 이상한 오기가 발동하여 라우라는 아버지를 집으로 모셔왔다. 혼자 살 때는 외로웠고 아버지를 데려온 후엔 고독해졌다. 라우라는 아버지와 함께 외출하지 않았다. 가까운 지인들조차 두 사람의 동거를 알지 못했다. 숨긴 것이 아니라 그저 말하지 않은 것뿐이었다. 에바가 구입한 안마의자가 죽은 여자의 것과 같은 제품이라는 사실처럼 어떤 일들은 굳이 말할 필요가 없는 것이다. 라우라는 베란다로 나가 담배에 불을 붙였다. 깊게 한 모금을 들이마셨다. 복잡하던 머릿속에 당장 아버지를 찾으러 나가야 한다는 생각만이 또렷해졌다.

4

발렌띠나는 지난달 피렌체의 명품 아웃렛에서 구입한 가방을 들고 갤러리아백화점에 다녀오는 길이었다. 결혼 후 25년간 강남을 떠난 적 없는 그녀는 앨리스타운으로 이사 오던 날 조금 울었다. 남편의 벤츠 S클래스에 실려 오면서 처음으로 보게 된 앨리스타운은 허허벌판에 뚝 떨어진 외계 행성 같았다. 반평생 연을 맺어온 이웃들, 두 아이들이 다녔던 학교와 남편의 직장, 회원제로 운영되는 스파와 VIP로 등록된

백화점까지 인생의 전부를 강남에 두고 왔다. 살아생전 그곳을 떠날 줄 몰랐던 그녀는 실향민이라도 된 것처럼 자기 연민에 빠져들었다.

이사 온 뒤 그녀는 일주일에 서너 번씩 전에 살던 동네에 갔다. 왕복 세 시간이 걸리는 길이었지만 늘 가야 할 이유가 있었다. 동창 모임, 학부형 모임, 골프 모임, 브런치 모임, 헤어숍과 네일숍, 에스테틱 회원권도 아직 남아있었다. 신도시는 쇼핑할 곳도 마땅치 않았다. 스페인어 수업 여자들과 친분을 쌓은 후 유배된 기분은 사라졌지만 여전히 일주일에 한두 번은 강남행이었다.

발렌띠나는 단골 매장에서 원피스 두 벌과 스카프를 구입하고 걷기 편한 플랫슈즈도 장만했다. 앨리스타운에 도착했을 때는 오후 4시에 가까운 시간이었다. 양손 가득 쇼핑백을 들고 승강기를 기다리는데 분속 240미터의 초고속 엘리베이터가 오늘따라 유난히 더디게 내려왔다. 전광판을 보니 엘리베이터가 매 층마다 멈추고 있었다. 쇼핑백의 줄 하나가 무게를 이기지 못하고 끊어지면서 손에서 미끄러졌다. 대충 옆구리에 끼워 들고 나머지 가방들을 한 손으로 붙들었다. 등줄기에 땀이 흘렀다. 아끼는 실크블라우스가 땀에 젖을까 신경 쓰였다. 마침내 엘리베이터의 문이 열리며 이런 안내음이 나왔다.

오래 기다리셨습니다.

검정 트렌치코트를 입은 노신사가 안에 타고 있었다. 단정히 빗어 넘긴 백발과 정갈한 옷차림은 자기 관리에 철저한 노인이라는 인상을 주었다. 처음 본 입주민이었지만 발렌띠나는 가볍게 목례를 했다. 노인은 인사를 받지 않았다. 그의 시선은 층수가 새겨진 버튼에 고정되어 있었다. 모든 버튼에 불이 들어와 있었다. 당황한 발렌띠나는 옆구리에 낀 쇼핑백을 떨어뜨리는 바람에 노인을 놀라게 했다. 안에 타고 있던 사람은 노인뿐이었으므로 이 모든 숫자를 그가 눌렀다고 생각할 수밖에 없었다. 고층 전용 엘리베이터는 지하에서 곧바로 33층으로 직행하는 중이었는데, 그 이후 모든 층마다 멈출 터였다.

"어르신, 몇 층 가시나요?"

발렌띠나의 목소리가 갈라졌다. 노인의 망연한 눈길은 여전히 버튼에 머물렀다. 눌러진 버튼을 다시 누르면 취소가 된다는 것을 알았지만 발렌띠나는 어떤 층을 취소해야 할지 몰랐다. 53층에 사는 그녀는 층마다 멈추며 올라갈 수는 없었다. 엘리베이터가 33층에 도착하자 발렌띠나는 전리품을 챙기듯 쇼핑백들을 그러모아 내렸다.

갇혔습니다.

등 뒤에서 이런 말이 들렸다. 기계음처럼 단조로운 말투였다. 발렌띠나는 돌아보지 않고 반대편 엘리베이터를 호출했다. 1층 로비로 내려가서 경비원에게 쇼핑백들을 옮겨달라고 부탁하고 팁을 건넸다.

다시 강남으로 가야 해. 발렌띠나는 주문처럼 중얼거렸다. 강남의 아파트에 세를 놓고 앨리스타운으로 오게 된 것은 토지 보상금 때문이었다. 신도시가 조성되기 전 이 일대는 대규모 농지였다. 남편의 조상은 대대로 이 지역 토호였는데 토지가 대물림되어 남편에게까지 넘어왔다. 그 땅에 고속도로가 뚫린다는 소식을 접한 것이 4년 전이었다. 남편은 퇴직을 한 후 이런저런 소일거리로 시간을 보내던 차였다. 한동안 학연, 지연을 총동원해 이것저것 알아보던 남편은 자경농지 운운하며 신도시로 이주해야 한다고 했다. 발렌띠나는 실소했다.

"당신 농담이 많이 늘었네."

"여보, 농사를 지어야 해."

남편은 더없이 진지했다.

남편은 이사 온 첫해에 블루베리 묘목을 심었는데, 나무는 제대로 커보지도 못하고 모두 고사했다. 이듬해는 대추방울

토마토로 품종을 바꿔 그럭저럭 수확할 정도는 됐다. 발렌띠나는 챙 넓은 모자를 쓰고 탐스럽게 여문 토마토를 따 먹으며 사진을 찍었다. 강남 친구들은 그녀가 잠깐 귀농 체험을 하는 거라고 생각했다.

발렌띠나는 유학 간 딸이 내후년에 돌아오기 전까지 반드시 강남으로 돌아가겠다고 마음을 먹었다. 타라를 되찾겠다는 스칼렛처럼 굳센 결기였다.

5

그날 저녁 루씨아는 거실 소파에 앉아 스페인어 동영상 강의를 보고 있었다. 그녀는 습관적으로 무언가를 배웠는데 인문학 강의부터 주식 투자 방법, 서양음악사, 에세이 작법, 와인 소믈리에, 캘리그라피, 명상법 등 그 범위가 한정 없었다. 그러나 전부 두 달을 넘기지 못하고 중간에 그만두었다. 늘 새롭게 배워야 할 것들이 생겨났고 그로 인해 시간이 부족했기 때문이다. 스페인을 배경으로 한 예능 프로그램을 본 다음 날 스페인어 강좌에 등록했다. 동사 규칙을 외우고 원어민의 발음을 따라 하고 간단한 인사말을 익혔다. 딱히 실력이 느는 것 같지는 않았지만 특별한 목표가 있는 것도 아니었다. 그저 공부를 하는 동안은 시간을 허비하지 않는다고 느꼈고, 그것으로 충분했다.

"A mala vida, mala muerte."

인과응보라는 뜻의 스페인어 속담을 따라 읽다가 무심코 창밖으로 시선을 던졌다. 익숙한 광경이 건넛집 창가에 펼쳐졌다. 안마의자에 앉아있는 여자의 모습. 같은 6층이었기 때문에 1동 루씨아의 집에서는 죽은 여자의 거실이 잘 보였다. 저녁이면 안마의자에 앉아있곤 하던 여자를 본 적이 있었다. 익숙함이 경악으로 바뀌는 것은 순간이었다. 저 여자는 얼마 전에 죽지 않았던가. 오싹한 기분에 로브가운을 단단히 여미고 커튼 뒤에 숨어 건너편 건물의 층수를 아래부터 세기 시작했다. 1층, 2층, 3층, 4, 5, 6, 7층이었다. 죽은 여자의 집은 6층, 그렇다면 저긴 에바의 집이다. 루씨아는 며칠 전 라우라의 가게에서 에바가 안마의자를 산 것을 기억해 냈다. 그래도 놀랍기는 마찬가지였다. 똑같은 위치에 똑같은 안마의자 그리고 똑같은 자세로 앉아있는 여자라니. 루씨아는 한 층 아래로 시선을 던졌다. 짙은 색 커튼이 창 전체를 덮고 있었다. 그녀가 기억하기로 여자는 살아있을 때 커튼을 닫은 적이 없었다.

여자가 죽었다는 걸 처음 알려준 건 남편이었다. 피부과 전문의인 남편은 1년 전 앨리스타운 상가에 쁘띠성형과 레이저토닝을 전문으로 하는 병원을 개원했다.

"환자 중에 한 명이 갑자기 죽었다더군. 2동 살던 여잔데."

대수롭지 않은 말투였다. 지방이식 시술을 예약해 놓고 당일에 오지 않아 상담실장이 전화를 했더니 죽었다고 했다는 것이다. 당황한 실장은 시술이 두 번이나 남아있다고 횡설수설해 버렸고, 전화를 끊은 후 제 머리를 쥐어박으며 고인의 명복을 빕니다, 중얼거렸다는 것이다.

"젊은 여자가 왜 죽었대? 사고사? 설마 자살?"

남편은 죽은 여자가 시술비 300만 원을 죽기 3일 전에 결제해 놓고 갔다며 자살은 아닐 거라고 했다.

"그럼 그 비용은 어떻게 되는 거야?"

남편이 한심하다는 표정으로 루씨아를 바라봤다. 그녀는 고아하신 남편의 반듯한 얼굴을 바라보며 속엣말을 삼켜야 했다. 한 마디만 더 얹었다가는 지긋지긋한 잔소리가 시작될 게 뻔했다. 원장 사모로서 교양과 체통을 좀 지켜라, 속물근성과 허영심은 액세서리가 아니니 주렁주렁 달고 다니지 말라, 등등.

그때까지만 해도 젊은 여자가 급사라니 안됐다는 생각과 아파트에서 이런 일이 벌어져 꺼림칙하다는 정도였다. 이튿날 경찰에게 전화가 오기 전까진 그랬다. 죽은 여자는 남편

의 병원에서 수면마취가 필요한 여러 시술을 받았는데 그것
에 대한 참고인 조사가 필요하다며 경찰서에 와줄 수 있는지
물었다는 것이다. 경찰이 병원으로 찾아오는 것을 염려한 남
편은 다음 날 바로 시간을 내서 조사를 받았고, 죽은 여자의
건강 상태와 시술 내용에 대한 질문을 받았다. 루씨아는 집에
돌아온 남편에게 묻고 싶은 게 많았지만 괜한 소리를 들을까
봐 그만두었다. 남편은 잘못 엮여서 골치가 아프다며 고개를
흔들었다.

그날 오후 앨리스타운에도 형사들이 찾아왔다. 낯선 남
자 두 명이 앨리스공원에서 서성이는 모습이 거실 창밖으로
보였다. 하자 점검차 루씨아의 집을 방문 중이던 관리소 직원
은 그들이 2동 여자의 죽음을 수사 중인 형사들이라고 알려
주었다. 그들은 마치 앨리스에게 무언가 묻는 것처럼 보였다.
앨리스야말로 앨리스타운에서 일어나는 모든 일들의 목격자
일지도 모른다.

죽은 여자는 토요일에 발견되었다고 했다. 그날 발견되었
다면 그 전에 죽었다는 말일 것이다. 금요일 밤 루씨아는 안
마의자에 앉아있던 여자를 보았다. 에바와 라우라 그리고 발
렌띠나를 초대해 저녁을 먹은 날이었다. 해가 질 무렵 루씨아
가 거실 커튼을 닫으려 하자 에바가 다가와 이렇게 말했다.

"앞집은 커튼도 안 닫고 불을 켜놨네요."

나른한 음성이었지만 힐난하는 투였다. 여자는 어김없이 안마의자에 앉아있었다. 그때 이미 죽어있었던 걸까. 초승달이 비수처럼 빛나던 밤이었다. 루씨아의 공포는 여자가 죽었다는 사실보다 다른 데 있었다. 그날 그 집에는 여자 혼자가 아니었다. 여자 곁에 와인 잔을 들고 서있는 남자가 있었다. 잠깐 스친 실루엣이었지만 슈트 차림이어서 방문객일 거라고 생각했었다. 생각해 보니 그날 마지막으로 본 여자의 모습이 어딘지 기괴했다. 루씨아는 연달아 떠오르는 잡생각을 차단하듯 커튼을 쳐버렸다. 모두 추측일 뿐이다.

형사들이 다녀간 날 스페인어 교실에서 에바, 라우라, 발렌띠나와 만난 루씨아는 그녀들이 이미 2동 여자의 죽음을 알고 있다는 사실을 알게 됐다. 죽은 여자의 위층에 살던 에바는 그녀를 엘리베이터에서 가끔 본 적이 있다고 했고, 라우라는 가게에 손님으로 왔다고 했다. 발렌띠나는 구급차와 경찰이 출동한 사건인데 어떻게 모르겠냐고 반문했다. 곧바로 수업이 시작해 더 이상 이야기는 진전되지 않았고, 다음 날 티테이블에서 에바는 돌연 안마의자를 사겠다고 했다.

6

라우라는 시원한 레몬차 두 잔을 접객용 테이블로 내왔다.
이른 아침부터 발렌띠나와 루씨아가 매장에 와있었다. 지나
는 길에 들렀다고 했지만 라우라가 그녀들의 속내를 알 것
같았다. 라우라의 매장은 앨리스타운의 온갖 소문과 비공식
정보가 오가는 장소였다. 죽은 여자가 루씨아 남편의 피부과
에 다녔다는 사실은 공공연한 비밀이었다. 예상대로 루씨아
는 넌지시 죽은 여자 이야기를 꺼냈다.

"안마의자에 앉은 채로 발견되었다죠? 2동 여자 말이에요."

여자의 죽음을 안마의자와 연관 지어 이야기하다니 참으
로 루씨아다웠다. 라우라는 루씨아 쪽으로 찻잔을 밀어주며
그러냐고 되물었다.

"손님들에게 들은 얘기 없어요?"

"글쎄요. 그런 이야기는 뭐랄까, 다들 꺼리지요."

라우라가 낮게 속삭였다.

"집값이 떨어지거든요."

"Las paredes oyen."

발렌띠나가 스페인어 수업에서 배운 속담을 써먹었다. 낮
말은 새가 듣고 밤말은 쥐가 듣는다는 뜻이었다. 잠시 어색한

침묵이 테이블을 감쌌다.

"아파트에 이상한 노인이 있어요."

발렌띠나가 돌연히 화제를 바꿨다. 엘리베이터에서 정신을 놓은 듯한 노인을 만났는데 꼭대기 층까지 버튼을 다 눌러놓았고, 자신이 갇혀있다고 하더라, 누군가 노인을 학대하는 것일지도 모른다, 단둘이 승강기 안에 있는데 어쩐지 무서웠다고 쉴 새 없이 말했다. 루씨아가 놀랍다는 반응을 보이며 열심히 듣는 것에 반해, 라우라는 발렌띠나의 이야기가 끝날 때까지 잠자코 듣고만 있었다.

너무 많은 말을 해서 지쳐버렸는지 발렌띠나가 그만 가겠다며 일어섰다. 라우라는 예의 다정한 미소로 발렌띠나를 배웅했다. 루씨아는 아직 돌아갈 마음이 없어 보였다. 발렌띠나는 아직 더운 김이 올라오는 레몬차를 그녀 쪽으로 밀어주며 물었다.

"앨리스타운에서 발렌띠나 별명이 뭔지 아세요?"

"발렌띠나에게 별명이 있어요?"

루씨아가 반문하자 라우라가 비죽 웃었다.

"강남충."

그리고는 금방 떠올랐다는 듯 덧붙였다.

"발렌띠나가 2동 여자와 이사 오기 전부터 아는 사이였다는 건 아세요?"

"그건 또 무슨 소리예요?"

"강남에서 한동네 살던 사이였대요. 가까운 사이는 아니었고 그냥 인사 정도 나누는. 그래도 그렇지. 죽었다는 말 듣고도 감흥 없는 걸 보면 발렌띠나도 참 매정한 성격이야. 그렇지 않아요? 그런 게 강남스타일인가?"

이렇게 말하고 라우라는 찻잔을 내려놓았다. 빈 찻잔이 달그락거리는 소리가 유난히 요란했다.

7

발렌띠나가 별명이 붙을 정도로 유명한 사람이었나? 루씨아는 '강남충'이라고 말할 때의 라우라 표정이 떠올랐다. 평소처럼 상냥하게 말했지만 미묘하게 이죽거리던 표정과 행동들도 마음에 걸렸다. 그것이 2동 여자의 죽음과 관련되어 있으리란 생각을 떨칠 수가 없었다.

루씨아는 곧장 에바의 집으로 향했다. 에바의 아들 주원은 저녁 무렵에나 들어올 터였다. 그녀는 주원과는 가급적 마주치고 싶지 않았다. 어느 늦은 저녁, 아파트 뒤 공터에서 교복 입은 학생들이 모여 담배 피우는 것을 보았는데 그 속에 주원이 있었다. 주원은 루씨아와 눈이 마주치자 실실 웃으며 바닥에 침을 뱉었다. 치부를 들킨 사람처럼 서둘러 눈길을 피한 건 루씨아였다.

에바의 집에 들어서자 안마의자가 제일 먼저 눈에 띄었다. 루씨아는 적당한 기회를 틈타 죽은 여자 이야기를 꺼냈다. 라우라에게 들렀다 왔다는 말을 한 직후였다.

"아래층 여자와는 어떻게 아는 사이였어요?"

"왜요? 라우라가 무슨 말을 해요?"

에바의 다그치는 듯한 말투에 루씨아는 말문이 막혔다. '강남충'에서 시작된 균열이 가지를 치고 있었다. 다행히 에바는 이내 냉정을 되찾았다.

"6층 베란다에 담배꽁초가 떨어진 사건이 있었어요."

앨리스타운은 거실에 베란다가 없었으므로, 작은방에 딸린 것을 말하는 거였다. 죽은 여자 집 베란다에 며칠 간격으로 담배꽁초가 떨어졌는데 그중에는 불이 붙은 채로 내려오는 것도 있었다. 6층 여자는 아파트 관리사무소에 연락했다. 금연 안내 방송이 나오기 시작한 것이 그 무렵이었다. 그래도 담배꽁초는 끈질기게 날아들었다. 그쯤 되면 창문을 닫아 놓을 법도 한데 여자는 그러지 않았다. 직접 범인을 잡겠다며 가가호호 방문을 시작했다. 앨리스타운 민원 과장이 여자와 동행했다. 같은 동, 같은 라인의 7층부터 10층까지가 첫 타깃이었다. 에바와 라우라의 집이 해당됐다.

"나야 떳떳하니까 들어와서 보라고 했죠. 우리 남편은 담배는 입에 대본 적도 없는 사람이에요. 술도 어쩌다 와인만 한두 잔 할 뿐이죠."

루씨아는 베란다가 있는 방이 주원이 방 아니냐고 물으려다가 입을 다물었다.

"그때 제일 의심받았던 집이 라우라 집이었어요."

"라우라요?"

"현관문 열자마자 담배 냄새가 확 끼쳤는데, 베란다가 있는 작은 방은 열어보지도 못하게 하더래요. 문 열어준 사람이 일하는 아줌마였는데 라우라 허락 없인 집 안에 아무도 못 들인다고 했다는군요. 보기보다 까다로운 성격인 것 같아요, 라우라."

잠시 뜸을 들이던 에바가 라우라의 본명이 뭔지 아느냐고 물었다. 루씨아는 고개를 저었다.

"김계년."

"개, 개년이요?"

에바는 '개'가 아니고 계수나무 '계'라며 "기에에년"이라고 늘여 말했다.

"라우라는 월계수라는 뜻이잖아요."

이렇게 말하고 에바가 씩 웃었는데, 루씨아는 종이에 손이 베인 듯한 느낌이었다. 미세하지만 기분 나쁜.

루씨아가 돌아가려고 할 때 에바의 남편이 귀가했다. 담배는 피우지 않고 와인만 한두 잔 마실 뿐이라는 그는 말쑥한 정장 차림이었다. 루씨아는 서둘러 그 집을 떠났다. 강남충과 개, 아니 계년. 석연치 않은 느낌이 따라왔다. 엘리베이터를 호출하고도 한동안 생각에 잠겨있었다. 그녀의 정신을 깨운 건 승강기 안에서 불빛을 반짝이는 숫자들이었다. 1층부터 32층까지 모든 층에 불이 들어와 있었다. 트렌치코트를 입은 백발 노인의 검은 구멍 같은 두 눈이 숫자판에 머물렀다. 루씨아는 오싹한 기분으로 발렌띠나에게 메시지를 보냈다.

8

발렌띠나는 얼굴에 올린 마사지 팩을 떼어내고 2동으로 뛰어갔다. 루씨아에게는 노인을 데리고 일단 로비로 내려오라고 일러두었다. 그러나 노인이 꼼짝하지 않았으므로 결국 발렌띠나가 경비원을 데리고 계단을 올랐다. 루씨아가 승강기 열림 버튼을 눌러 운행을 지연시켰고 그들은 3층에서 서로 만날 수 있었다. 젊은 경비원은 곧장 노인을 알아보았다.

"안녕하세요, 어르신."

그 순간 마법에서 깨어난 것처럼 노인의 눈에 총기가 돌아왔다.

"박 군, 어쩐 일이신가."

점잖고 자연스러운 음성이었다. 경비원은 난감한 표정으로 머리를 긁적이며 두 여자 쪽으로 시선을 돌렸다. 노인의 태도에 당황한 건 여자들이었다. 노인은 백발에 어울리는 관대한 미소를 지으며 여자들을 바라보았다. 발렌띠나는 노인이 입고 있는 버버리의 시그니처 개버딘 헤리티지 코트에서 시선을 뗄 수가 없었다. 맨발에 슬리퍼 차림으로 뛰쳐나온 자신의 차림새에 굴욕감을 느낄 정도였다.

두 여자와 노인 그리고 젊은 경비원은 말없이 엘리베이터를 타고 1층으로 내려갔다. 발렌띠나는 눈썹에 엉겨 붙은 하얀 마스크팩 가루를 손톱으로 뜯어내 꾹 눌렀다. 엘리베이터가 1층에 도착하자 노인이 가볍게 목례했다.

"박 군, 그럼 수고하시게. 숙녀분들, 실례하겠습니다."

노인은 로비를 지나 현관문 밖으로 사라졌고 경비원은 허리를 숙여 인사했다.

"숙녀?"

루씨아가 웃음을 터트렸다. 경비원에 의하면 노인은 2동 10층에 거주하는 입주민으로 인품이 점잖고 조용하며 문제가 될만한 행동을 한 적은 없었다. 뭔가 오해가 있는 것 같은데 걱정 말고 댁으로 돌아들 가시라고(이 소동은 아주머니들의 과민한 성격 탓이라고) 했다. 뻘쭘하게 서있는 루씨아의 팔을 붙들고 발렌띠나는 원형 공원으로 나왔다.

"라우라도 2동 10층에 살죠?"

루씨아가 고개를 끄덕였다.

"어, 저기!"

발렌띠나가 외마디 소리를 내며 앨리스 뒤로 황급히 몸을 숨겼다. 그녀의 손끝이 가리키는 곳에 교복 차림에 운동화를 구겨 신은 주원이 있었다. 벤치에 앉아 히죽히죽 웃고 있었는데 옆에 그 노인이 있었다. 둘은 다정한 조부와 손자처럼 보였다. 루씨아는 발렌띠나에게 죽은 여자의 집에 담배꽁초가 떨어진 사건을 아느냐고 물었다. 발렌띠나가 고개를 끄덕이며 대답했다.

"그거 주원이 짓이잖아요. 여자한테 무슨 앙심이 있었는지 일부러 그랬다던데."

얼빠진 얼굴인 루씨아에게 인사를 하고 발렌띠나는 집으로 돌아왔다. 등 뒤에서 현관문이 둔탁한 소리를 내며 닫혔다.

닫혔습니다.

현관문이 말했다. 흠칫 놀라 현관문을 돌아봤다. 노인이 했던 것과 똑같은 말투였다.

9

루씨아가 돌아간 뒤 에바는 안마의자에 앉아 라틴팝을 들었다. 여러 여자와 방탕하게 사랑을 나누던 남자가 종내에는 한 여자에게 매달려 자유가 싫다며 지질하게 엉겨 붙는 내용이었지만 애절한 음색만은 일품이었다. 퇴근한 남편은 샤워를 하고 있었다. 에바는 안마의자를 스트레칭 모드로 바꾸고 노래를 따라 흥얼거렸다.

생활의 편리성을 최우선으로 설계된 앨리스타운은 에바 이름으로 얻은 첫 아파트였다. 그녀는 이 집에서 안락함을 느꼈다. 남편 명의의 집에서 시부모를 모시던 시절에는 느낄 수 없었던 온전하고도 무한한 평안이었다. 안락한 아파트의, 안락한 거실에서, 안락한 안마의자에 앉아있는 지금이야말로 최고의 순간이었다. 그런데, 안마의자에 앉아 죽었다고? 에바는 휴대폰을 열어 인터넷에 여러 검색어를 쳐봤다. 안마의자 죽음, 안마의자 위험, 안마의자 부상, 안마의자 감전사.

안마의자를 맨몸으로 사용하면 감전의 위험이 있을 수 있고, 척추환자는 골절의 위험이 있다는 경고 문구가 있었다. 이것은 자동차를 타고 다니면 교통사고가 날 수 있고, 강우에 캠핑을 하면 쓸려갈 수도 있다는 말이나 같았다. 에바는 휴대폰을 내려놓고 다시 안마의자가 주는 안락함으로 깊숙이 몸을 파묻었다. 안마의자에 앉아 죽다니, 일종의 안락한 죽음이 아닌가 생각하면서.

샤워가운을 입은 남편이 와인 잔 두 개를 들고 와 한 잔을 내밀었다. 에바는 무감하게 잔을 받았다. 주원이가 올 시간이었다. 그녀의 안락함이 깨질 시간이었다.

*

앨리스타운에 살고 있는 만 명의 사람들. 그중 한 명이 죽는 것은 어쩌면 큰일도 아니겠지. 3천 칸의 집집마다 무시로 누군가는 태어나고 누군가는 죽고. 3천 개의 토끼굴 칸칸마다 악의 없는 비밀 하나쯤은 감추고 살지. 벽들은 들었을 뿐 외칠 수는 없었고, 소문은 썩은 음식에 꼬인 날파리처럼 금세 생겼다가 짧은 수명으로 사라지지. 앨리스공원 티테이블에 놓인 네 개의 컵에서 빠르게 녹아 내리는 얼음처럼 말이야.

애초에 악의가 없었던 그녀들은 여전히 티테이블에 앉아 발렌띠나가 수확한 방울토마토를 먹고, 라우라에게 마스크 팩 샘플을 받고, 에바의 집에서 파에야를 해 먹자는 계획을 세우고, 루씨아가 만든 프리저브드 플라워를 나눠 갖지. 여름 휴가는 어디로 가느냐고 누군가 말을 꺼내고, 각자 스케줄을 확인하고, 여행 상품을 검색하고, 아이스 아메리카노를 마시고, 웃고, 묻고, 되묻고.

그렇게 하루의 담소를 마치고 나면 네 여자는 각자의 집을 향해 등을 보이며 돌아섰어. 산책로에서는 포유류가 웩웩거렸고, 엘리베이터에는 펫티켓 안내문이 나붙었지. 2동 여자가 좋아하던 불두화는 순백의 꽃송이를 흩뿌린 채 죽어갔고, 꽃잎이 말라붙은 벤치에선 노신사와 중학생이 함께 웃었고, 나는 여전히 공원을 등진 채 침묵할 뿐.

홈 스 위 트 홈

올겨울 들어 벌써 세 번째 동파였다. 수도계량기가 꽝꽝 얼어붙을 때마다 보미의 마음도 급속히 냉각되었다. 가뜩이나 창백한 피부가 파리하게 변해가는 것이 눈에 보일 정도였다. 얼어붙은 건 수도뿐만이 아니었다. 영진이 퇴근하고 현관에 들어서자마자 보미는 "물 또 안 나와"라고 한 뒤 아무 말이 없었다. '또'에 확실한 강세가 있었다. 영진이 출근하면서 수도꼭지를 조금 열어놓았는데 보미가 습관적으로 잠근 것이 분명했다. 능숙하게 수도꼭지를 분해하던 영진은 그 점에 대해 한마디 할까 하다 그만두었다. 보미는 다섯 살 율이에게 스틱형 파우치에 담긴 감기약을 짜 먹이고 있었다. 아이는 칭얼대면서도 익숙하게 감기약을 받아먹었다. 영진은 문득 그

익숙함에 몸이 떨렸다.

부부는 이른 저녁을 먹고 티브이를 켰다. 언젠가부터 율이가 잠들고 나면 열여덟 평 빌라에서 말을 하는 것은 티브이뿐인 날이 많았다. 보미는 리모컨으로 무심히 채널을 돌리다가 갑자기 손놀림을 멈췄다. 분명 멈춘 것인데 영진에게는 움직임보다 더 큰 동작처럼 느껴졌다. 홈쇼핑 채널이었다. 보미는 평소 홈쇼핑은 전혀 하지 않았다. 박리다매로 판매되는 물건들은 품질이 좋을 리 없고, 당장은 싼 것 같지만 결국은 소비 주기를 짧게 만들 뿐이라고 말한 적이 있었다. 그런 말을 할 때 보미는 알뜰하고 합리적인 사람처럼 보였고, 영진은 그 점이 흡족했다. 동작을 멈춘 보미의 옆얼굴을 영진이 돌아보았다. 손질되지 않은 머리카락이 동그란 볼 위에 뻗쳐있었다. 그녀는 영진의 시선을 의식하지 않고 화면에만 집중했다. 창백했던 얼굴에 조금씩 혈색이 돌아오는 것 같았다.

홈쇼핑에서는 아파트를 팔고 있었다. 정확히는 아파트 전세 세입자를 모집하는 중이었다.

"홈쇼핑에서 아파트도 팔아?"

영진은 진심으로 놀라서 물었는데, 질문이 아니라 경탄에 가까웠다. 보미는 여전히 시선을 화면에 둔 채 오른손 검지를 입술에 갖다 댔다. 아파트 모델하우스는 드라마 세트장처럼 꾸며져 있었다. 거실 두 면을 가득 메운 기역자 모양의 통창으로 밝은 빛이 들어와 실내를 고루 비췄다. 부부 역할을 하는 남녀 모델이 패브릭 소파에 앉아 차를 마셨고, 네댓 살 남자아이는 수입차 로고가 박힌 전동차를 타고 러그 위를 달렸다. 4인용 소파를 놓고도 아이가 전동차를 탈 수 있을 만큼 거실이 넓었다. 신도시에 위치한 이 아파트의 이름은 '앨리스 타운'이라고 했다.

쇼호스트는 무언가 채근하는 말투로 '대한주택보증의 전세보증금 반환보증'이라는 말을 반복했다. '보증'이라는 단어가 세 번이나 들어갔음에도 어쩐지 불안을 부추기는 묘한 어구였다.

멀리서 울리던 사이렌 소리가 점차 가까워졌고 낡은 빌라의 베란다 문이 부르르 떨었다. 율이가 깨어나 칭얼댔지만 보미는 꼼짝도 하지 않았다. 영진이 "보미야" 하고 불러도 대답하지 않고 화면에 빨려 들어갈 듯 몰입해 있었다. 영진은 아이를 달래기 위해 방으로 들어갔다.

토요일 오전 또다시 한파가 전국을 덮쳤다. 주말마다 최저기온을 경신하며 사람들을 집 안에 가두고 있었다. 거리에도, 카페에도, 식당에도 사람이 없었다. 덕분에 강변북로도 평상

시의 주말보다 한산했다. 서울을 가르는 긴 강은 하늘과 경계 없이 뿌옇게 흐렸고, 강을 따라 이어진 도로 위로 자동차들이 순조롭게 굴러갔다. 영진의 하얀색 아반떼도 그 행렬 속에 있었다. 모처럼 자동차를 탄 율이가 신이 나서 노래를 재잘거렸다. 인생은 회전목마, 우린 매일 달려가. 언제쯤 끝나. 난 잘 몰라.

앨리스타운에 가보자고 제안한 건 영진이었다. 그 밤 뭔가에 홀린 듯 홈쇼핑 채널에서 시선을 떼지 못하던 보미 때문이었다. 영진도 한 번쯤 가보고 싶다는 생각이 들긴 했다. 초고층 주상복합 아파트의 고급스러운 인테리어와 널찍한 평수에 끌린 것도 사실이지만 무엇보다 전세 가격이 서울 집값의 절반도 안 됐다.

영진과 보미는 지난 몇 년간 틈만 나면 서울 곳곳의 임대아파트를 보러 다녔다. 분양 소식이나 청약 정보에도 늘 관심을 두었지만, 마음에 드는 집은 가격이 맞지 않았고 청약 당첨은 요원했다. 무주택자가 아니라는 사실이 발목을 잡을 줄은 몰랐었다.

부부가 살고 있는 빌라는 결혼 전 영진이 구입한 것이었다. 그 동네에서 40년을 기거한 영진의 이모는 부동산으로 자잘한 재미를 봐온 사람이었다. 몇 해 전 빌라촌에 재개발 소문이 돌자 이모는 잽싸게 빌라 두 채를 매입했다. 그녀는 영진에게도 매입을 권유했다. 재개발이 결정되면 값이 뛸 테니 그때 차액을 남기고 팔면 된다는, 더할 나위 없이 간단한 논리였다. 영진은 큰 고민 없이 단돈 5천만 원에 빌라 한 채를 소유하게 되었다. 나머지는 전세 세입자와 은행이 해결해 주었으니 참으로 편리한 세상이라는 생각마저 들었다. 그때만 해도 결혼 후에 자신이 살게 될 집이라고는 생각하지 못했다. 막상 몇 년이 지나도록 재개발 소식은 감감했고, 결혼 전 급하게 부동산에 내놓았지만 사려는 사람이 없었다.

영진은 낡은 빌라의 내부를 리모델링해서 당분간 살아보자고 보미를 설득했다. 5년이나 살게 될 줄은 둘 다 몰랐다. 보미가 원하는 대로 내부를 고치는 데 만만치 않은 비용이 들었다. 영진은 이 집에 이렇게 돈을 써도 되나 싶다가, '그래도 신혼집인데' 하는 생각에 보미의 뜻에 맞췄다. 막상 살아보니 내부만 뜯어고쳐서 해결될 문제가 아니었다. 유리창 하나로 골목과 맞닿은 1층 집은 방음과 방풍이 잘되지 않았고, 여름에는 침수로 겨울에는 동파로 봄가을엔 먼지와 취객들로 철따라 말썽을 부렸다. 겁이 많은 보미는 한동안 골목길이 무섭다며 퇴근 후 큰길가의 카페에서 영진을 기다렸다가 함께 귀가하곤 했다. 그녀는 율이를 낳고 육아휴직이 끝나자마자 회사를 그만두었다. 회사가 힘들다고 하지 않고 퇴근길이 힘들다고 했다.

이사 가고 싶다는 말을 입에 달고 살던 보미는 언제부터인가 그 말을 하지 않았다. 대신 다른 말도 하지 않아서 말수가 부쩍 줄었다. 결혼 후 몇 년간 집값은 가파르게 상승했고 금방 이사 가리라던 꿈도 같은 속도로 멀어져 갔다. 며칠 전 홈쇼핑에 나온 아파트는 접힌 꿈의 한 귀퉁이를 다시 펴주는 듯했다. 지금 살고 있는 빌라를 전세로 내주고 두 사람이 5년간 모은 적금을 보태고 나머지는 대출을 받으면 간신히 충당할 수 있을 것 같았다. 그래도 부족하면 부모님에게라도 손을 벌릴 각오였다. 어쩌면 이 동네 큰손인 이모가 얼마쯤 빌려주지 않을까 하는 막연한 기대도 걸었다. 이모는 영진 부부의 고생에 얼마간 책임을 느끼는 눈치였다. 그러나 영진이 앨리스타운에 한번 가보겠냐고 물었을 때 보미는 그게 무슨 말이냐는 듯 의아한 표정을 지었다.

"요전 날 홈쇼핑에 나왔던 그 아파트 말이야."

그제야 보미는 "아아, 응"이라고 알듯 말듯 한 대답을 했다. 아아, 응이라니. 영진은 보미의 태도에 실망했다. 보미가 반색은커녕 앨리스타운을 기억도 못 하는 것처럼 보였기 때문이었다. 그러나 토요일 아침이 되자 보미는 일찌감치 일어나

218

커다란 집게 모양 고데기로 정성껏 머리를 말았다. 오랜만에 보는 모습이었다. 영진과 연애하던 시절 보미는 까맣고 긴 생머리에 풍성하게 웨이브를 넣곤 했다. 결혼 후에는 친구 결혼식이나 중요한 모임이 있는 날에만 가끔씩 그렇게 했다. 언젠가 예열 중인 고데기 쪽으로 율이가 꾸물꾸물 기어가는 것을 영진이 번쩍 안아 올린 이후로 고데기는 화장대 서랍 깊숙이 방치되었다. 몇 주 전 대학 동창의 집들이에 갈 때 마지막으로 꺼냈던 보미의 고데기가 오늘 다시 서랍 밖으로 소환된 것이다. 영진은 화장대에 앉은 보미의 뒷모습을 보며 조금 복잡한 심경이 되었다. 보미는 아파트를 보러 가기 위해 머리를 손질하고 있었다. 육아휴직이 끝나고 당연한 절차인 듯 퇴사를 결정한 뒤로 보미는 좀처럼 외출한 적이 없었다. 특별히 사교적인 성격도 아니었지만 무엇보다 외출할 여건이 되지 않았다. 가족이 서울을 벗어나는 건 꽤 오랜만이었다.

영진이 내비게이션에 앨리스타운을 입력해 추천 경로와 예상 소요시간을 검색했다. 서울 동북쪽인 영진의 동네에서 한 시간 거리였다. 신도시의 중심에서 15분 정도 더 들어가야 하는 외곽이었지만 근래에 전철역이 생겨서 역세권에 속하게 된 곳이었다. 보미에게 물리적 시간보다 더 중요한 것은 정서적 거리감이었다. 서울에서 태어난 보미는 어린 시절 잠시 할머니 댁에 맡겨졌던 때를 제외하고는 서울을 벗어나 살아본 적이 없었다. 도로 옆길이 점차 허허벌판으로 변해가자 보미는 조금씩 불안한 기색을 보였다.

"아무것도 없네."

보미의 입에서 무심코 흘러나온 말이었다.

"뭐가? 뭐가 없는데?"

"아니, 그냥 온통 나무랑 덤불뿐이잖아."

영진은 보미의 시선이 닿은 곳으로 눈길을 주었다. 메마른 겨울나무들이 도로를 따라 도열해 있었다. 앙상한 곁가지들이 헝클어진 촉수처럼 아무렇게나 뻗쳐있었다. 별안간 요란한 경적이 울려 영진은 전방으로 고개를 돌렸다. 운전대를 쥔 손에 힘이 들어갔다. 주변 차들이 급하게 영진을 비껴갔다. 차선을 변경하는 자동차들 사이에 시비가 붙었다.

영진은 처음으로 접촉 사고를 냈던 날이 떠올랐다. 양가 상견례를 마치고 보미와 함께 지금 사는 빌라를 처음 보고 오던 길이었다. 그날 영진과 보미는 크게 다퉜고 저녁도 굶은 채 보미를 데려다주다가 영진이 앞서 가던 차의 뒤 범퍼를 들이받았다. 이성을 잃고 흥분해서 낸 사고는 아니었다. 한바탕 설전이 오고 간 뒤, 두 사람 다 냉정을 찾은 후였다. 벚꽃

철이었고 토요일 밤이어서 영진과 보미는 한 시간째 도로 위에 갇혀있었다. 영진은 교통방송이 나오는 라디오 채널을 찾다가 녹색 신호가 켜진 것을 확인하고 브레이크에서 살짝 발을 뗐다. 시선을 다시 라디오 주파수로 옮긴 순간, 사고는 이미 벌어져 있었다. 사방에서 신경질적인 경적이 길게 메아리쳤다. 어디선가 벚꽃 잎 하나가 나풀나풀 날아와 앞 유리에 툭 떨어졌다.

가끔 그 사고에 대해 떠올릴 때면 영진은 석연치 않은 기분이 들었다. 앞차와 충돌하기 직전 자신이 최선을 다해 제동했는지 확신이 서지 않았다. 오른발의 모든 힘을 다해, 브레이크가 바닥에 완벽히 압착되도록 꽉 누른 것일까. 몹시 짧은 순간이었고 그냥 느낌일 뿐이었다. 이제 와서 증명할 길도 없었다. 그렇다고 영진은 자신이 객쩍은 혈기로 사고를 냈다고는 생각할 수 없었다. 영진은 쉽게 발끈하는 사람이 아니었고, 그날 보미와의 말다툼 끝에 남은 감정은 분노가 아니라 허탈감이었기 때문이다.

도로 옆으로 휴게소 하나와 주유소들이 잇달아 나타나기 시작했다. 곧이어 고속도로 출구를 알리는 초록색 표지판이 보였다. 앨리스타운은 나들목 세 개를 더 지나야 했다. 잠들었던 율이가 깨어나 보채기 시작했다. 보미가 가방에서 간식을 꺼냈다. 얼마 전 대학 동창인 민서의 집들이에서 받은 '팟찌 초콜릿'이었다. 후식으로 티타임을 가질 때 나온 것인데 율이가 잘도 집어 먹었다. 나중엔 양손에 몇 알씩 쥐고 욕심을 부려 보미를 민망하게 했다.

"어머, 율이 입맛이 고급이네?"

민서가 웃으며 말했다. 보미는 민서가 본인의 취향을 과시하는 동시에 아이의 부잡함을 돌려 말하고 있음을 눈치챘다. 민서는 애매한 정도로 기분을 거슬리게 하는 말본새를 가지고 있었다. 하지만 고급스러운 초콜릿 한 박스를 율이에게 덥석 안기는 그녀의 성정 때문에 미워할 수도 없었다.

보미는 민서의 집에 다녀온 후 명치끝이 갑갑했다. 반짝반짝 빛을 내던 대리석 바닥과, 손님 여섯 명을 거뜬히 소화하는 마호가니 탁자 때문만은 아니었다. 도대체 민서는 '인서울' 서른두 평 아파트를 어떻게 구입한 것일까? 보미로서는 평생 풀 수 없는 수수께끼였다.

그 순간 차창 밖으로 펼쳐진 앨리스타운도 그런 느낌이었다. 불쑥 솟은 초고층 건물들이 갑작스럽게 보미의 시야에 들어왔다. 서울 한복판도 아닌 외곽에서 50층이 넘는 고층 건물의 위용은 대단했다. 허허벌판에 뚝 떨어진 외계 물체거나, 망망대해에 고립된 외딴 섬처럼 보이기도 했다.

"저거야?"

보미가 자동차 앞유리 쪽으로 몸을 기울이며 물었다. 영진은 그런 것 같다고 대답했다.

"다 왔네."

"다 왔어."

보이는 것과는 달리 10여 분을 더 달린 후에야 근처에 다다랐고, 주차장이 세 개나 있어 입구를 찾느라 시간을 지체했다. 분양사무소에 도착했을 때는 약속 시간에서 20분이 지나 있었다. 영진과 보미를 기다리고 있던 정 실장이 반갑게 가족을 맞았다. 입구를 찾느라 헤맸다는 영진의 설명에 "그래서 시어머니들이 두 번 걸음을 못 하세요" 하며 케케묵은 농담을 건넸다. 깔끔한 회색 스커트에 감색 캐시미어 코트를 걸친 그녀는 옆구리에 두툼한 서류철을 끼고 있었다. 주말의 분양사무소는 북새통이었다. 맹렬한 추위도 집을 구하려는 사람들의 의지만큼은 꺾지 못한 모양이었다.

"홈쇼핑에 나온 후에 정말 정신이 없지 뭐예요."

정 실장이 미지근한 원두커피 두 잔을 영진과 보미 앞에 내려놓으며 말했다. 그녀는 두 사람을 동그란 테이블에 앉히고 앨리스타운에 대한 브리핑을 시작했다. 앨리스타운은 모두 여섯 개 동으로 이루어진 초고층 주상복합아파트인데, 한 동에 지하 5층부터 지상 53층까지 모두 3천여 세대가 살고 있는 대단지라고 했다. 이미 대부분의 세대가 입주해 있고, 홈쇼핑에서 전세로 내놓은 매물은 시세차익을 노리고 건설사가 보유하고 있는 물량이라고 했다.

건설사는 분양하는 것이 주목적 아닌가 하는 생각에 영진은 언뜻 이해가 되지 않았지만 물어볼 새도 없이 정 실장은 말을 이었다. 그녀 말에 따르면 건설사와 보증공사에서 이중으로 전세금을 지켜주기 때문에 개인 간의 거래보다 훨씬 안전했다. 그녀가 초역세권 운운하며 전철역과 연결된 브릿지에 대해 설명하기 시작했을 때 보미가 끼어들었다.

"그런데 아파트 이름이 왜 앨리스타운이죠?"

정 실장은 별걸 다 묻는다는 표정으로, "글쎄요, 건축주가 동화책을 좋아했나?" 하고 웃음으로 얼버무렸다.

"그럼 이제 집 보러 가실까요?"

정 실장은 서둘러 대화를 끝내려는 듯 분양단가표와 안내책자를 정리했다. 부부가 따라 일어났다. 율이는 구석에 설치된 팝콘 기계에서 튀겨져 나오는 과자를 집어 먹다 말고 보미 손에 이끌렸다.

상가동에서 거주동으로 들어가기 위해서는 입주민 전용게이트를 통과해야 했다. 출입할 때 입주민 카드가 반드시 필요했다. 정 실장은 앨리스타운이 국내 최고의 보안시스템을 갖추고 있어 연예인이나 유명인이 많이 살고 있다고 귀띔했다. 세 식구가 정 실장을 따라 입주민 전용게이트를 통과하자 '토끼굴'이라는 푯말이 걸린 원형 놀이터가 나타났다. 놀이터를 세 개의 고층 건물이 감싸고 있는 형태였는데 웬만한 놀이공원을 방불케 했다. 중앙에 프릴 달린 원피스를 입은 소녀상이 서있었다. 그 옆에는 소녀보다 작은 사이즈로 조끼를 입고 회중시계를 든 토끼 동상도 있었다.

"우리 앨리스타운의 마스코트예요."

정 실장이 말했다.

영진은 '이상한 나라'를 떠올리게 하는 이 조합이 뭔가 이상했지만 놀이터로 뛰어가려는 율이를 붙잡느라 생각을 삼켜야 했다.

"율이야, 나중에. 지금은 너무 추워서 안 돼."

율이는 놀이터만 보면 무작정 달려갔다. 아이들이 다 그렇겠지 싶다가도 놀이터가 없는 빌라에 사는 처지가 떠올라 괜스레 미안해지곤 했다. 아파트 단지 안에는 피트니스와 골프 연습장, 탁구장과 당구장이 있었다. 카페와 키즈클럽은 물론이고, 2천여 권의 도서를 소장한 가족도서관이 단지 안에 있다고 했다. 정 실장은 이 모든 것이 '앨리스인' 전용시설이라고 말했다. 커뮤니티 시설을 둘러보는 데만 한 시간이 넘게 걸렸다. 아직 점심때도 아닌데 영진의 뱃속에서 꼬르륵 소리가 났다. 율이도 지친 기색이었다. 이제 그만 집이나 좀 보여 달라는 말이 목울대를 넘기 직전이었다.

이윽고 아파트 현관에 도착했다. 문이 열리자 따스한 빛과 온기가 쏟아졌다. 현관에 세 쌍의 벨벳 슬리퍼가 가지런히 놓여있었다. 홈쇼핑에서 본 것과 똑같은 거실이 여전히 햇살을 품은 채 그들 앞에 펼쳐졌다. 같은 30평대지만 건축한 지 10년도 넘은 민서네 아파트보다 훨씬 넓어 보였다. 모델하우스는 53층이었는데 창밖으로 내려다보이는 광경은 공포를 느낄 만큼 아찔했다. 추운 날이라 미세먼지 없이 맑은 하늘이 창밖으로 펼쳐져 있었다. 인근의 다른 아파트들은 레고 블록처럼 작아 보였다. 부부는 창가에 서서 바깥을 내다보았다. 영진은 감탄했고 보미는 현기증이 일었다. 율이는 무섭다며 창에서 멀찍이 떨어졌다.

"날이 쾌청해서 한강까지 보이네요."

정 실장이 손끝으로 어느 지점을 가리켰는데 아득히 멀어서 그것이 물줄기인지 하늘인지 분간되지 않았다. 다만 저기 어디쯤 강이 있으려니 할 뿐이었다. 영진은 이렇게 높은 곳에서 아래를 내려다보며 사는 삶은 어떤 것일까 궁금했다.

"어지럽겠지."

영진의 마음을 읽기라도 한 듯 보미가 말했다. 보미는 아파트 고층에서 살아본 적이 없었다. 아버지는 인간은 땅을 밟고 살아야 한다는 지론을 펼치며 저층을 고수했다. 고층이 더 비싸다는 건 성장한 후에 알았다. 눈치 빠른 정 실장은 지금 보는 모델하우스와 똑같은 타입으로 저층 매물도 있다고 안내했다.

아파트 내부에는 수납공간이 지나칠 정도로 많았다. 다용도실과 별도의 팬트리 공간이 있었고 방마다 붙박이장이 딸려있었다. 열여덟 평에서 신혼살림을 시작한 보미로서는 이 공간들에 무엇을 집어넣나 싶을 정도였다. 넓은 집에 산다는 것은 너저분한 생활의 흔적들을 감출 공간이 많아진다는 의미였다. 남들에게 군이 보이고 싶지 않은 것은 깊숙이 넣어둔 채 살 수 있는 것이다. 보미는 율이의 장난감과 동화책, 신혼여행 때 샀던 28인치 캐리어, 미처 걸지도 못한 결혼사진과 살림 도구가 쌓여있는 옹색한 거실을 떠올렸다. 그 모든 가재들이 맨얼굴로 손님을 맞곤 했다. 살다 보니 짐은 점점 늘었고 집은 더 좁아졌다. 율이가 태어난 뒤로는 치우는 것을 얼마간 포기했다.

평형과 타입별로 몇 채를 더 구경하고 나자 어느새 오후 1시가 넘어있었다. 율이가 배고프다며 칭얼대기 시작했다. 정 실장은 아파트 상가동에 방송에 나온 유명 셰프의 레스토랑이 있다고 했다. 그녀는 화려한 네일아트가 그려진 손으로 자신의 명함을 건넸다.

"그럼 생각해 보시고 연락주세요. 여기 금방 나갑니다."

점심시간을 넘겼는데도 유명 셰프의 레스토랑은 대기 줄이 길었다. 가족은 상가 2층에 있는 프랜차이즈 만둣국 집으로 발길을 돌렸다. 그릇 부딪히는 소리와 사람들의 말소리가 요란하게 울리는 집이었다. 보미는 왕만두를 작게 잘라 입으로 불어가며 율이에게 먹였다. 휴대폰을 열어 이것저것 검색하던 영진이 말했다.

"여기서 우리 회사까지 한 시간 20분쯤 걸려. 그 정도면 해볼 만하겠다."

만둣국 국물에 공깃밥을 말아 율이에게 떠먹이던 보미가 심상하게 "응" 하고 대꾸했다. 그러더니 금방 말을 돌렸다.

"이 근처에 키즈 테마파크 있던데 거기 들렀다 갈까?"

영진이 무슨 말인가 하려고 할 때 율이가 일어나서 셀프바 쪽으로 달려갔다. 율이는 밥을 먹다가 돌아다니는 습관이 있었다. 야단도 치고 타일러도 봤지만 고쳐지지 않았다. 영진은 잠시도 가만히 있지 못하는 율이의 성격을 걱정했지만, 보미는 아이가 호기심이 많아 그런 거라며 영진의 걱정을 일축했다. 영진은 보미와 부딪히고 싶지 않아서 눈으로만 율이를 쫓았다. 식당은 손님이 빠져 한산해져 있었다. 주인 여자가 율이에게 몇 살이냐, 동생은 있냐 하고 물었다. 보미가 영진을 보며 다시 말을 이었다.

"키즈카페랑 테마공원을 섞어놓은 콘셉트래."

영진은 앨리스타운에 대한 보미의 생각을 듣고 싶었다.

"보미야, 여기 이사 오는 거 어떻게 생각해?"

보미는 바로 대답하지 않고 젓가락으로 남은 만두를 깨작거렸다.

"넌 마음에 안 들어?"

보채는 느낌을 주기 싫었지만 속 시원하게 말하지 않는 보미가 답답했다.

"서울이 아니잖아."

보미가 들릴락 말락 한 목소리로 말했다.

"뭐? 너 이만한 아파트가 서울에 있으면 그게 얼만 줄 알아?"

모를 리가 없다. 지난 몇 년간 부부의 관심사는 오로지 서울에서 살만한 아파트 한 채를 찾는 것이었다. 지난해에 놓친 아파트는 이듬해에 값이 올랐고 신규 분양하는 아파트는 오른 시세가 이미 반영되어 있었다. 그런 사정을 보미가 모를 리 없었다. 영진은 화가 치미는 걸 꾹 눌렀다.

상견례를 하던 날, 자연스럽게 신혼집 이야기가 나왔었다. 영진이 빌라 얘기를 꺼내자 보미 어머니의 표정이 티 나게 굳었다. 어색해진 분위기를 바꾸고 싶었는지 보미가 같이 한번 가보자고 했다. 세입자가 살고 있어 내부를 볼 수는 없었지만 보미는 위치랑 외관만 보면 된다고 했다. 30년이 넘은 빌라의 외관은 우중충했다. 벚꽃 피는 계절인데도 그랬다. 봄의 색채와 대비되어 음산함이 부각되었다. 몽글몽글 컬 넣은 머리카락을 흩날리며 보미는 잠시 그 앞에 꽃나무처럼 서있었다. 돌아오는 길에 보미는 그 집에서 살 수 없는 이유를 말했다.

"아파트가 아니잖아."

대화가 어떻게 흘러가서 두 사람이 다투었는지 세세한 것은 기억나지 않았다. 다만 보미가 살고 싶은 곳은 주택도 다가구도 빌라도 아닌 오로지 '아파트'라는 것만 영진에게 각인되었다. 그것이 보미의 뇌리에 심어진 집에 대한 대체 불가능한 정의였다.

아파트를 찾아서 토요일에 한 시간씩 걸리는 이곳까지 찾아왔더니, 이번에는 서울이 아니어서 싫다니, 영진은 맥이 풀

렸다. '집'의 조건에 하나를 더 추가해야 했다. '인서울 아파트.'

"어떻게 네가 원하는 조건을 다 맞출 수 있어? 우리 사정이 빤한데."

보미가 고개를 홱 들었다.

"누가 다 맞추래? 그건 기본이잖아. 오빠는 어쩜 그렇게 생각이 없어?"

"그럼 여기까지 오긴 왜 온 거야?"

"오빠가 오자고 했잖아."

보미가 숟가락을 탁 소리 나게 내려놓았다. 영진도 입맛이 달아나 외투를 집어 들고 일어섰다. 가게 안을 훑어보며 율이를 찾았다. 율이가 보이지 않았다.

"사장님, 우리 아이 못 보셨어요?"

보미가 당황한 목소리로 물었다. 주인 여자가 빈 테이블을 치우다 말고 무슨 소리냐는 듯 눈을 동그랗게 떴다. 주인이 종업원에게 그 아이 어디 갔냐고 묻자 그도 고개를 갸우뚱했다.

"여기 화장실은 어디죠?"

보미가 벌떡 일어서며 외쳤다. 주인이 가게 밖에 있는 화장실 위치를 기계적으로 읊었다. 율이가 혼자 화장실을 찾아갔을 가능성은 낮았지만 보미는 즉시 뛰쳐나갔다. 안에 없으니

밖에서 찾을 수밖에 없었다. 영진은 가게 안에 설치된 CCTV에서 율이가 다른 손님들의 뒤를 따라 가게 밖으로 나가는 것을 확인했다. 아이가 가게로 찾아오면 연락을 달라고 전화번호를 남기고 가게를 나섰다.

양쪽으로 상가들이 늘어서 있었다. 오른쪽은 문구점이었고 왼쪽은 수입가구점이었다. 영진은 문구점 쪽으로 뛰었다. 늘 자신이 낙관적인 사람이라고 믿었던 영진은 슬며시 치미는 불안감을 애써 떨쳐냈다. 상가의 모든 가게 안을 샅샅이 찾아 헤맸다. 맨 끝에 위치한 키즈카페까지 뒤지고 난 뒤에는 정신이 아뜩해졌다. 어쩌면 이 순간이 평생 잊히지 않는 악몽이 될 수도 있었다. 이 낯선 아파트에서 일어난 모든 일들을 수없이 복기하고 괴로움 속에서 자책하며 살게 될지도 모른다. 아이가 눈에서 사라진 건 겨우 30분 남짓, 왜 이렇게 절망적인 생각들이 차고 넘치는 걸까. 영진은 아이 일 앞에서는 번번이 침착성을 잃고 말았다. 그깟 집 문제 따위는 너무나 하찮게 느껴졌고, 평생 수도가 얼어붙고 볕 한 점 들지 않는 지하방에 살더라도 좋으니 제발 율이를 좀 찾게 해달라고, 평생 믿어본 적 없는 아무 신에게나 빌었다.

보미는 남녀 화장실 전부를 뒤졌지만 율이는 없었다. 정신을 차리자. 그러나 생각과는 다르게 몸이 무너져 내렸다. 오래전 보미는 길을 잃은 적이 있었다. 초등학교에 입학한 해였다. 수업이 끝나고 나와보면 엄마는 늘 교문 앞에서 보미를 기다리고 있었다. 그날 엄마는 늘 서있던 그 자리에 없었다. 보미는 운동장 귀퉁이에 걸린 그네에 앉아 엄마를 기다렸다. 전날 밤 모르는 아저씨들이 집에 찾아왔었다. 엄마는 아빠가 멀리 출장을 갔다고 거짓말했다. 보미는 열두 살인 오빠와 함께 거실 구석에 가만히 서있었다. 낯선 남자들이 빨간색 딱지를 가구마다 붙이기 시작했다. 티브이에도 붙이고 엄마의 화장대에도 붙였다. 붉은 부적은 재앙을 불러오는 악귀처럼 불순해 보였다. 엄마가 그 일 때문에 나를 잊어버린 게 아닐까. 보미는 그네에 앉아 발을 세차게 굴렀다. 쇠줄이 날카로운 비명을 질렀다. 보미는 귀를 틀어막았다. 그때 교문 밖으로 걸어가는 엄마의 뒷모습이 보였다. 보미는 벌떡 일어나 그 뒤를 쫓았다. 미로처럼 갈라진 골목 어딘가로 엄마의 뒷모습은 금세 사라져 버렸다. 온 세상이 캄캄한 골목길 뒤로 아득히 멀어졌다.

"얌전히 기다리고 있으랬잖아!"

경찰서에서 만난 엄마는 성난 어미새처럼 보미를 향해 소리 질렀다. 그날 이후 보미는 전에 살던 집으로 돌아갈 수 없었다. 아침에 가방을 매고 나설 때는 몰랐다. 그 문턱을 다시는 넘을 수 없다는 걸.

서울역에서 기차로 다섯 시간 걸리는 외딴 동네에서 보미는 묻고 또 물었다. 할머니 엄마 언제 와요? 열 밤 자고, 또 열 밤 자야 오지. 왜 그렇게 오래 걸려요? 서울이 멀고도 멀어서 그렇지.

열 밤이 열 달이 되고, 다시 또 1년이 지난 후에야 보미는 돌아갈 수 있었다. 서울 변두리의 다세대 주택에서 가족이 다시 모여 살았다. 그제야 보미는 집을 빼앗겼다는 사실을 받아들였다. 유년 시절의 행복은 짧았고 이미 지난 일이 되었다. 그동안 아빠가 어디서 지냈는지 알지 못했다. 가정의 안락은 서울 아파트에서 살던 여덟 살 이전의 기억이 전부였다. 그 후로는 엄마 손을 놓친 것처럼 막막한 시간들이 이어졌다. 서울을 벗어난 삶은 온전함에서 밀려남을 의미했다. '서울 아파트'에 환산된 가치는 가족을 지키는 유일하고도 확고한 무기였다.

율이를 잃어버린 이 순간은 어린 시절 길을 잃었을 때와는 비교도 할 수 없을 만큼 두렵고 참담했다. 그때는 절망이 뭔지 모를 만큼 어렸고 지금은 세상이 얼마나 험한지 알 만큼 나이 들었다. 보미는 가책을 느꼈다. 계획에 없던 출산이었다.

하우스푸어가 되더라도 집을 마련하기 전까지는 아이를 갖고 싶지 않았다. 수술 날짜를 정해놓고 마음을 고쳐먹은 것은 생명에 대한 경외나 모성 때문이 아니었다. 부양가족 수가 늘어날수록 높아지는 청약 가점 때문이었다. 율이가 태어난 후 보미는 아이가 잔기침만 해도 응급실에 데려갔다. 어린이집 선생님들과 친구들로부터 신경증적으로 율이를 과보호했고, 아이가 원하는 것은 무엇이든 들어주어서 영진과 부딪혔다.

보미는 무작정 율이의 이름을 부르며 방향도 없이 뛰었다. 단지는 넓었고 상가는 인파가 몰려 어수선했다. 왔던 길을 되짚어가는데 어디가 어딘지 알 수 없었다. 수입가구점 피부과 클리닉 폴란드 그릇 반값 할인 고고랜드 롤러장……, 이곳은 겉보기엔 평범했지만 이상한 나라의 토끼굴처럼 끝이 보이지 않는 깊은 미로였다. 어떤 논리와 규칙도 통하지 않는 현실 너머의 세계에 와있는 기분이었다. 어쩌자고 이런 곳에 온 것일까. 영진이 원망스러웠다. 정신을 차려 보니 다시 만둣국집 앞이었다. 가게 바로 옆에 아까는 미처 보지 못했던 상가와 아파트를 잇는 게이트가 보였다. 입주민카드가 있어야 출입이 가능한 곳이었다. 아, 망할 앨리스타운……, 굳게 닫힌 유리문 앞에서 보미는 울음을 터트리기 직전이었다.

"숙녀분."

남색 트렌치코트를 입은 노인이 보미 뒤에 서있었다. 백발
이 성성한 그의 눈에는 부드러운 광원이 서려있었다. 보미가
비켜서자 노인이 출입카드를 꺼내 개폐 장치를 터치했다. 노
인은 보미에게 먼저 들어가라는 제스처를 취했다. 보미는 건
성으로 고개를 까딱하고 곧장 놀이터와 이어지는 다리를 뛰
듯이 건넜다. '토끼굴'이라는 팻말이 붙은 놀이터 앞에서 뒤
를 돌아보니 노인은 이미 사라지고 없었다. 대신 미끄럼틀에
혼자 앉아있는 율이를 발견했다.

　아이는 아파트 놀이터에 있었다. 만둣국집 바로 옆, 입주민
전용 게이트를 누군가 통과할 때 따라 들어간 모양이었다. 나
올 때는 자동문의 '열림' 버튼을 눌러야 했는데 그 사실을 모
르는 율이는 다시 나올 수가 없었다. 보미는 아이를 보자마자
정신없이 달려가 안았다. 율이의 작은 머리통이 꽁꽁 얼어있
었다.
　"엄마가 혼자 돌아다니지 말랬잖아!"
　보미는 성난 어미 새처럼 아이를 다그치는 자신에게 놀랐
다. 영진에게 아이를 찾았다고 전화를 하는데, 경찰관 두 명
이 나타났다. 영하의 날씨에 외투를 입지 않은 어린이가 놀이
터에 방치되었다는 신고를 받았다고 했다. 경찰관은 보미와

영진의 신원 확인과 아이를 잃어버린 경위에 대한 약식 조사
가 필요하다고 했다.

"요즘은 신고자들이 다시 전화를 걸어서 어떻게 처리되었
는지 꼬치꼬치 묻습니다."

보미는 자신이 아동학대범이나 유기범으로 의심받고 있음
을 깨달았다. 아, 망할 앨리스인. 보미는 쓴웃음을 삼켰다.

영진과 보미가 경위서를 작성하고 경찰서를 나왔을 때 짧
은 겨울 해는 이미 기울어 있었다. 길고 긴 하루였다. 영진은
시동을 걸고 내비게이션에 '우리 집'을 눌렀다. 보미는 율이
와 함께 뒷좌석에 앉았다. 어두워진 도로는 아침에 오던 길과
사뭇 다르게 느껴졌다. 더 멀고 낯설었다. 자동차 전용도로에
들어서자 율이는 잠들었고 보미도 말이 없었다. 영진은 어둠
이 깔린 도로만 보며 운전에 집중했다.

서울 토박이인 보미와 달리 영진의 고향은 남쪽의 바닷가
였다. 아버지는 선원이었고 어머니는 항구 앞에서 횟집을 했
다. 그 동네는 누구나 집이 있었다. 몇 동 몇 호가 아니라 '장
씨어부네', '갯바위집', '몽돌횟집'처럼 각자의 고유한 삶이 담
긴 이름이 있었다. 집이 없어 서럽다거나, 집값이 올라 걱정
이라는 말은 아무에게도 듣지 못했다. 자기들 집이 몇 평인
지도 잘 몰랐다. 근래에 가보니 거기도 땅값이 많이 올랐다고

했다. 영진의 어머니는 횟집을 팔았고, 그 자리에 현대식 건물이 지어졌다.

영진은 고향에 작은 집 한 채를 지어 노후를 보내고 싶었다. 바다가 내려다보이는 언덕바지에 미리 봐둔 집터도 있었다. 아직 보미에게도 말한 적 없는 막연한 소망이었다. 보미가 반기지 않을 계획이라는 것도 알고 있었다.

영진과 보미는 서울 소재의 대학교를 같이 다녔다. 학교 앞 포장마차에서 홍합탕을 먹다가 영진이 처음으로 고향 이야기를 꺼냈다.

"우리 고향에서는 홍합탕 같은 건 안 먹어. 전복이나 키조개, 백합 정도는 들어가야지."

이 말을 듣고 보미가 유쾌하게 웃었다. 기분이 좋아진 영진은 남쪽 바닷가 이야기를 뜨개실처럼 풀어냈다. 어촌 소년 상경기를 한 편의 드라마처럼 각색했다.

"꼭 옛날이야기 같다."

그때의 보미는 구김살이 없고 순수했다. '옛날이야기'란 그런 것이니까. 보미에게 옛날이야기는 다시 돌아갈 일 없는 지난 시절의 설화였다. 두 사람이 연인이 된 것은 그로부터 5년이 지나 둘 다 직장생활을 할 때였지만, 인연의 단초는 그날이었다고 영진은 생각했다.

뒷좌석에서 잠들어 있던 율이가 깨어났다.

"엄마, 이거."

율이는 새끼손가락만 한 앨리스 모양 열쇠고리를 내밀었다. 하단에 '앨리스타운'이라고 새겨져 있었다.

"어디서 났어?"

"아까 이상한 나라 누나가 줬어."

"이상한 나라?"

"아까 우리 갔던 데. 거기가 이상한 나라잖아."

영진과 보미가 동시에 웃었다. 생각해 보니 아이는 줄곧 침착했다. 울고 겁먹고 놀란 건 영진과 보미였다. 가족을 태운 차는 빠르게 신도시를 벗어나고 있었다. 서울이 가까워지자 차량이 늘어났고 정체가 시작됐다. 영진은 불과 한두 시간 전에 했던 기도는 잊어버린 채, 알 수 없는 갑갑증이 차올랐다. 보미의 눈앞에 커다란 이정표가 다가오고 있었다.

'여기부터 서울특별시입니다.'

보미는 비로소 마음을 놓았다.

도
그
워
킹

앤젤리나 졸리와 브래드 피트가 마침내 결별했을 때, 말하자면 완전히 끝나버렸을 때 말입니다. 제니퍼 애니스턴이 뭐라고 했는지 아십니까? 카르마! 말하자면 '내 그럴 줄 알았지' 같은 말입니다. 인생이란 게 말입니다. 당신네들 뜻대로 흘러가는 게 아닙니다. 말하자면……

목소리는 낮고 침착했다. 일정한 속도로 키보드를 두드리는 것처럼 높낮이가 없고 뉘앙스랄 것도 없는 건조한 음색이었다. 나이 든 음성은 아니었는데 반복적으로 사용하는 단어들 때문에 옛날 사람 같은 분위기를 풍겼다.

군은 수화기를 귀에 댄 채 가만히 듣고 있었다. 이 '옛날 젊은이'는 지난 일주일 동안 매일 오후 1시 7분에, 혹은 8분이거나 10분에 전화를 걸어왔다. 다른 회원들처럼 무턱대고 욕부터 내뱉거나 고함을 치거나 사정하지 않았고, 훈계조의 애매한 말들을 몇 분간 늘어놓다가 전화를 툭 끊어버렸다. 군은 화내는 사람에게 사과했고, 우는 사람과는 함께 우는 소리를 했으며, 요목조목 따지는 사람에게는 전적인 동조와 수긍으로 상황을 무마해 왔다. 하지만 이 옛날 젊은이에게만큼은 어떤 태도를 취해야 할지 전혀 감이 오지 않았다. 그의 말대로 인생은 당신네들 뜻대로도 아니고 우리네 뜻대로도 아닌 것을 군은 진작 알아차렸다. 그렇다 해도 제니퍼 애니스턴과 '고고 크로스핏 센터'가 무슨 연관이 있단 말인가. 강 사장이 회원들의 1년 치 등록비를 몽땅 들고 튀어버린 것이 앤젤리나 졸리 때문은 아니지 않나. 그런 일들이 다 업보라는 것인가. 아니면 우리가, 그러니까 강 사장과 내가 결국 나쁜 결말을 맞게 될 거라는 암시인 걸까.

일개 직원이었던 군이 사장 대신 덤터기를 쓰고 온갖 항의와 협박을 받는 것은 견딜 수 있었다. 소리치고 윽박지르는 이 사람들도 언젠가는 다시 자신의 고객이 될 거라고 믿었으므로, 군은 아무도 서운하게 만들고 싶지 않았다. 강 사장은 늘 군에게 경영 마인드를 가지라고 충고했다. 퍼스널 트레이

244

너는 운동 전문가이자 경영자이다. 영업은 경영의 근간이며 핵심이다. 알겠냐. 군, 너는 언제까지 시급쟁이를 할 거냐.

군이 참을 수 없었던 건 '인생계획표'의 수정이 불가피하다는 점이었다. 군에게는 꿈이 있었다. 그 꿈을 이루기 위해 꼼꼼히 계획을 세우고, 계획에 따라 성실히 전진하는 중이었다. 6년 전 보육원을 떠나던 날 모두가 군의 안위를 걱정했지만, 군은 자신이 갑갑한 쥐구멍을 등지고 아득한 벌판에 들어선 거라고 느꼈다. 그저 동이 틀 때까지 앞으로 나아가면 되는 거였다. 군은 사색할 시간이 없었으므로 우울하지 않았고, 몸이 고단했으므로 잠을 잘 잤다. 자는 동안 긴 꿈을 꾸었는데 깨는 즉시 잊어버렸지만 밝고 재미있는 꿈이었던 것만은 분명했다.

강 사장이 사라진 후, 군은 잠을 잘 못 잤다. 한밤중까지 뒤척이다가 새벽녘에 까무룩 잠이 들었고 한두 시간 후 깨어나길 반복했다. 잠에서 깨면 옥상으로 나가 멀뚱히 서있다가 맥없이 주먹으로 샌드백을 툭툭 건드렸다. 밤낮없이 센터로 찾아오는 채권자와 회원들을 피해, 한밤중에 도둑고양이처럼 기어들어가 간신히 끌고 온 헤비백이었다. 왜 하필 이걸 들고 나왔는지 스스로도 모를 일이었다. 무언가 귀중한 것, 작고 가벼우며 값어치가 더 나가는 것을 골랐어야 했다. 하지만 그런 것이 있을 리가. 이런 생각을 하면 화가 치밀었고, 화풀이 하는 심정으로 샌드백에 발길질을 해댔다. 그러면 얼마간 기분이 풀렸고, 역시 샌드백을 들고 나오길 잘했다는 생각이 들었다.

옛날 젊은이가 일곱 번째 전화를 한 날, 군은 형체 없는 목소리에 쫓기는 꿈을 꾸었다. 목소리들은 끊임없이 공명했다. 군은 거대한 소리통 안에 갇혀있었다.

이 사기꾼 같은…… 트레이너님…… 놈아…… 인생이란 것이 말입니다…… 내 돈…… 사람 그렇게 안 봤는데…… 내놔라…… 잘 살 것 같냐…… 당신네들 뜻대로……너도 한패지……어딨어, 그 새끼……

군은 베개로 머리를 감싼 채 불쑥 눈을 떴다. 얇은 티셔츠에 땀이 흥건했다. 어딨어, 그 새끼. 꿈속 목소리가 현실까지 따라붙었다. 잠이 달아난 군은 컨테이너 하우스를 나왔다. 비죽한 입술 모양 초승달이 차갑고 음산한 빛을 뿜었다. 금방이라도 목소리를 낼 것 같았다. 적막 속에서 군은 귀를 틀어막았다.

강 사장이 어디 있는지 제일 궁금한 사람은 군이었다. 밀린 3개월 치 급여는 차치하고 대체 그 많은 돈을 들고 어디로 증발해 버린 건지. 센터는 꾸준히 회원들이 늘어나고 있었고,

수입은 안정적이었다. 개업한 지 2년 만에 매출이 세 배나 뛰었다며 강 사장은 해죽해죽 웃고 다녔다. 오픈 3주년이 되자 현금으로 결제하면 30퍼센트를 할인해 주는 파격 이벤트도 펼쳤다. 카드 수수료를 절감하고 세금 꼼수를 부려도 모험에 가까운 할인율이었는데, 강 사장은 신규 회원이 올 때마다 이런저런 이유를 대며 현금 결제를 유도했다. 그러다 어느 한 날, 어떤 기미도 없이 센터 문은 굳게 닫혔고, 수백 명 회원들의 연간 등록비와 함께 강 사장이 사라져 버린 것이다. 임대료가 밀렸다는 사실도 뒤늦게 알았다.

돌이켜 보니 몇 달 전부터 이상한 낌새가 있긴 했었다. 새벽 6시면 어김없이 출근하던 강 사장이 오전 10시가 되도록 출근하지 못하는 날이 여럿 있었고, 그런 날이면 벌겋게 부은 눈으로 멍하게 앉아 카운터만 지켰다. 그러다 또 다음 날이 되면 호방하게 농담을 던지며 회원들을 웃기곤 했던 것이다.

군은 옥상 난간에 던져놓은 담뱃갑에서 눅눅해진 담배를 끄집어냈다. 고등학교 때 잠깐 배우다 만 담배를 스물여섯에 다시 입에 대게 됐다. 불을 붙이려는데 윗집 로띠가 큰 소리로 짖었다. 놀라서 담배를 떨어뜨렸다. 하필 배수가 되지 않아 구정물이 고인 곳으로 담배가 빠졌다. 마지막 개비였다. 군은 열없게 입맛을 다셨다.

군의 컨테이너 하우스는 도심에서 외떨어진 낡은 농가주택의 옥상에 있었다. 지대가 한참이나 더 높은 윗집 마당은 군이 사는 옥상과 맞먹는 높이였고, 군이 컨테이너 밖으로 나올 때마다 그 집 마당에 매여있는 시커먼 로트와일러가 킁킁거리며 알은척을 해왔다. 군은 개에게 '로띠'라고 이름 붙이고 때때로 대화를 시도했다. 아무 말이라도 던지고 씩씩대는 반응이라도 돌아오면 답답한 마음이 조금 가셨다. 시커먼 대형견은 늑대가 하울링하듯 길게 짖을 뿐이었다. 군은 옥상에 놓인 플라스틱 통에서 건조된 양 등뼈를 꺼내 로띠 쪽으로 던졌다.

회원님, 양 등뼈는 콜레스테롤이 적고 칼슘과 무기질이 풍부한 영양 간식입니다. 회원님은 체력과 골격은 타고 나셨는데 유산소 운동을 더 하셔야겠어요. 이렇게 밤낮으로 마당 구석에 처박혀 있지만 마시고.

문득 처박혀 있는 것은 자신도 마찬가지라는 생각이 들어 군은 울적해졌다.

*

진정한 복수가 뭐라고 생각하십니까. 말하자면 피해자에

겐 충분한 보상이 되고 가해자에겐 깊은 뉘우침을 주는 그런 복수 말입니다. 눈에는 눈, 이에는 이라는 말이 있지요. 똑같이 되갚아 주는 것 말입니다. 성경에는 이런 구절도 있습니다. 너희에게 복수의 칼을 보내어 계약을 어긴 것을 보복하리라. 저는 말입니다. 진정한 복수란 오렌지주스에 빨대를 꽂아주는 게 아닐까, 그런 생각을 해봤습니다. 일종의 메타포랄까요. 인생이란 원래 그렇잖습니까. 말하자면.

강 사장이 실종된 지 8일째 날이었다. 제대로 운동을 못 한 지도 8일째였다. 옛날 젊은이가 전화를 끊자 군은 담배를 사기 위해 집을 나섰다. 그는 누구일까. 군이 담당하는 회원은 아니었다. 그랬다면 전화번호가 저장되어 있을 터였다. 센터에 나오는 회원들은 거의 낯을 익혔는데, 그의 목소리는 전혀 감이 잡히지 않았다. 회원들의 면면을 떠올리며 편의점으로 걸어가는데 한 무리의 여자들이 소리를 질렀다.

"목줄! 목줄!"

흥분한 검은 맹견이 가파른 내리막길을 전속력으로 질주해 오고 있었다. 토시살 같은 긴 혀를 빼물고 찐득한 침을 뚝뚝 흘리는, 로띠였다. 군은 반사적으로 몸을 틀었다. 등을 보이면 로띠에게 물리거나, 먹힐 수도 있을 것 같았다. 여자들은 이구동성으로 로띠 목에 매달린 목줄을 잡으라고 소리쳤다. 목줄이 목숨줄로 들렸다. 군은 로띠와 여자들을 번갈아 보았다. 로띠와는 울타리 너머로 안면을 튼 사이였지만 벌건 대낮에 거리에서 마주치자 썩 반갑지는 않았다. 여자들 말을 모른 척하기도 힘들었다. 모두 동네 주민들이었다.

우물쭈물하는 사이 로띠가 코끝을 스칠 듯 도약해 왔다. 군은 순간적으로 발을 내밀어 목줄을 꽉 밟았다. 묵직한 쇠사슬이 군의 발밑에서 미끄러졌다. 가까스로 두 손을 뻗어 목줄을 낚아챘는데 로띠는 경주마 같은 기세로 군을 질질 끌고 다녔다. 군은 목줄 끝에 달린 액세서리 신세였다. 여자들이 단체로 소리를 질러댔다. 저놈의 개. 저 짐승! 로띠에게 하는 말일 텐데 군이 부끄러움을 느꼈다.

언덕 위에서 지팡이를 짚은 노인이 절뚝거리며 내려오는 게 보였다. 다리를 절고는 있지만 뛰는 속도가 엄청났다. 그는 "앤젤라, 앤젤라" 하고 외치더니 다짜고짜 군의 손에서 목줄을 빼앗았다. 노인은 뛰는 속도만큼 악력도 엄청났다. 로띠 이름이 앤젤라였구나. 이상하게 배신당한 기분이 들었다. 맹견은 반가워서인지 두려워서인지 격렬하게 몸부림을 치며 주인에게 끌려갔다. 원흉이 사라지자 여자들은 개 주인과 로띠를 싸잡아 욕하기 시작했다.

"그 개는 입마개를 꼭 해야 되는 개라며. 현명아, 그렇지? 그게 뭔 종이라고?"

"로트와일러요. 입마개랑 리드 줄이 의무예요."

현명이라고 불린 젊은 여자가 대답했다.

"맞아. 로또 그거."

"이러다 누구 한 명 물려 죽고 말지. 세상에 제일 무식한 말이 뭔 줄 알아? '우리 개는 안 물어요'야."

모두가 한목소리로 성토하는 가운데, 현명이 로트와일러는 경찰견으로 이용될 정도로 머리가 좋고 충성심이 강하며 가격도 무척 비싼 개라고 차분하게 설명했다. 로띠는 성견도 아닌데 운동량이 부족해서 조금 비만해진 것뿐이라고.

군은 얼굴이 화끈거렸다. 성견도 아닌, 조금 비만한 개에게 마구 끌려 다닌 꼴이라니. 명색이 트레이너였다.

"다 자라면 저거보다 더 커진다고?"

한 여자가 눈이 똥그래져서 물었다.

"그렇죠. 그 전에 훈련시키지 않으면 목줄 정도로는 감당이 안 될걸요."

현명은 이렇게 말하며 싱긋 웃었는데 고무나무 잎사귀처럼 싱싱한 느낌이었다.

"이 총각 아니었으면 어쩔 뻔했어. 학생인가? 운동했어요?

잘 먹게 생겼네."

"넌 무슨 말을 그렇게 하니. 같은 말이라도 건강해 보인다
고 해야지."

군의 얼굴이 벌겋게 달아올랐다. 운동량이 줄어들자 단박
에 표가 났다. 몸은 바뀐 생활 습관을 착실히 반영했다. 불편
해진 군은 엉거주춤 떠날 타이밍을 찾았다. 마침 현명이 그만
가보겠다며 인사를 했다. 여자들은 고만고만한 작은 손바닥
들을 팔랑팔랑 흔들었다. 군은 현명과 같이 걷는 것도 아니고
따로 걷는 것도 아닌 어정쩡한 거리에서 걸음을 옮겼다. 갑자
기 현명의 오른팔이 군의 가슴께로 쭉 뻗어왔다. 영락없는 주
먹지르기 품새여서 군은 움찔했다. 현명이 손바닥을 쫙 폈고
그 위에 일회용 밴드가 놓여있었다.

"손가락에서 피 나요."

현명이 턱으로 군의 오른손을 가리켰다. 엄지손가락 살점
이 벗겨져 피가 흐르고 있었다. 군은 밴드를 받고 머리를 꾸
벅 숙여 인사했다.

"어디 가세요?"

묻고 보니 오늘 처음 본 사람에겐 어색한 질문 같았다. 다
행히 현명은 스스럼없이 버스정류장으로 간다고 대답했다.
군은 버스 타고 어디를 가냐고 물으려다가, 정말 궁금한 건

아닌 것 같아서 그만뒀다. 두 사람은 말없이 정류장까지 함께 걸었다. 군의 집과는 반대 방향이었는데 적당히 작별할 기회를 놓쳐버렸고, 컨테이너에만 처박혀 있던 사이 가을이 성큼 다가와 있어서 걷기에 좋았다. 채권자도, 회원도 아닌 평범한 사람과 대화를 나눈 게 오랜만이었다. 버스에 오르기 전 현명은 군에게 일회용밴드 한 갑을 던지듯이 쥐여주었다.

군은 오르막길을 되짚어가면서 내일부터는 다시 운동을 해야겠다고 결심했다. 머릿속으로 기구 없이 하는 웨이트트레이닝 프로그램을 짰다. 팔굽혀펴기와 윗몸일으키기를 30회씩 하고, 점프스쿼트 20회, 앞차기랑 토끼뜀도 50번은 해야겠지. 허리운동은 백익스텐션, 브릿지는 열 번 정도만.

군은 제 복부에 손을 가져다 댔다. 편의점을 지나치고 나서야 담배를 사러 나왔던 게 기억났지만 이미 담배 생각은 사라진 후였다. 엄지에 붙은 일회용 밴드의 호조 캐릭터는 웃겨죽겠다는 표정이었다. 까만 단발머리가 현명을 닮은 것도 같았다. 일회용 밴드를 박스째 가지고 다니는 여자라니.

*

군은 만 18세가 되던 해, 10년간 지내던 보육원을 떠났다.

법이 그랬다. 군에게는 시에서 나온 자립정착금 500만 원, 보육원 원장님과 선생님들이 십시일반 마련해 준 50만 원, 알바로 모은 저축이 100만 원 남짓 있었고, 자립정착수당으로 매달 50만 원을 받기로 되어있었다. 다 합치니 제법 큰돈이었다.

이 정도면 충분하다고, 군은 생각했다. 정부에서 거저 돈을 주다니, 군은 자신에게 그런 '권리'가 있다는 사실이 놀라웠다. 보육원을 떠날 때 눈물이 핑 돌긴 했지만 독립에 대한 기대가 더 컸다. 심장을 두방망이질하는 열망을 품고 스갱 씨의 염소처럼 분연히 집을 떠났다. 군에게는 꿈이 있었다. 군의 가방 속에는 인생계획표가 적힌 노트가 들어있었다.

군의 인생계획표
1단계: 성인이 된다.(쉽다. 가만있어도 나이는 먹는다.)
2단계: 헬스장에 등록(X) 취직(O)한다.(청소를 하든 잡일을 하든.)
3단계: 일하는 틈틈이 기구도 배우고 트레이너들을 관찰한다.(서당 개 3년이면 풍월을 읊는다.)
4단계: 트레이너가 된다.

군은 4단계에 밑줄을 죽죽 긋고 곰곰이 생각해 보았다. 무언가 빠진 것 같은데 그 무언가가 무언지 알 수 없었다. 알았다면 빠뜨리지 않았을 것이다. 군은 번화가 고시원에 방을 잡고 근처 헬스장에 찾아가 전단지 돌리는 일을 얻었다. 보수를 거의 안 받는 대신 틈틈이 헬스기구들을 사용할 수 있게 허락을 받았다. 전단지를 돌리고 헬스장과 화장실을 청소하고 트레이너와 회원들의 잔심부름을 도맡았으며 밥과 간식을 날랐다. 군이 매일 아침 닦아놓은 헬스장 바닥은 밝은 미래를 보장하듯 번쩍번쩍 광이 났다.

군이 운동할 수 있는 시간은 회원들이 다 빠져나간 자정 무렵이었다. 매일 두 시간씩 기초체력을 다지고 근력을 키웠다. 스무 살, 웃자란 듯 보였던 몸이 서서히 변해가기 시작했다. 몸은 노력한 만큼 정직하게 결과를 드러내 보였다. 처음으로 낳아주신 부모님에게 감사한 마음을 느꼈다. 나에게 몸을 주신 부모님, 감사합니다. 몸 말고는 아무것도 안 주셨지만 그래도 감사합니다.

군에게 육체는 눈에 보이지 않는 정신이나 영혼보다 앞선 것이었다. 군은 기쁨과 슬픔, 고통과 행복을 600개에 달하는 몸의 근육으로 감각했다. 의지는 복근에서 시작해 대흉근을 지나 상완이두근으로 발현되었고, 자신감은 승모근을 통과해 삼각근을 우뚝 솟게 했으며 탄탄한 허벅지의 대퇴근은 강한 인내심을 드러내 주었다.

보육원 원장은 지겹도록 이야기했었다. 세상에 믿을 것은 자기 자신뿐이다. 부모도 형제도 결국은 타인이다. 스스로 입신하는 것만이 살길이다. 그러니 부모님이 없다고, 가족이 없다고 슬퍼할 것도 아쉬워할 것도 없다. 원장님은 이 말을 할 때 화이트보드에 크게 '立身'이라고 적었다. 군은 노트에 한 자를 따라 그리고 의미를 헤아려 보았다. 늘 생각이 깊은 군은, 스스로 제 몸을 세워야 함을 깨달았다. 어쨌든 가진 것이라곤 몸뿐이었으므로.

강 사장은 군이 보육원을 떠난 후 처음으로 믿고 의지한 사람이었다. 컨테이너 하우스에 살게 된 것도 강 사장 덕분이었다. 온수가 나오는 작은 욕실과 싱크대가 딸린 부엌이 있었고, 3단으로 접히는 매트리스도 있었다. 무엇보다 널찍한 유리문이 맘에 들었다. 활짝 열어놓으면 방 안 구석구석을 잔바람이 훑고 지나갔다. 금가루 같은 햇살, 숨통을 파고드는 공기, 탁 트인 논밭 풍경. 이것들은 거저 얻을 수 있는 게 아니라 비용이 들었다. 군은 처음으로 집을 구하면서 그 사실을 알게 되었다.

컨테이너가 놓인 옥상은 군의 앞마당이 되었다. 데크가 깔리지 않은 시멘트 바닥이었지만 남쪽으로 뚫린 전망이 시원

했다. 강 사장이 처음 이 집을 보여주던 날 생경한 감격과 긴장감이 뒤섞여 군은 어지러웠다. 나날이 불어나는 체격 때문에 고시원이 비좁게 느껴지던 시기였다. 농가주택은 사업차 외국에 나가있는 강 사장 친구의 집이었다. 집을 오래 비워두는 것보다는 낫겠다며 전기세와 수도요금만 내는 조건으로 빌려주었다.

주택의 대문과 현관문은 이중으로 잠겨있었고, 옥상을 오를 때는 외부 계단을 이용했다. 비록 들어가지는 못하지만 집 전체가 온전히 군의 차지였다. 출근하기 위해 버스를 30분 타야 했지만 그런 건 문제가 되지 않았다. 군은 자랑스러운 트레이너가 되어 강 사장과 고고 크로스핏 센터를 위해 충성을 다할 것을 맹세했고, 얼마 후 강 사장은 홀연히 사라졌다.

*

누군가 컨테이너 문을 두드렸다. 이곳에 사람이 찾아온 건 처음이었다. 군은 블라인드 틈새를 벌려 밖을 내다보았다. 검은 단발머리, 땅콩색 피부, 묘목처럼 말랐지만 다부진 몸. 현명이었다.

"어? 안녕하세요."

"어어? 안녕하세요."

놀란 군과 더 놀란 현명이 인사했다.

"여기 사세요?"

"어떻게 알고 오셨어요?"

"모르고 왔어요."

"아, 어떻게 오셨어요?"

현명이 윗집 마당을 가리켰다. 난간 기둥에 매인 로띠가 무거운 짐마차를 끄는 것처럼 목줄을 팽팽히 당기고 있었다. 주위에 흩어진 양 등뼈를 잡으려고 안간힘을 쓰는 중이었다.

"저거 그 쪽이 던졌죠? 힘은 좋은데 조준은 실패하셨네요."

"죄송합니다."

"뭐가요?"

군은 슬며시 오른손을 쥐었다. 새로 붙인 밴드의 호조 캐릭터는 하트를 날려대며 깨방정을 떨고 있었다. 현명이 물끄러미 군을 바라보다가 물었다.

"저하고 같이 쟤 산책시킬래요?"

"저 개요?"

현명이 고개를 끄덕이며 에코백에서 무언가를 꺼냈다. 맹견용 입마개였다.

"견주가 다리가 불편해서 산책을 못 시킨대요. 가이드는 제가 할 테니 같이 가주시기만 하면 돼요. 만약을 대비해서."

"다리가 불편한데 잘만 뛰시더라."

군은 로띠보다 빠르게 뛰어오던 견주가 떠올라 볼멘소리를 했다. 현명은 애완동물학과에 다니는 학생이라고 했다. 도그워커와 펫시터 알바를 하고 있는데 로띠는 사회화 훈련이 시급하고, 견주가 사정이 있으니 무료로 산책을 시켜주고 싶다고 했다. 군은 현명이 말한 '만약'이라는 것이 어떤 건지 생각하다가, 생각하지 않기로 했다.

"내일 오후 1시에 올게요."

군의 대답을 기다리지 않고 현명은 옥상을 내려갔다. 군이 거절을 하면 혼자라도 하겠다는 심산인 듯했다. 군은 옥상 난간에 멍하니 앉아있다가 양 등뼈 하나를 꺼내 이번에는 제대로 던져주었다. 로띠가 순식간에 뛰어올라 입으로 받아냈다. 놀라운 순발력이었다. 그래, 한번 해보지 뭐. 개에게도 운동은 필요하니까. 규칙적인 일과가 생기는 건 좋은 일이었다. 성인이 된 이후 일주일 넘게 노동을 하지 않은 것도 처음이었다.

첫 직장이었던 헬스장에서 2년을 지내는 동안 군은 보육원에서 들고 나온 돈을 야금야금 까먹었다. 고시원 월세는 정부에서 주는 정착수당으로 충당했지만, 월급은 기껏 식비와 버스비밖에 안 됐다. 휴대폰 요금도 내야 했고, 밥도 사 먹어야 했고, 운동복도 마련해야 했다. 분명 일을 하고 있는데, 하면 할수록 마이너스였다. 숨만 쉬어도 월세는 나갔고 걷기만 해도 운동화가 닳았다. 군의 셈법으로는 이해할 수 없는 일이었다. 전단지 알바를 했던 첫 헬스장의 사장은 군대에 다녀오면 정식 트레이너로 받아주겠다고 했다. 군대 가서 죽어라 몸만 만들어 오라고 했다. 알겠냐? 죽어라고, 몸만.

군은 고개를 주억거렸다. 보육원 출신이라 군 면제자였던 군은 인력사무소를 찾아갔다. 젊고 순한 데다 체력까지 좋아 현장에서 인기가 좋았다. 지옥의 알바라는 택배 물류센터 상하차 작업에서 도망가지 않은 유일한 20대였다. 11톤 트럭의 화물칸은 거대한 고래 뱃속 같았다. 끝도 없이 박스들을 토해냈다. 요령껏 다루지 않으면 얼굴과 가슴으로 사정없이 상자가 떨어졌다. 군은 견뎠다. 어느 날 2인 1조로 일하던 아버지뻘 선배가 진지하게 말했다. 넌 그만 가라. 여기 있으면 죽는다. 우리야 어차피 이러다 죽겠지만 넌 아직 젊다. 그 몸 몇십년은 더 써야지.

군이 헬스장으로 돌아왔을 때는 이미 다른 사람이 인수해 내부를 새로 꾸미는 중이었다. '고고 크로스핏 센터.' 그럴듯했다. 강 사장은 무턱대고 찾아와 염치없이 고용을 요구하는 덩치 큰 어린애를 위아래로 훑어보았다.

자격증은 있나? 없어? 체대 다니나? 대학을 안 갔어? 그럼 체고 나왔어? 공고 나왔다고? 피사프 교육은 받아, 아니 들어는 봤나?

강 사장은 이전 헬스장 사장에게 전화를 걸었다. 뭐? 뭐? 무어? 권리금도 다 받아먹더니 혹까지 붙여줬군.

커다란 체구가 민폐라도 될까 봐 한껏 옹송그리고 있는 군을 향해 강 사장은 버럭 외쳤다. 팔짱 한번 껴봐! 돌아봐. 뒤로, 앞으로!

군은 취업에 성공했다. 무보수로 석 달간 수석 트레이너에게 교육을 받았다. 이후부터는 기본급 없이 퍼스널 트레이닝 수익을 센터와 3 대 7로 나누는 조건이었다. 군이 3이었다. 열여덟 살에 처음 세운 군의 인생계획표는 허술했지만 강 사장을 만난 뒤로는 구체적이고 용의주도하게 변해갔다.

군의 인생계획표

1. 생활체육스포츠지도사 2급을 딴다.(필기가 문제다. 그러나 뜻이 있는 곳에 길이 있다.)

2. FISAF 교육을 받는다.(비싸다. 모은 돈을 다 털어야 한다. 미래를 위한 투자!)

3. 고고 크로스핏 센터에 정식 트레이너로 프로필을 올린
   다.(센터와 수익분배 5 대 5.)

군은 강 사장 밑에서 3년 2개월을 일했다. 그 사이 정식 퍼
스널 트레이너가 되었고, 군에게 등록하는 회원들도 생겼다.
군의 수입은 전보다 늘었지만 형편은 그다지 나아지지 않았
는데, 버는 족족 강 사장의 요구대로 교육비며 연수비로 들어
갔고, 균형 잡힌 식단을 위한 식비로 지출해야 했으며, 무엇
보다도 벌이 자체가 많지 않았다. 군은 트레이닝 이론은 물론
이고 영양학, 운동심리학, 근육해부학 같은 어려운 이론도 공
부했다. 머리에 쥐가 난다는 말은 비유적 표현이 아니었다.
강 사장은 퍼스널 트레이너가 운동전문가이자 경영자이며
교육자라고 했다. 그래서 군은 열심히 영업을 해야 했다. 그
무렵 센터에 군이 강 사장의 조카라는 소문이 돌았다. 친인척
이 아니고서야 저렇게 열심히 할 수 있겠냐. 아들 같지는 않
고 조카쯤 되지 않겠냐. 강 사장이 군을 엄청 챙긴다더라. 나
중에 물려주려고 영업 교육까지 시킨다던데.

말들은 바람을 탄 포자처럼 자유롭게 번식했고 강 사장이
사라진 후 그 자리에 독버섯이 자라났다. 강 사장이 사기전과
5범이래. 군도 빵에서 만났다던데? 보육원 출신이잖아. 근본

없는 것들. 그렇다면, 군이 공범이다!

*

이튿날 군은 해외직구로 구매했던 트레이닝복을 꺼내 입었다. 거울 앞에 서서 폼을 재봤다. 살이 붙어 약간 타이트한 감은 있었지만 나쁘지 않았다. 현명은 정각 1시에 로띠를 데리고 군의 집 앞으로 왔다. 뿌리를 잘 내린 나무처럼 단단한 현명 옆에서 에너지 과잉인 로띠가 숨을 고르고 있었다. 투우장에 막 들어선 소처럼.

"그렇게 입고 가시게요?"

현명이 인사도 없이 이렇게 물었다. 역시 너무 살이 찐 거야. 군은 아랫배에 한껏 힘을 줬다. 예상대로 로띠와 함께 걷는 일은 만만치가 않았다. 산책 코스는 인적이 드문 밭길로 정했는데 길을 나서자마자 로띠는 흥분해서 날뛰었다. 좋은 건지 놀란 건지 알 수가 없었다. 현명은 오른손으로 리드 줄을 단단히 쥐고 왼손으로 자신의 허벅지를 툭툭 쳤다.

"따라와!"

로띠는 잠시 따라오는 척하더니 금방 제멋대로 방향을 틀며 두 사람의 기운을 뺐다. 몇 번이나 리드 줄을 놓쳤다. 그때마다 군이 달려가 다시 붙잡아 왔다. 군의 트레이닝복은 로띠의 침과 군의 땀으로 범벅이 되었다.

홍분한 레슬러처럼 용을 쓰던 로띠가 갑자기 제자리에서 킁킁대며 맴을 돌았다. 이윽고 마땅히 해야 할 일을 한다는 느낌으로 똥을 싸기 시작했다. 군은 정말 놀랐다. 똥무덤이 너무 컸던 것이다. 그때 밭둑 쪽에서 작고 하얀 강아지가 갑자기 튀어 올랐다. 로띠가 벌떡 일어나 강아지에게 점프했다. 얼결에 리드 줄을 잡고 끌려가던 군의 오른발이 정확히 똥 한가운데를 찍었다. 군은 울고 싶었다. 어차피 울 거라면 지금이 좋지 않을까. 똥 같은 인생 때문이 아니라, 그냥 똥 밟아서 우는 거니까. 순간 로띠와 눈이 마주쳤다. 무한한 신뢰의 눈빛, 더할 나위 없이 완벽한 충견의 모습이었다. 거짓말처럼 울음이 터졌다. 배변봉투를 꺼내던 현명은 덩치 큰 남자가 엉엉 우는 모습을 딱한 듯 바라보았다. 그렇게 첫 산책이 끝났다.

한 주가 지나자 로띠는 앉아, 일어서, 기다려 같은 기초적인 명령에 반응하기 시작했다. 이후의 변화는 놀라웠다. 현명이 삑삑이 공을 굴리면 로띠가 부지런히 달려가 물어왔고 '주세요' 하기 전에는 절대 놓지 않았다. 현명은 로띠의 검은 머리통을 서슴없이 끌어안고 쓰다듬었다.

로띠는 현명을 잘 따랐고 군에게 자주 덤볐다. 현명은 로띠가 군을 좋아해서 그런 거라고 했다. 너무 좋아해서 군에게 침을 바르고 앞발 펀치를 날렸다. 로띠는 언뜻 보면 무섭지만 자세히 보면 귀여웠다. 로띠의 맹목적인 사랑은 군에게 버거웠다. 개를 길러본 적이 없어서라기보다는 그런 사랑을 받아본 적이 없어서였다. 가끔 로띠의 티 없이 순수한 눈동자를 마주할 때면 핫팩을 댄 것처럼 가슴이 뜨거워졌다.

산책을 나선 지 10분쯤 지나면 어김없이 군의 전화벨이 울렸다. 군은 꼬박꼬박 전화를 받았다. 전화를 받지 않으면 더 의심을 살 것 같았다. 손으로 입을 막고 소곤대는 폼이 비밀 연애라도 하는 모양새였다. 그때마다 로띠는 순한 푸들처럼 '앉아' 자세로 혀를 빼물고 군을 지켜보았다. 하루는 현명이 물었다.

"누구예요?"

군은 대답 대신 발치에 있던 자갈돌을 운동화로 꾸욱 짓이겼다.

"대답하기 곤란하면 안 해도 돼요."

"제가 좀 난처한 상황에 있어서요. 제 잘못은 아닌데."

"그럼 안 받으면 되잖아요."

군은 머리를 긁적였다.

"왜 헬스 트레이너가 되었어요?"

"제가 자란 곳에는 저녁 운동 시간이라는 게 있었어요. 하루 중 그 시간이 제일 좋았어요. 몸을 움직여야 마음이 편했거든요. 몸은 정직하고, 눈으로 볼 수 있고, 만질 수도 있잖아요."

"저는 몸이란 게 콩이 들어찬 콩깍지 같은 거라고 생각했는데요."

"콩깍지요?"

"중요한 건 콩이지, 그걸 덮는 외피가 아니잖아요."

군은 현명의 말을 곱씹어 보았지만 여전히 군에게 보이지 않는 것은 허구일 뿐이었다. 그게 콩이라 할지라도.

오후 1시 7분, 다시 전화벨이 울렸다. 현명은 로띠를 이끌고 앞서 걸었다. 군은 몇 걸음 뒤에서 전화를 받았고 얼마 후 어두운 표정으로 달려왔다.

"그 전화 아니었어요."

군이 변명하듯 말했다. 경찰서에서 온 전화였다. 군은 사기 및 횡령 혐의로 피소되었고 출두 명령을 받았다.

*

악연이 무서운 이유가 뭔지 아십니까? 처음에는 좋은 인연을 가장하고 오기 때문이죠. 간이고 쓸개고 다 빼줄 것 같던 친구, 놓치면 평생 후회할 것 같은 애인, 인생의 은사님. 말하자면 이런 사람들이 뒤통수를 친단 말입니다. 이런 사람이 아니라면 애당초 뒤통수 맞을 짓 따위 안 해줬겠지요.

그래요. 나는 태어나자마자 부모님에게 뒤통수를 맞았습니다. 낳자마자 버렸으니 제대로 한 방 먹은 셈이죠. 저에게도 아직 더 맞을 뒤통수가 있습니까?

군은 이렇게 말하는 대신 강 사장이 베풀어 준 은혜에 대해 생각했다. 군이 가진 것이라곤 젊어서 건강한 신체와 어리숙한 패기뿐이었다. 그런 것이 통용되는 시대가 이미 끝났음을 깨달을 무렵엔 다행히도 센터에서 미말하게나마 자리를 잡은 후였다. 스펙이 없다는 것이 군의 최대 장점이었다. 강 사장은 늘 '변변찮은 스펙을 내세워 몸값만 불리는 놈들'을 비난하곤 했다. 강 사장에게 군은 가성비 좋은 일꾼이었다. 군은 강 사장을 믿었다. 군에게조차 연락을 못 하는 걸 보면 피치 못할 사정이 있는 거라고 생각했다. 함께 일했던 트레이너들은 회원들의 폭격에 시달리다, 전화번호를 바꾸고 강 사장을 욕하며 하나둘 사라졌다.

경찰서에서 전화가 온 날, 군은 늦도록 잠들지 못했다. 컨테이너 문을 밀고 나가 옥상 바닥에 쪼그려 앉았다. 로띠는 자는지 기척이 없었다. 그러고 보니 산책을 시작한 이후 밤마다 울부짖던 버릇을 고친 듯했다.

오른손 엄지에 붙은 호조는 과하게 커다란 눈알에 그렁그렁한 눈물방울을 달고 있었다. 상처는 이미 아물었는데 군은 아침마다 새 밴드를 붙였다. 현명이 준 스무 개들이 밴드는 군이 받았을 때 열네 개가 남아있었다. 여섯 개는 현명의 손 어딘가에 붙었다가 떨어졌을 것이다. 군은 계단 쪽에서 무언가 끌리는 소리를 들었다. 스삭스삭. 불길한 소리였다.

"누구세요?"

계단 끝에서 사람 머리가 불쑥 올라왔다. 군은 반사적으로 몸을 일으켰다. 잠귀 밝은 로띠가 일어나 자세를 낮추고 그르렁거렸다. 한밤의 방문객은 익숙하고 낮은 목소리를 내뱉었다.

"군!"

강 사장이었다. 애처로울 만큼 수척해진 모습이었다. 깎지 못한 수염이 턱밑에 거뭇했다. 군은 원망보다 반가움이 앞섰다. 분명 말 못 할 사정이 있었을 것이다. 이제라도 군에게 모든 것을 털어놓고 해결책도 제시할 것이다. 경찰서에 출두하는 일도 없을 것이고, 머지않아 다시 일도 할 수 있을 것이다.

이런 생각을 했던 것으로 군은 기억한다. 어떤 생각들은 실제로 그렇게 되었다. 그날 밤 달빛 아래 드리워진 두 남자의 그림자는 무언극 배우들처럼 과장돼 있었다. 군은 인내심을 갖고 강 사장의 이야기를 끝까지 들었다. 해외선물거래니, 홍콩의 동업자니 알아들을 수 없는 말들이 이어졌다.

일단 급한 불만 끄고 나면 고고 크로스핏 2호점을 내자. 군, 네가 2호점 점장이다. 내가 유일하게 믿는 게 너잖아. 때론 큰 것을 얻기 위해 작은 희생이 필요한 법이야. 네가 이 역할만 잘해주면 너는 우리 센터의 일등 공신이 되는 거야.

강 사장이 여기까지 말을 마쳤을 때, 군의 귓가에 목소리가 들려왔다. 매일 듣다 보니 친숙해진 목소리였다. 악연이 무서운 이유가 뭔지 아십니까? 처음에는 좋은 인연을 가장하고 온다는 겁니다.

강 사장은 작은 희생이라고 했지만 군은 그것이 무리한 요구라는 걸 알 수 있었다. 처음으로 강 사장의 말을 거역하는 군의 목소리가 떨렸다. 막다른 길에 놓인 강 사장은 평정심을 잃고, 군의 얼굴에 주먹을 날렸다. 아무리 기력이 쇠했어도 평생 운동으로 다져진 강 사장의 펀치는 강력했다. 군은 억 소리도 내지 못하고 균형을 잃었다. 그로기 상태에서 하늘을 나는 로띠를 보았다. 엄청난 도약이군, 쓰러지면서 생각했다. 외마디 비명에 놀라 눈을 떠보니 로띠가 강 사장의 옆구리를 송곳니로 물어뜯고 있었다.

며칠 후 옛날 젊은이가 전화를 걸어왔다.

개가 사기꾼을 잡았다지요? 제가 뭐랬습니까. 카르마, 카르마 말입니다.

군은 말없이 전화를 끊고 번호를 차단했다. 이삿짐을 싸야 했지만 챙길 것이라곤 인생계획표가 적힌 노트뿐이었다. 노트를 품에 안자 조금 위안이 됐다. 두어 개 남은 호조 밴드는 주머니에 넣었다.

그날 오후 현명이 찾아왔다. 쓴 약을 삼킨 듯한 얼굴로 견주가 로띠를 포기했다고 알려주었다. 사람을 문 대가로 로띠는 안락사될 것이다. 로띠는 목줄을 끊을 수 있었으면서 왜 매여있었을까. 군은 그것에 대해 오래 생각했다. 목줄을 끊지 않으면 도약은커녕 양 등뼈 하나 잡을 수 없었다. 두 사람은 로띠 없이 걸었다. 둘 사이에 로띠 만큼의 간격이 있었다. 이제 로띠가 없으니 우리 만날 일도 없겠네요. 이 말을 자신이 했는지 현명에게 들었는지 모를 정도로 군은 앓고 있었다. 현명에게 실패의 경험을 안긴 것이 미안했다. 로띠에게는 미안하다는 말로는 턱없이 부족한 죄의식을 느꼈다. 무한한 신뢰를 담은 로띠의 눈동자가 아른거려 온몸이 조여왔다. 모든 감각세포가 통각으로 치환되는 고통이었다. 소리 없이 쏟아지는 눈물, 콧물은 몸이 짜내는 고통의 결정체였다.

"밥 먹을까요?"

현명이 물었다. 군은 콧물을 훔치고 고개를 끄덕였다. 어쨌든 밥은 먹어야 할 것이다. 몸이 있는 한 사람은 먹어야 하니까. 먹고 기운을 차려서 뭐라도 생각해 내야지. 군은 현명과 어깨를 나란히 하고 앞으로 걸었다. 우리에게 로띠가 있다면 얼마나 좋을까 생각하면서.

정성을 다하는 생활

운전을 하다 횡단보도 앞에 정차할 때, 지금 액셀러레이터를 밟는다면 길을 건너는 저 사람들 중 서넛은 너끈히 죽일 수도 있겠다는 생각이 든다. 그런 상상에 혼자 놀라 브레이크를 무리하게 누르다가 발에 쥐가 난 적도 있다. 그 마음은 살의는 아니고 공포에 가깝다. 혹시라도 예기치 못한 이유로 내 오른발에 제멋대로 압력이 가해진다면? 놀라거나 당황해서 브레이크와 액셀을 혼동한다면? 요즘은 원인 불명의 급발진 사고도 종종 일어나니까.

　연수에게 이런 말을 했더니 피식 웃으며 이렇게 대답했다. 네가 사람을 치어 죽인다고? 저기 지나가는 사람이 네 차를 치어 죽이겠다. 차창 밖으로 근육이 과하게 비어져 나온 듯한 남자가 피트니스센터 전단을 나눠주고 있었다. 내 차는 경차 중에서도 배기량이 가장 작은 급이었고 작년에 중중고로 구입할 때 이미 20만 킬로미터를 찍은 상태였다. 그것은 지구 다섯 바퀴에 해당하는 거리다. 이 작은 자동차가 그토록 달리고 또 달렸다니, 너무 혹사 아닐까. 나는 악당 타노스가 무지막지한 악력으로 내 차를 짓이기는 장면을 상상했다. 그러곤 샐쭉해진 기분이 되어 입을 꾹 다물었다. 연수는 말도 안 되는 걱정은 하지 말라는 뜻이었다고 부드럽게 나를 달랬다. 연수는 모른다. 말도 안 되는 일이 얼마나 왕왕 벌어지는지. 하지만 연수는 좋은 사람이니까, 말도 안 되는 일 따윈 당하면 안 되니까 나는 가만있었다.

나는 기어를 P로 바꾸고도 오른발에 힘을 꽉 주어 브레이크를 압착한다. 왕복 6차선 도로의 횡단보도는 몹시 길다. 사람들은 평온한 표정으로 길을 건넌다. 녹색 보행신호가 점멸될 때마다 숫자가 1초씩 줄어든다. 5초를 남겨두고 젊은 연인이 횡단보도에 진입한다. 둘은 손을 잡고 뛰기 시작한다. 횡단보도 한가운데, 등이 부메랑처럼 굽은 노파가 거의 제자리걸음을 하고 있다. 마지막 1초, 젊은 연인이 노파를 앞질러 결승선을 통과한다. 점멸등이 아웃을 선언하며 붉게 변한다. 이게 게임이었다면 노파는 죽었다. 정해진 시간이 끝나면 살

얼음판으로 변해버리는 도로 위에서 사람들은 이토록 느긋하게 길을 건넌다. 말도 안 되는 세상사 따윈 전혀 모른다는 듯, 무구하고도 나른하게.

6차선 도로에서 우회전을 하면 차선도 없이 비좁고 울퉁불퉁한 시장 골목이 나온다. 맞은편 차들과 보행자들을 요리조리 피해 다시 우회전하면 그 길 끝에 '연지분식'이 있다. 마주 오는 차가 있을 경우 후진으로 100미터 정도 빼줘야 하는 난감한 코스였다. 차를 몰고 골목길에 들어서면 나는 앞 유리에 빨려들 듯 상체를 운전대에 바짝 붙이고 눈동자를 굴리며 좌우를 살폈다. 맞은편에서 트럭이 달려오지는 않을까, 헤드셋으로 귀를 막고 활보하는 사람은 없을까, 강아지나 어린아이가 갑자기 튀어나오면 어쩌나 긴장하면서. 한번은 '삼미생선' 할머니가 급하게 달려 나오다가 내 차 사이드미러에 부딪힌 적이 있었다. 놀란 나는 급정거를 했지만 할머니는 내처 달려가 앞서가던 여자를 붙잡는 것이었다. 옥신각신 끝에 할머니는 천 원짜리 한 장을 여자로부터 건네받고 득의양양하게 돌아섰다.

"할머니!"

"오야!"

"괜찮으세요?"

할머니는 내 말은 듣는 둥 마는 둥 좌판에 서있던 아기 엄마에게 달려가 흥정을 시작했다. 오늘 갈치 좋아요. 생물 8천원, 냉동 6천 원!

나는 뒤에서 빵빵대는 자동차들 때문에 얼결에 다시 차를 출발시켰지만 한동안 놀란 가슴이 진정되지 않았다. 잠시 후 옆자리에 있던 연수가 말했다. 사이드미러 접혔어. 펴고 해.

나는 창문을 열고 할머니가 밀쳐놓은 사이드미러를 힘주어 펼쳤다. 그날 이후 시장통에 들어서면 부쩍 긴장했고 생선 할머니를 마주칠 때마다 미안해졌다. 할머니는 그런 일 따위 아랑곳없이 "오야" 할 뿐이지만.

대학생인 내가 자동차를 몰게 된 건 엄마의 분식점에 식자재를 날라야 하기 때문이었다. 복잡한 시장 골목 끄트머리에 위치한 연지분식까지 식재료를 배달해 줄 도매업자를 우리는 찾지 못했다. 처음에 엄마는 씩씩댔다. 다들 배가 불렀지. 차가 못 들어온다고 납품을 못 한다는 게 말이 되니?

차가 들고 나기 힘든 길인 것도 맞지만 테이블 세 개뿐인 손바닥만 한 가게라 납품량이 워낙 적기 때문이기도 했다. 업자들 입장에선 그깟 양을 배달하기 위해 묘기에 가까운 배달을 하는 것이 더 말이 안 되는 상황이었을 것이다. 떡볶이 소스 아저씨는 배달 온 첫 날 맞은편 자동차와 우격다짐을 한 후 배송을 포기했다.

"차 빼라고! 뒤로 빼라고 이 새끼야!"

"뭐? 너 지금 뭐라고 했어? 언다 대고 이 새끼 저 새끼야?"

이윽고 차에서 내린 두 사람은 난데없이 서로 나이를 까더니(통성명까지 하지는 않았다) 어깨와 배를 위협적인 태도로 들이밀었다. 팔만 더 크게 휘저었다면 '이크에크' 기합이라도 넣어주고 싶은 심정이었다. 그 난장을 본 후 엄마는 당장 수명을 다해도 이상할 것 없는 중고차 한 대를 구해왔다. 조그맣고 빨간 자동차였다. 나는 20킬로그램 떡볶이 소스를 비롯해 가래떡과 닭꼬치, 만두, 어묵, 단무지와 일회용 용기들까지 대부분의 식자재를 연지분식에 나르는 일을 맡게 되었다. 엄마는 가게를 비울 수 없었고 어차피 운전면허도 없었다.

어쩔 수 없지 뭐. 다들 사정이 있는 거니까. 엄마는 '말이 안 되는 일'에서 '어쩔 수 없는 일'로 이 사건을 규정하며 종결지었다. 도매업자에게 배송을 구걸하다 퇴짜 맞은 엄마가 알량한 갑에서 절대 을로 둔갑하는 순간이었다.

큰길 건너 아파트 상가에 가게를 냈으면 좀 좋아? 나는 투덜거렸다. 거기는 동네마트에서도 3만 원 이상만 구입하면 무조건 배달해 준다고 했다. 임대료가 비싸서 감당할 수 없다는 걸 알면서도 나는 볼멘소리를 했다. 내가 철부지라서가 아니다. 열다섯 살 여름 이후 나는 이따금 철모르는 소리를 하며 또래 아이처럼 굴어야 했다. 엄마를 안심시키기 위해서다. 물론 그런 투정에 어느 정도 진심이 섞여있기는 했다.

면허만 따놓고 운전이라는 것을 해본 적이 없는 나는 식자재를 받으러 갈 때마다 남자친구 연수를 옆자리에 태우고 다녔다. 연수가 옆에 있는 것만으로 마음이 안정됐고, 행여 있을지 모를 위험한 상황도 연수만 있다면 헤쳐 나갈 수 있을 것 같았다. 연수는 뭐랄까, 탁월한 진정 효과가 있는 캐모마일 같은 남자였다. 결국 손바닥만 한 분식점 하나를 운영하기 위해 세 사람의 노동력이 반드시 필요하게 되었지만 우리는 이런저런 이유를 붙여가며 이 생활에 적응해 갔다.

눈치챘겠지만 내 이름은 연지다. 연지분식점 딸 김연지. 가게 이름에 뉴트로한 감성을 넣으려던 건 아니었고, 그냥 귀찮아서 그렇게 지은 거다. 아홉 평짜리 가게였지만 오픈하려니 이것저것 챙겨야 할 게 한둘이 아니었다. 상호까지 신경 쓸 여력이 없었다. 이름을 따서 이름을 지은 건 내 이름을 지을 때도 마찬가지였다. 우리 아빠 이름은 김연욱, 엄마는 오지해이고 두 사람 이름 중 가운데 글자를 하나씩 따서 나는 연지가 되었다.

마지막 글자를 따왔으면 '욱해'가 되었겠네. 내 이름의 어원을 알게 된 날 나는 무심코 이렇게 말했고 그날 이후 엄마는 툭하면 나를 욱해라고 놀렸다.

욱해야. 숙제 다 했니? 욱해서 안 한 거 아니고? 심부름 좀 시켰다고 욱해?

그러다 내가 진짜 욱하는 날이면 욱해가 욱했다며 깔깔거렸다. 엄마는 매사가 그런 식이었다. 사소한 일로 웃고 유치찬란한 농담을 즐겼다. 아재개그라는 것이 유행하기도 한참 전에 나는 엄마에게 그런 식의 말장난을 수천 개쯤 들었다. 엄마는 골치 아픈 일도 한숨 한 번으로 넘겨버렸고 어떻게든 되겠지, 사람이 죽으란 법은 없으니까 같은 말을 자주 했다. 삶에 대한 지독한 낙관은 수수방관처럼 보이기도 했다. 제 삶을 팔짱만 긴 채 보고 있을 수 있다니, 그것은 처연하고도 괴상쩍은 재주였다.

엄마와 나는 열아홉 살 차이다. 나는 스물한 살, 엄마는 마흔 살. 이런 말을 하면 사람들은 엄마가 고등학생 때 너를 낳았느냐며 놀라곤 한다. 그러고는 곧장 머릿속으로 〈고딩엄빠〉 한 편을 구성하기 시작한다. 나는 일일이 설명하기 귀찮아서 애매한 웃음으로 넘길 때가 많은데, 내 태도가 그들의 의혹을 부추긴다는 것도 알고 있다. 사실 내가 태어난 이야기는 지천에 널린 분식집만큼이나 흔하고 시시했기에, 나는 그들의 오해를 은근히 즐겼다고도 할 수 있다.

오지해 씨는 나를 고등학교 때 낳은 것이 아니었다. 어린 날의 불장난도 아니고, 불량 청소년도, 미혼모도 아니었다. 그녀는 고등학교를 졸업하고 가전업체의 서비스센터에 입사해 접수처에서 일했다. 교복을 벗자마자 근무복을 입은 엄마는(그 시절 엄마의 사진을 보면 교복을 입은 건지 유니폼을 입은 건지 헷갈렸다) 매일 이런 말을 되풀이했다.

25번 고객님! 수리받을 제품이 무엇입니까? 어떤 점이 불편하셨습니까? 많이 불편하셨겠습니다. 불편을 드려 죄송합니다. 접수 후 바로 처리해 드리겠습니다.

엄마는 직장에서 가전제품 수리기사인 우리 아빠를 만나 짧은 연애를 하고 정식으로 결혼까지 한 후에 허니문 베이비를 낳았다. 그것뿐이다. 공교롭게도 엄마는 빠른 연생이라서 고등학교를 졸업할 때 열여덟 살이었고, 이듬해 12월에 내가 태어나는 바람에 우리는 열아홉 살 차이가 되었다. 엄마는 결혼을 하고도 한참을 더 회사에 다니다가 내가 열 살이 되던 해에 일을 관두었다. 20대 초반의 여직원들이 밀고 들어와 더는 버틸 수가 없었기 때문이었다.

어리고 해사한 애들이 접수대에 앉아있는 게 더 보기 좋대. 어쩔 수 없잖아. 한때는 어리고 해사했을 오지혜 씨는 그 일에 대해서도 이렇게 말하고 털어버렸다. 누구 보기에 더 좋다는 것인지, 엄마의 10년 경력은 '보기 좋음'에 보기 좋게 완패당하고 말았다. 엄마가 회사에서 가져온 짐 꾸러미 속에는 둥글고 노란 상패가 들어있었다. 2002년에 받은 '미스 스마일상'이었다. 거기에는 이런 글귀가 적혀있었다.

귀하는 친절한 말투와 아름다운 미소로 고객을 응대하고 정성을 다하는 자세로 고객만족도 향상에 이바지한 공이 크므로 이 상을 드립니다.

엄마는 퇴직한 다음 날부터 초등학교에 다니는 나보다도 늦게 일어나기 시작했다. 마치 그동안 미뤄두었던 잠을 벌충이라도 하겠다는 듯이, 아침 햇살이 얼굴 위로 점점이 쏟아질 때까지 게으름을 부렸다. 미스 스마일은 미세스 늦잠이 되었다. 나는 엄마를 깨우지 않기 위해 깨금발을 하고 학교 갈 채비를 했다. 평화롭고 아름다운 시절이었다. 5년 후 돌연히 엄마의 늦잠은 막을 내렸다. 우리 가정의 수입을 전적으로 맡고 있던 아빠가 더는 일할 수 없게 되었던 것이다. 폭염주의보가 내린 어느 여름날, 아빠는 에어컨을 수리하러 갔다가 고객이 휘두른 야구방망이에 맞아 죽었다. 너무 더워서 미쳐버릴 것 같은데 에어컨을 빨리빨리 고치지 못한다는 것이 이유였다. 수사 결과 숨어있던 한 가지 이유가 더 드러났다. 수리비 24만 8천 원 때문이었다. 담당 수사관을 만나고 온 엄마는 넋이 뽑혀나간 표정으로 이렇게 말했다.

"고객이 수리비에 불만을 품었대. 에어컨 콤프레셔가 비싸거든."

중학생이던 나는 어처구니가 없어 할 말을 잃었다. 엄마가 '고객'이라고 했던 것이다. 범인도 아니고 살인마도 아니고 개새끼도 아니고 고객. 그는 경찰 조사에서 저도 모르게 방망이를 휘둘렀다고 했다. 정신을 차리고 보니 거실 바닥에 수리기사가 쓰러져 있었고 건드려도 움직이지 않았다고. 정말 말도 안 되는 일이었다고. 그날 이후 엄마와 나는 두 번 다시 '욱해' 따위의 장난은 하지 않았다. 대신 한밤중에 가끔씩 깨어나 누가 먼저랄 것도 없이 서로를 안고 오래 울었다.

캐모마일 같은 나의 남자 연수는 스물세 살이고 올해 초 육군 병장으로 만기 전역했다. 육군, 병장, 만기 그리고 전역. 연수가 그렇게 말하니까 그 단어들이 꽤나 중요한 의미처럼 느껴졌다. 물론 친구들과 이야기할 때는 네 단어 중 어느 것도 필요 없었다.

남친 군대 갔다 왔어?

응. 갔다 왔어.

그러니까 병장 육군, 아니 육군 병장 만기 전역이나 군대
갔다 온 거나 그게 그거인 것 같지만 사실 그렇지가 않다. 그
단어들은 연수처럼 충실하게 국방의 의무를 다한 대한민국
남자들을 위한 용어였다. 연수는 나보다 두 살이 많지만 나는
그냥 "연수야" 하고 부른다.

연수, 연지. 어쩐지 오누이 같아. 내가 이렇게 말하면 연수
는 별로 좋아하지 않았다. 우리는 남매가 아니라 연인이라고
목소리에 제법 힘을 주어 말했다. 그러면서 오빠라고 부르라
는 거였다. 내 생각엔 오빠라고 부르는 게 더 오누이 같아서
나는 계속 "연수야"라고 부르기로 했다.

연수. 참 예쁜 어감이다. 파열음도 거센소리도 없이 조용히
울렸다 흩어지는 그 소리가 좋아서 나는 자꾸만 연수, 하고
부르고 싶어진다. 연수야. 어디선가 생글생글한 미풍이 불어
와 내 귓불을 마구 간질이는 느낌.

"연수야, 우리 결혼할까?"

"쪼끄만 게 무슨 결혼."

"뭐 어때서? 우리 엄만 내 나이에 벌써 애가 있었는걸. 우
리도 하자."

"뭐, 뭘 해?"

"우리도 해."

"뭘 하자고?"

나는 연수의 팔꿈치를 마구 간지럽혔다. 연수가 못 참겠다는 듯 내 팔보다 조금 굵을 뿐인 제 팔뚝을 내 손에서 떼어냈다. 연수는 유독 팔꿈치에 간지럼을 잘 탔다. 나는 연수의 약점을 알아챈 뒤 톡하면 팔꿈치에 다붓이 달라붙곤 했다.

제대 후 연수는 배달 대행업체와 박스 공장에서 일하며 다음 학기 학비를 모으는 중이었다. 유일하게 쉬는 날인 금요일 오후, 우리는 식자재 마트에 가서 엄마가 적어준 재료들을 구입했다. 내가 적어온 품목을 하나씩 읽어주면 연수가 상품을 골라 카트에 넣었다.

마늘 한 접, 알 꽉 차고 단단한 걸로. 연수는 마늘 더미를 뒤져서 심사숙고 끝에 한 접을 골라냈다.

단무지 3킬로 한 팩, 가장 최근에 제조된 걸로. 라벨을 꼼꼼히 조사하던 연수는 제조일자가 적혀있지 않다며 유통기한이 가장 많이 남은 것을 선택했다. 연수와 장을 볼 때면 우리가 한식구처럼 느껴져 나는 조금 말랑해졌다. 어느 날엔가 젊은 부부가 쇼핑카트에 아기를 태우고 가는 걸 보았다. 아기는 오동통한 다리를 앞뒤로 흔들며 까륵까륵 요상한 소리를 냈다. 나는 연수의 귀에 대고 속삭였다. 15개월 여자아이, 볼 발그레하고 통통한 걸로. 연수는 애써 웃음을 참으며 "그런 장난하면 못 써"라고 준엄한 척 말했다.

그럼 그건 자체 생산할까? 나는 연수의 팔꿈치를 손가락으로 톡톡 건드렸고 연수는 함수초처럼 온몸을 웅크리며 웃었다.

우리는 식재료를 담은 카트를 밀고 나오다가 마트 출구에서 소프트아이스크림을 사 먹었다. 첫 입을 베어 물기도 전에 아이스크림이 녹아 흘렀다. 지구가 인간을 구워먹는 거대 화로라도 된 것처럼 뜨겁게 달아오르고 있었다. 연수는 움큼움큼 깨물어서 금세 먹어치웠지만 나는 혀로 빙그르르 돌려가며 먹느라 절반은 녹아버렸다.

수영장 가고 싶다. 연수는 내 말을 못 들은 척 카트를 끌고 주차장 쪽으로 걸었다. 나는 입을 한번 삐죽 내밀고는 별수 없이 연수 뒤를 따라갔다. 신도시 외곽에 있는 이 식자재 마트에는 지하주차장이 없었다. 널찍한 앞마당이 전부 주차장이었다. 내가 열여섯 살까지 살던 서울의 주차장들은 으레 땅밑으로 구불구불 이어진 지하세계였고, 자동차는 두더지나 들쥐처럼 아래로 아래로 파고들었다. 조금 큰 건물이면 지하 4, 5층은 기본이었다. 나는 어둡고 음습한 지하주차장을 좋아하지 않았지만 오늘처럼 지독한 더위에는 냉랭한 음지가 조금은 그리웠다. 구입한 것들을 트렁크에 밀어 넣고 차 문을 열자, 실내가 불가마처럼 끓고 있었다. 브레이크를 밟고, 차 키를 꽂고, 오른쪽으로 돌렸다. 투르르릉, 투르르릉. 엔진이 늙은 염소 같은 소리를 낼 뿐 시동을 걸지 못했다. 차 키를 쥔 손에 땀이 찼다. 다시 한번 힘을 주어 차키를 돌렸다. 이번에는 푹 하는 소리와 함께 뭔가가 꺼져버렸다. 나는 울상이 되어 연수를 바라보았다. 등줄기와 이마에서 사정없이 땀이 흘렀다. 녹고 있는 아이스크림이 된 기분이었다.

식재료가 상하지 않게 가게로 나르는 일이 급했다. 택시를 불러 박스에 담긴 물건들을 옮기는데 열기를 품은 습기가 끈끈이처럼 달라붙었다. 나는 택시를 타고 분식점으로 가고 연수는 남아서 보험사의 긴급출동서비스를 기다리기로 했다.

너무 더워. 마트 안에서 기다려. 택시에 오르며 내가 말했다. 나는 엄마에게 전화를 걸어 큰 길까지 카트를 가지고 나와 달라고 했다. 엄마는 손님이 세 테이블에 '가득' 찼다며 허둥거렸다. 그러고는 일단 알았으니 무작정 전화를 끊으라고 했다. 나는 더워서 1분도 못 기다리니까 알아서 하라고 소리를 질렀다. 룸미러에서 흘끔대는 시선이 느껴졌다. 택시 안에서 담배 냄새가 났고 에어컨은 탈탈대기만 할 뿐 냉기를 만들지 못했다. 택시가 시장 입구에 다다르자 나는 엄마가 나와 있는지 보려고 창 쪽으로 얼굴을 바짝 붙였다. 커다란 손수레를 잡고 골목 어귀에 서있는 사람은 엄마가 아니라 '세원상회' 양재 아저씨였다. 세원상회는 연지분식 맞은편에 있는 오래된 철물점이다. 양재 아저씨의 아버지가 운영하는 가게인데 요사이 아저씨가 나와있는 경우가 많았다. 사실 아저씨는 총각이라서 시장통 아이들에게 '양재 삼촌'으로 불렸지만 나는 어쩐지 삼촌 소리가 나오지 않았다. 아저씨는 택시를 발견하자 손수레를 밀며 허둥지둥 달려왔는데 몸 전체가 똥짤막한 엄지손가락 같았다. 내가 택시비를 계산하고 내리기도 전에 이미 트렁크에 있는 박스를 솜씨 좋게 수레에 옮겨 싣고 있었다.

차가 퍼져버렸다고?

내가 시무룩하게 그렇다고 대답하자 아저씨는 폭염에 그런 일이 가끔 있다며 위로 비슷한 말을 건넸다. 양재 아저씨의 철물점 수레는 쌀떡과 단무지 같은 것들을 잔뜩 싣고 덜컹거리며 시장 골목을 지났다. 나는 뒤에서 약간의 거리를 두고 따라갔다. 시장 사람들이 물끄러미 이 행렬을 지켜보았다.

엄마는 냉국수를 만들고 있었다. 아이 둘을 데리고 온 아주머니가 막 계산을 마치고 가게를 나갔다. 나머지 두 테이블에 손님이 각각 두 명씩 앉아있었다. 엄마는 잰 손놀림으로 냉국수 두 그릇을 말아 테이블에 올리고는 어서 앉으라고 했다. 불평의 봇물이 터지기 전에 저 국수로 내 입을 틀어막으려는 의도였다. 동치미 국물로 맛을 낸 냉국수에는 적당히 녹은 살얼음이 몇 조각 떠 다녔다. 나도 모르게 침이 넘어갔다. 양재 아저씨는 어느새 면발에 열무를 얹어 후룩후룩 마시고 있었다. 나도 마지못한 척 맞은편에 앉아 젓가락을 집었다. 냉국수는 연수가 좋아하는 음식이었다. 지금 아저씨가 먹고 있는 저 국수는 원래 연수 몫이었다. 오늘 그놈의 똥차가 퍼지지만 않았어도.

연수가 군대에 있을 때 엄마와 함께 면회를 간 적이 있었다. 엄마는 "너 그거 오버하는 거다"라고 했다. 그러더니 면회 가던 날 거울 앞에서 옷을 세 번씩 갈아입고, 봉고데기로 머리 뿌리에 볼륨을 한껏 넣고, 갈매기 눈썹을 그리느라 호들갑을 떤 건 엄마였다. 엄마를 대동하고 나타난 나 때문에 당황한 건 연수였고.

연수는 불판에서 익어가는 돼지갈비를 굽기만 할 뿐 제대로 먹지 못했다. 그러더니 후식으로 나온 냉국수를 새까맣게 그을린 팔뚝으로 그릇째 집어 들고 국물까지 비워냈다.

"연수는 고기보다 국수를 잘 먹는구나."

엄마가 이렇게 말하자 연수의 까만 얼굴이 스르르 풀어졌다. 그 순간 관자놀이에 맺힌 땀방울 하나가 국수 그릇에 툭 떨어졌다. 머쓱하게 웃는 연수가 사랑스러웠다.

양재 아저씨도 땀을 뻘뻘 흘리며 국수를 먹고 있었지만, 어쩐지 보는 이를 곤혹스럽게 하는 먹성이었다. 엄마는 아저씨가 식사하는 내내 옆에서 살뜰하게 챙겼다. 면을 다 먹으면 사리를 더 내오고 국물이 부족해지자 육수를 더 내오는 식이었다. 저런 식이면 끝도 없이 먹을 수 있겠다.

국수 무한리필은 때마침 양재 아저씨에게 걸려온 전화 덕분에 끝이 났다. 잠시 철물점을 비운 사이 손님이 찾아와 연락한 것이다. 아저씨는 의자에서 엉덩이를 떼내고 벌컥벌컥 국물을 들이켰다. 엄마가 잽싸게 물을 한 컵 따라서 가게 문을 나서는 아저씨에게 건넸다. 두 사람은 무슨 말인가를 나누더니 동시에 웃음을 터트렸다. 엄마의 얼굴에 돌연히 퍼지는 미소가, 대기를 가득 메운 살인적인 열도를 순식간에 냉각시켜 버렸다. 엄마가 그렇게 웃는 모습을 본 것은 오랜만이었다. 이 폭염에도 웃음이 날까. 에어컨이 고장 나면 한 시간도 버틸 수 없이 괴로운 시절에.

양재 아저씨는 큰 소리로 작별 인사를 건네고 철물점 쪽으로 달려갔다. 나는 가게로 들어온 엄마에게 아무한테나 친절하게 굴지 좀 말라고 했다.

"식당 주인이 손님한테 친절한 게 잘못이냐?" 엄마가 심상하게 대꾸했다.

잘못은 아니겠지.

정성을 다하겠습니다. 엄마는 회사를 그만두고도 전화를 받을 때면 습관적으로 이 말이 흘러나와 제풀에 웃곤 했다. 10년 넘게 매일같이 써오던 멘트가 입에 붙어버린 거였다. 전화벨이 세 번 울리기 전에 무조건 수화기를 들고 "정성을 다하겠습니다, ○○서비스센터 오지해입니다"라고 '솔' 톤의 목소리로 말했을 것이다. 센터에서는 뿔난 고객들 때문에 험악한 일들이 벌어지기도 했다. 거기 방문한다는 건 무언가 고장 났다는 뜻이고, 물건이 고장 나면 사람도 탈이 난다고 엄마는 말했다. 기계를 수리하는 것보다 더 힘든 일이 고장 난 사람을 대하는 일이라고도 했다. 주로 아빠에게 자기 업무의 중대성과 어려움을 호소할 때 하는 말이긴 했지만 영 틀린 말도 아니었다. '접수처 여직원'은 기술을 가진 수리 기사와는 또 달랐다. 고객들의 불만은 전문성을 갖춘 남자 기술자의 설명 앞에서 꼬리를 내리기도 했다.

얼마 전 엄마는 고장 난 청소기를 수리 받으러 서비스센터에 간 적이 있었다. 출장 엔지니어를 부르면 출장비가 든다며 엄마는 스틱형 청소기를 양재 아저씨 차에 싣고 갔다. 서비스센터에는 접수를 받는 여직원이 없었다고 했다.

"그거 있잖아. 접수하는 기계."

"키오스크?"

"응, 그거. 거기서 청소기 선택하고 번호표 뽑고 앉아있으면 담당 엔지니어가 직접 나와서 다 해주더라."

엄마는 섭섭하기보다는 후련한 듯 말했다. 세상 참 편리해졌다고.

아빠가 죽고 난 후 엄마는 회사에 잠시 복직했었다. 회사 측의 배려로 재취업이 된 거라고 했다. 아빠를 죽게 만든 회사에 나가지 말라고 나는 악을 쓰며 대들었다. 슬픔이나 분노가 해결해 주는 것은 아무것도 없다는 걸 깨닫기 전이었다. 나는 그 회사 이름만 들어도 끔찍한데 엄마는 어떻게 거길 다시 나가려고 하는지 이해가 되지 않았다. 엄마는 회사가 아빠를 죽인 건 아니라고 했다. 아빠는 자기 일을 좋아했다고도. 엄마는 핑계를 댔지만 결국엔 우리 두 사람의 생계 때문이었을 거라고 나는 짐작했다. 고작 생계를 잇기 위해 생명을 앗아간 곳으로 되돌아가다니. 출근하기 전날 밤, 엄마는 화장대 서랍에서 미스 스마일 상패를 꺼내 먼지를 닦고는 한동안 말없이 바라보았다.

엄마는 정성을 다하는 생활로 돌아갔다. 이번에는 서비스 센터가 아니라 고객상담실이었다. 예전처럼 내방 고객을 대면하는 일이 아니라 전화로 접수와 상담을 받았다. 전화는 하루에 수십 통씩 걸려왔다. 그때마다 정성을 다하겠다는 약속을 하고, 얼굴 없는 목소리의 분노를 받아내고 종종 욕설을 들었으며 가끔은 협박도 당했다. 죽여버리겠다, 죽여버리겠다, 죽여버리겠다. 이 말을 세 번 들은 날 엄마는 퇴근길에 콩나물과 두부를 사 왔다. 콩나물밥과 두부조림을 만들어 저녁을 먹었고, 다음 날 심장에 이상이 생겼다는 진단을 받았다. 결국 3개월 만에 다시 회사를 그만둔 엄마는 3년이 지나도 낫지 않는 병을 얻었다. 의사는 정확한 원인을 말해주지 못했다. 나중에 외할머니는 그게 바로 화병이라고 했다. 왼쪽 가슴께를 꾹꾹 누르며, 여기에 불구덩이가 생겨서 심장이 타버린 거라고.

언젠가 우리 집 믹서기를 고치던 아빠가 모터가 과열되어 고장 났다고 말한 적이 있었다. 심장도 기계의 모터처럼 과열되어 터질 수 있는 것일까. 아빠는 고장 난 것이라면 무엇이든 잘 고쳤다. 새침해진 엄마를 3초 만에 웃게 했고, 울보였던 나도 금방 달렸다. 엄마를 낫게 하고 나를 웃겨줘야 할 사람이 별안간 사라져 버린 세상에서 우리는 영원히 유기되었다. 슬픔이나 그리움은 사위어 가거나 무뎌지는 것이 아니라 잘 개켜진 빨래처럼 차곡차곡 가슴속에 층위를 만든다는 것을 나는 알게 되었다. 새로 쌓인 감정에 눌려 조금 납작해지거나 화석처럼 굳어 무늬가 되더라도 영영 사라지는 것은 아니었다.

회사를 나온 뒤 엄마는 한동안 풀이 죽었다. 우리는 범죄피해자 가족에게 무상으로 지원되는 심리상담센터에 나갔다. 그게 도움이 되는지 아닌지 당시에는 알 길이 없었지만, 어느 날 무심히 틀어놓은 개그 프로그램을 보다가 엄마가 픕, 웃음을 터트린 이후로 더 이상 나가지 않았다. 여성새로일하기센터에서 엄마에게 추천해 준 일자리는 죄다 전에 했던 일과 유사한 업무였다. 엄마는 재취업을 포기했고 얼마 후 우리는 아빠와 살던 집을 떠났다. 서울에서 한 시간 정도 벗어나자 마트의 주차장이 한껏 넓어지는 다른 도시가 있었다. 우리는 창업을 하기로 했다. 세상엔 수많은 선들이 있었고 우리는 그 선 밖으로 조금씩 밀려났지만 선 밖의 세상이 더 나쁜 것만은 아니었다. 울타리가 좀 더 넓어진 뿐이었다.

연수가 자동차를 폐차해야 한다고 전해주었다. 고작 6개월도 못 버티고 사망선고를 받은 것이다. 오토바이를 알아보고 있다며 너무 걱정 말라고 했다. 농담인 줄 알았는데 며칠 후 정말 오토바이를 타고 연지분식에 나타났다. 뒤쪽에 뚜껑 달린 배달통을 매달아 짐을 실을 수 있게 개조한 것이었다. 바퀴는 두 개뿐이었지만 우리에겐 요긴한 물건이었다.

연수는 고등학교 때 신문 배달을 한 적이 있는데 보급소 사장님이 단 세 마디로 오토바이 타는 법을 가르쳐 주었다. 키를 꽂는다. 시동을 건다. 두 눈을 크게 뜬다. 사장님의 기막힌 레슨 덕분에 연수는 금세 브레이크 잡는 법과 가속하는 법을 터득했고 이내 오토바이와 한 몸처럼 움직일 수 있게 되었다. 그 후로 지금까지 연수는 군대에 가있던 기간을 제외하고는 쉬지 않고 일했다.

엄마는 연수에게 더 이상 폐를 끼칠 수 없다며 만류했다. 게다가 오토바이는 좀 위험하지 않냐고 했다. 늙어 죽은 내 차나 이 오토바이나 위험하긴 매한가지 같았다. 어차피 우리에겐 다른 방도가 없었기 때문에 당분간 신세를 질 수밖에 없었다. 엄마가 배달비는 꼭 줘야겠다고 해서 연수도 그것만은 거절할 수 없었다. 그래봤자 기름값, 밥값 정도였다.

가장 난처한 건 사실 나였다. 오토바이에 두 명이 탈 수 없어서 연수와의 마트 데이트가 불가능해진 것이었다. 연수는 혼자 다녀오겠다고 했지만 나는 버스를 타고 연수를 쫓아갔다. 함께 가지 못해 속상했던 마음은 따로 가서 만나는 설렘으로 충분히 보상받았다. 마트까지는 다섯 정거장, 버스 창밖으로 연수의 오토바이가 힘차게 달려 나가면 나는 팔랑팔랑 손을 흔들었다. 배달을 마치면 동네 공터로 가서 연수에게 오토바이를 배웠다. 처음에는 오토바이를 똑바로 세우기도 힘들었다. 타기도 전에 넘어지고 정강이가 까졌다. 여름 내내 배웠지만 고작 공터에서 왔다 갔다 하는 정도였고 도로에 나갈 엄두가 안 났다. 이렇게 힘든 걸 연수는 어떻게 배운 걸까. 어쩐지 코끝이 찡해져서 너는 왜 보급소 사장님처럼 잘 가르치지 못하냐고 연수에게 핀잔을 주었다.

언제부턴가 철물점 양재 아저씨가 우리 가게에 수시로 드나들었다. 점심은 아예 연지분식에서 해결하는 모양이었다. 메뉴라고는 김밥과 떡볶이, 만두와 튀김뿐인데도 맛있다며 잘도 먹었다. 한번은 주방 선반걸이가 헐거워졌다며 전동드라이버를 가지고 와 고쳐주었다. 그런 것쯤은 나도 할 수 있지만 그냥 두고 보았다.

엄지손가락처럼 생긴 양재 아저씨는 우리 엄마보다 서너

살 위였는데 얼굴이 하얗고 대머리였다. 일부러 삭발을 한 것인지 아니면 탈모인지는 모르겠다. 연수는 아저씨 머리가 대부분 빠져버려서 남은 걸 민 거 같다고 했다. 얼굴에 주름이 없어서 동자승 같기도 했다. 철물점의 원래 주인인 아저씨의 아버님 건강이 좋지 않아 새 주인을 찾을 때까지 잠시 맡고 있는 거라고 했다. 나는 오징어 튀김을 떡볶이 소스에 찍어 먹다가 엄마에게 물었다.

"그러면 전에는 무얼 하셨는데?"

"시를 썼대."

"시를?"

나는 잠시 시인의 이미지와 아저씨의 얼굴을 겹쳐 보았지만 떠오르는 게 없었다. 시인을 직접 본 적이 없으니 알 길이 있나. 양재 아저씨는 해탈한 것 같은 말간 얼굴, 굳은 결기의 상징인 삭발(혹은 탈모), 음식을 대하는 열성과 경건한 자세, 이런 것들이 딱 시인이 아닌가? 아니 농부인가? 이런 생각을 하는데 엄마가 계산대에서 책 한 권을 꺼내 내밀었다. 표지가 빨간 시집이었다.

'팔월의 태양 아래서 온몸으로 울었다'

국수를 먹으며 땀을 뻘뻘 흘리던 양재 아저씨가 떠올랐다. 다음 순간 선명히 솟아나는 기억이 있었다. 억눌려 있던 단단한 화석 하나가 불쑥 깨어난 것 같았다.

그해 여름, 막바지 더위 속에서 아빠를 화장하던 날이었다. 땀과 눈물로 엉망이 된 엄마가 쓰러지던 모습을 나는 탈진한 채로 바라보았다. 엄마는 누군가 건네준 물병을 놓칠세라 꼭 쥐고 있었다. 아지랑이처럼 아련하고 현실감이 없는 장면이었다. 엄마도 이 시집을 보고 그날 생각을 했을까. 아니었으면 좋겠다. 나는 이런 마음을 들키지 않으려고 과장되게 말했다. 연수 오면 아저씨 직업이 뭔지 맞혀보라고 해야지.

맞다, 연수. 식자재 마트에 간 연수가 유난히 늦고 있었다. 함께 장을 본 후 연수는 내가 탈 버스를 함께 기다려 주었다. 언제나처럼 버스 창밖으로 손을 흔들었고 연수의 오토바이는 부르릉 힘을 쓰며 달려 나갔다. 연수는 나보다 일찍 도착하곤 했었다. 떡볶이 한 접시를 다 비우도록, 연수가 오지 않았다.

강아지 때문이라고 했다. 큰 대로에서 시장 골목으로 꺾어지는 모퉁이에서 목줄이 풀린 하얀색 강아지가 불쑥 튀어 나왔다고. 연수는 급하게 핸들을 꺾다가 골목 어귀에 불법 주차된 차를 들이받고 오토바이와 함께 넘어졌다. 담당 경찰관은 경미한 사고라고 말했다. 나는 누구의 입장에서 무엇이

경미하다는 것이냐고 따질 뻔했다. 그는 보호자 신원을 확인해야 한다며 신분증을 요구했고, 엄마가 지갑에서 신분증을 꺼냈다. 경찰관은 파손된 차량의 주인과 합의를 해야 한다고 했다.

연수는 응급실 침대에 엉거주춤 앉아있었다. 누울 자리가 아니라는 듯 불편한 기색이었다. 연수의 팔꿈치부터 팔목까지 석고붕대가 감겨있어서 나는 연수를 간지럽혀 웃길 수도 없었다.

"배달통은 찾았어?"

연수는 나를 보자마자 그것부터 물었다. 나는 아무 말도 나오지 않았다. 연수가 슬며시 내 눈치를 살폈다.

"화났어?"

"아니."

"내가 낙법을 알잖아. 그래서 거의 안 다쳤어."

"팔목이 부러진 게 거의 안 다친 거야? 그 강아지는 어떻게 됐어?"

"주인이 데려갔어."

"그냥 가버렸단 말이야?"

연수는 머리를 긁적였다. 그 꼴을 보고 있자니 나도 화병이 생길 지경이었다.

"자기 때문에 사람이 다쳤는데 병원에 데려다줄 생각도 안 하고 그냥 가버렸다고?"

"강아지가 어떻게 병원에 데려다줘…."

우리는 병원에서 그 밤을 보냈다. 연수는 집에 가겠다고 우겼지만 혹시 모를 쇼크에 대비해 하루 정도 지켜보는 게 좋다는 의사의 조언에 따르기로 했다. 나는 보호자용 의자에 앉아 연수의 손을 잡았다. 진통제를 맞은 연수가 잠이 들자 비좁은 침상에 기어 올라가 연수 옆에 누웠다. 온몸에 타박상을 입은 연수의 몸이 고단한 열기를 뿜었다. 병실 창으로 흐릿한 달빛이 내려앉아 연수를 덮었다. 나는 연수의 귀에 대고 속삭였다. 연수야. 앞으로는 피해자 되지 마.

잠든 줄 알았던 연수가 "으응" 하는 소리를 냈다. 나는 연수 곁에서 자장자장 노래를 부르며 내일은 양재 아저씨가 시인이라고 말해줘야지, 생각했다. 이불을 끌어당겨 목까지 덮어준 후 병실을 빠져나왔다. 응급실 앞에 연수의 오토바이가 있었다. 헤드라이트에 금이 가고 프런트펜더가 망가져 있었다. 자동차를 들이받은 것치곤 양호했다. 나는 연수가 앉았을 시트 위를 손으로 한번 쓸어보았다. 풋스텝을 딛고 올라 타 경찰에게 받은 열쇠로 시동을 걸었다. 엔진이 거친 소리를 냈다. 2단 기어를 넣고 핸들을 홱 꺾었다.

새벽의 도로는 어둡고 한산했다. 영화 속 무법천지의 암흑 세계 같았다. 노란 점멸등이 괴수의 눈동자처럼 불안하게 깜빡댔다. 가속 레버를 쥔 손에 땀이 찼다. 연수가 사고를 당한 시장 골목 어귀까지 그대로 내달렸다. 망가진 헬멧이 바닥에 뒹굴고 있었다. 나는 헬멧이 연수의 머리통이라도 되는 양 품에 당겨 쓰다듬었다. 8월의 태양 아래서 온몸으로 울었다는 양재 아저씨의 시를 생각했다. 아지랑이처럼 스러져 가던 엄마의 몸도 생각했다. 그날 엄마에게 다가와 물병을 건네주던 할머니가 떠오른다. 부메랑처럼 굽은 몸은 느릿느릿 움직였고 손등에는 검버섯이 가득했다. 나는 그 할머니를 알고 있다. 딱 두 번 보았을 뿐이지만 정확하게 기억하고 있다.

할머니를 처음 본 것은 현장검증이라는 걸 할 때였다. 그날 아빠를 죽인 범인을 보았다. 그는 모자와 마스크로 얼굴을 가린 채 경찰의 호위를 받으며 차에서 내렸다. 그가 살던 빌라는 우리 가족이 살던 아파트에서 고작 한 블록 떨어진 곳에 있었다. 웅성대는 사람들 중에는 아파트 주민들과 빌라 사람들이 섞여있었다. 누군가 혀를 찼고, 누군가 욕을 했다. 그들 사이에 할머니가 있었다. 굽은 몸으로 비틀대면서도 기어이 인파를 비집고 들어왔다. 담담하던 살인자의 몸에 짧고 강한 동요가 스쳐갔다. 양쪽에서 그의 팔을 잡고 있던 형사들의 손에 긴장감이 실렸다. 범인은 두 눈을 질끈 감았다. 나는 두 눈을 똑바로 뜨고 지켜보았다. 모든 것이 비현실적이어서 슬프거나 무서운 감정을 느낄 수 없었다. 그저 너무 더워서, 더워서 죽을 것만 같았다.

나는 아빠를 죽인 살인범의 얼굴을 모른다. 유일하게 볼 수 있었던 그의 눈빛도 이제는 흐릿해졌다. 나는 그의 어머니를 안다. 화장터 밖 음습한 곳에 주저앉은 노파를 보고 소름이 돋았었다. 늦여름의 끈질긴 태양 아래서 나는 그녀가 그대로 녹아 사라지는 환영을 보았다.

6차선 도로의 횡단보도가 내 앞에 펼쳐졌다. 붉은 신호등이 켜졌다. 출발 신호를 받은 레이서처럼 나는 가속 레버를 꽉 쥐었다.

작가의 말

　낯선 이에게 무심코 말을 건네본 게 언제쯤일까? 이제는 거리에서 시간을 묻는 사람도, 길을 묻는 사람도 여간해서는 만날 수가 없다. 우리에겐 사람들과 말을 섞지 않아도 모든 것을 알게 해주는 전지전능한 휴대신(神)이 있으니까.

　길에서 누군가 말을 붙인다면 나는 놀라거나 당황할 것 같다. 실제로 얼마 전 전철역에서 내 앞으로 불쑥 다가온 사람에게 나도 모르게 비명을 질렀다. 그는 큰 배낭을 짊어진 이방인이었고, 여러 노선이 교차하는 환승역에서 방향을 물으려던 것뿐이었다. 나는 나의 과민한 반응에 멋쩍어졌다.

　세상이 각박해진다는 이야기는 오래전부터 들어왔고, 팬

데믹이 세상을 휩쓴 뒤 '거리두기'는 당연한 것이 되었다. 낯선 사람뿐만 아니라 아는 사람도 만날 일을 줄이기 위해 우리는 각고의 노력을 한다. '비대면'이라는 용어는 효율성과 편리함, 심지어 기술의 진보를 대변하는 것 같다. 사람을 만나지 않아도 업무를 처리할 수 있고, 온라인 세상만으로도 소통과 일상이 가능하다는 걸 우리는 알아버렸다. 그게 더 능률적이고 간편하다는 것도.

그런데 정말 그게 다일까?

타인과 연결되고자 하는 인간 본연의 욕망을 온라인 세상이 시공간의 제약 없이 실현시켜 주는 것일까.

여덟 살 무렵에 《여보셔요, 니콜라》라는 동화책을 읽었다. 말이 동화책이지 그림은 적고 글씨가 가득한 고학년 대상 소설이었다. 파리에 살고 있는 어린 소녀 리즈는 어느 밤 잠을 이루지 못하고 두려움에 떨다가 생각나는 대로 전화 다이얼을 돌린다. 전화가 닿은 곳은 파리로부터 350킬로미터 떨어진 시골에 살고 있던 소년 니콜라였다. 니콜라는 속 깊은 오빠처럼 다정하게 리즈를 달래주고, 두 아이는 전화를 통해 장거리 우정을 이어간다. 소년과 소녀는 우여곡절 끝에 첫

대면을 하게 되고 행복에 겨워 손을 잡고 산책에 나선다.

이 얼마나 낭만적인 결말인가.

여덟 살의 나는 어딘가에 살고 있을 나의 니콜라를 상상하며 가슴이 두근거렸다.

시대와 장소는 다르지만 이와 비슷하게 시작하는 이야기를 얼마 전 TV에서 보았다. 경남 사천에 사는 한 소녀가 강원도 원주에 사는 소년과 무려 4년 동안 SNS를 통해 깊은 우정을 나눈다. 리이즈와 니콜라처럼 두 아이가 살던 곳도 350킬로미터 떨어진 곳이었지만, 물리적 거리는 아무 문제가 되지 않았다. 소년과 소녀는 친구처럼, 혹은 연인처럼 다감한 대화를 이어갔다. 소년은 크리스마스를 맞아 소녀에게 선물을 주겠다며 마침내 먼 거리를 찾아온다. 4년여의 시간 끝에 첫 대면을 한 순간 소년은 소녀를 칼로 찔러 살해한다. 두 아이가 만난 지 채 1분도 되지 않아 벌어진 일이었다. CCTV에는 반가운 마음에 소년을 향해 깡충깡충 달려가는 소녀의 뒷모습이 찍혀있었다.

시작은 동화를 닮은 듯했지만 전혀 다른 결말로 끝나버린 이 사건은 나에게 큰 충격을 주었다. 무엇이 문제였을까. 시대가 달라진 것일까? 세상이 점점 험악해지다 못해 괴멸의 길로 가고 있는 것일까? 서로 호의를 주고받는 행위가 언제부터 위험한 일이 되어버린 걸까. 더 이상 안전한 관계란 없는 것 같다는 회의적인 생각마저 들었다.

여보셔요 니콜라, 하고 부르면 그게 아무리 먼 곳의 낯선 목소리라 하더라도 수리부엉이의 노랫소리를 들려주며 잠을 재워주던 순수한 감성은 이제 순진한 망상이 되었다. 그럼에도 나는 늘 그런 마음을 찾아 헤맸던 것 같다. 섬세하고 다정한 누군가를 만나 아낌없이 감정을 쏟아붓고도 해를 입지 않기를 바랐다. 하지만 그런 일은 드물게, 혹은 아주아주 드물게 일어난다. 대개는 뜻하지 않게 서로에게 상처를 주고, 심지어는 최악의 결말로 이어졌다. 그런 일에 익숙해졌을 때, 이미 내 안의 순수했던 아이도 사라지고 없었다. 대신 길을 묻는 행인에게 겁을 먹고 소리를 지르는 사람이 되었다.

때때로 소설을 쓰면서 여물지 못한 마음들을 다시 만난다. 어쩌면 그게 내가 소설을 쓰는 이유일지도 모르겠다.

밤거리에서 만난 아기 고양이를 내치지 못하는 마음, 이웃집 맹견에게 양 등뼈를 던져 주려는 마음, 테라스에 앉아 상처받은 누군가를 그리워하는 마음, 휴지통에 수국 한 다발을 내던지는 마음, 밤거리에서 먹은 것을 모두 게워내는 마음.

그 마음들 속에서 리이즈와 니콜라를 본다. 우리는 모두 한때 여렸고 쓸쓸했으며 상처받은 마음 위에 새살을 돋아내며 살아내 왔다. 서로가 없었다면 견디지 못했을 시간이 누구에게나 있었다. 그것은 서로를 견디지 못하는 마음보다 더 견고해서 우리가 사는 세상은 여전히 무너지지 않고 있다. 혹은 버텨내고 있거나.

어두워져야 비로소 보이는 것들이 있다. 말갛게 갠 달, 파르르 떨리는 가로등, 발광하는 반딧불이와 길고양이의 샛노란 눈동자 같은 것. 그러니 세상이 이렇게 괴팍해지고 나서야 어쩌면 그 작고 순수한 마음이 더욱 가치 있게 빛나는 것이리라. 온정으로 세상을 바꿀 수 있다는 구태의연한 말을 하려는 건 아니다. 그런 일이 가능한지 가능하지 않은지 나는 알수가 없다.

다만 우리가 어둠 속을 걸어갈 때 달을 업고 간다면 어떨까 가끔 상상해 본다. 무겁고 힘들어도 등 뒤에서 길을 밝혀주는 달을 팽개치고 갈 수는 없다. 더욱 캄캄해져 걸을 수조차 없게 될 테니까. 서로가 서로를 비춰주며 함께 가면 좋겠다. 그 정도는 아직 바랄 수 있기를.

선천적으로 아침형 인간은 되지 못하는 나는 '밤마실'이라는 말을 참 좋아했다. 밤과 친해지는 방법 중 하나가 밤 산책이었다. 부디 누구나 안전하고 평온하게 밤 산책을 다닐 수 있는 나날이 오래 이어졌으면 좋겠다.

등단 이후 장편소설을 두 권 썼지만 단편집은 처음이다. 6년 동안 틈틈이 써왔던 소설들로 첫 단편집을 내놓게 되었다. 시간의 더께가 쌓인 소설들을 정제하는 과정은 즐거웠다. 그 소설을 쓰던 시절이 떠올랐고, 그날의 마음들이 다시 차올랐다. 그때 들었던 음악, 그때 다녀온 여행지, 그때 좋아했던 사람들, 때로는 그날의 공기와 바람의 냄새까지 생생히 되살아났다. 매일 다시 다짐을 해야 쓸 수 있겠지만 소설을 놓지 않게 용기를 주는 사람들 덕분에 아직 포기하지 못했다. 나는 여전히 그들을 대면하고, 그들의 체취와 미세한 표정들과 흐트러진 머리카락을 가까이서 느끼고 싶다.

작품집을 낼 수 있도록 도움을 준 문학수첩 강봉자 대표님, 작품에 세세한 색을 입히고 의미를 발견해 주신 고명철 평론가님에게 감사드린다.

2026년 새봄을 맞으며, 이수안

자기존재로서 주체와 타자의 접속-연결

고명철(문학평론가, 광운대 교수)

1. 자기본연의 주체로서 자기존재의 재발견

'세상의 기원?' 어떤 작품의 제목이 발산하는 묘한 힘에 끌릴 때가 있다. 이번 소설집에 실린 〈세상의 기원〉이 여기에 해당한다. 인터넷과 첨단 미디어가 발달하고 다양한 정보의 과잉 시대를 살아가는 지금-여기에서, 더군다나 이 모든 것을 압도하고 훨씬 높은 차원에서 인간의 삶에 막대한 영향을 미치는 AI의 일상과 '세상의 기원'은 서로 서걱거리기 때문이다. 물론 이에 대해서는 논쟁의 여지가 없지 않다. 하지만 속도와 변화와 혁신의 패러다임 속에서 '기원'을 주목한다는 것은 이수안 작가의 예사롭지 않은 서사적 문제의식이 아닐 수 없다.

〈세상의 기원〉에서 눈에 띄는 인물은 '조희'다. 작중 화자 '나'는 어느 날 남편의 폰에 있는 사진첩에서 음모를 완싱한 여성의 음부 사진을 보고 충격을 받는데, 그 사진이 남편의 온라인 재테크방을 소개해 달라고 한 '조희'의 사진이어서 더욱 놀라움을 금치 못한다. 이 사건 후 '조희'는 재테크방에서 강퇴당하고 '나'도 자연스레 '조희'를 멀리한다. 그런데 '조희'의 엽기적 사건은 '나'의 시선에 의해 궁리될 대목이 있다. '조희'는 결혼을 하고 아이를 가지며 단란한 가정을 누리기를 소원하지만 — 여기에는 '조희'의 유년 시절 해외 이민으로 행복한 가족의 삶이 결여된 가운데 '조희'에게 결혼 축하 덕담("잘해야지")으로 건넨 부모의 말에서 짐작할 수 있듯 행복한 가정을 꾸리고 살기를 바라는 마음을 '조희'는 품고 있다. — 임신한 애가 유산이 되면서 시댁의 과도한 관심과 남편의 성적 페티시즘(음부 완싱)과 별거 등의 이유로 결혼 생활이 행복하지 않아 이혼 숙려 기간 중 극도의 자기소외와 자기파괴의 곤경을 겪는다. '조희'는 심지어 '나'에게 "행복을 다 소진해 버렸다"(27쪽)고 한다. 그래서 '조희'의 음부 사진 전송 사건 자체는 분명 반사회적 모습이지만, '조희'의 이런 실존적 상처와 고통이 '조희'의 내적 상태의 왜곡상(歪曲象)으로 드러났음을 생각할 수 있다. 그리고 해석의 비약일 수도 있으나, '조희'의 이 왜곡상은 그 사진을 자신이 직접 찍고 타자들과 공유하는 과정을 통해 그가 겪고 있는 삶의 곤경을 타전함으로써 스스로 예의 고통을 위무하고자 하는 일종의 자기구원이 투영된 것으로 볼 수 있다. 그러면서 사회경제적 욕망을 위해 모인 재테크방 회원들의 관음증 욕망에 드리운 그들의 속류적 행복에 대한 냉소적 비판을 수행한다고도 볼 수 있다.

그런데 여기에는 '나'의 존재와 무관하다고 할 수 없는 면들이 있다. '조희'의 이 사건이 생기기 전 '나'는 그와 맛 탐방을 자주 동행하면서 서로의 일상을 소통하는 만남 속에서 그들 자신의 자기존재에 오롯이 충실할 수 있었던 시간을 보냈다. 이 시간만큼은 그들 각자 행복하듯, "조희를 만나면 나는 아내도 엄마도 아닌, 조금 더 '혜나('나'의 본명-인용)'에 가까운 무엇"으로, "그 순간들은 오로지 나만을 위한 쾌락과 보양의 시간이었고, 나머지 시간들을 견딜 수 있게 하는 힘이 되어주었"(44쪽)기 때문이다. 말하자면, '나'와 '조희'는 그동안 세상살이 속에서 망실하든지 둔감해진 자기본연의 주체로서 자기존재를 되찾은 행복을 만끽한 터이다. 그들은 새삼스레 '세상의 기원'으로서 자기존재의 충일감을 재발견한 셈이다. 이것을 뒤늦게 묘파한 '나'는 '조희'로부터 이혼 숙려 기간

중 재결합하기로 결정했다는 전화를 받고, '조희'에게 다시 "불편을 견디기 싫어 불행을 참지 말라고" "말할 용기를 얻는 다."(45쪽) 단란한 가족을 행복하게 꾸려야 한다는, 이른바 가족주의에 희생당하고 휘발되는 존재가 아닌 '조희'의 자기본연의 주체로서, 어떤 것과도 대체 불가능한 '세상의 기원'으로서 자기존재의 행복을 누릴 것을 당부하고 싶다.

2. 자기존재의 보증을 위한 타자의 접속—연결

자기존재의 행복은 어떻게 보증될 수 있을까. 이것을 보증하기 위해 어떤 것을 애오라지 감내할까. 〈소셜 다이닝〉과 〈모나로부터, 모나에게〉는 이에 대한 서사적 물음을 던진다.

우선, 〈소셜 다이닝〉을 살펴보자. 해외 유학파 출신 요리사의 레스토랑에서 정해진 프로그램의 순서와 절차에 맞게 차려지는 요리를 먹으면서 참석자들은 질문과 소소한 얘기를 나누며 어떤 사람이 자신의 직업을 거짓으로 소개하는지 알아내는 진실게임을 벌인다. 작가는 온라인 플랫폼을 통해 음식을 매개로 서로 모르는 사람들끼리 만나 함께 식사하며 최소한 사회적 관계를 갖는 '소셜 다이닝(social dining)'의 모습을 재현한다. 이 '소셜 다이닝'에는 모두 다섯 사람이 참여하는데, 작품 속 친구 '정인리(시나리오 작가)' 대신 참석한 '김구경(퍼스널 쇼퍼)'의 직업이 거짓으로 드러난다. 진실게임을 하는 그들은 적당한 정도의 사회적 거리를 두며 타자에게 큰 결례를 끼치지 않는 한도 내에서 적당한 정도 수준의 물음과 호기심을 보일 따름이다. 이런 자리에 처음인 '김구경'을 제외하고는 모두 '소셜 다이닝'에 익숙하다. 그런데 모두 이 자리가 처음인 듯하지만 사실 그렇지 않다. 참석자들은 주최자 요리사의 현명한 배분으로 서로 같은 날 겹치지 않도록 최대한 날짜 조정을 하여 '소셜 다이닝'에 참석하기 때문이다. 설령 겹치는 사람이 있다고 하더라도 그들은 전혀 모르는 사람처럼 서로 대한다. 따라서 누가 처음으로 이 자리에 왔는지 그리고 누구의 직업이 진짜이고 거짓인지를 맞히는 데 재미를 두지 않는다. "중요한 건 진실이 아니었고, 내가 느낀 해방감은 진심이었으니까"(108쪽)에 나타나듯, '소셜 다이닝'의 참석자들은 저마다 일상의 굴레에서 순간 벗어나 자신의 일상 속 다른 존재와 '소셜 다이닝'에서 연결돼 있다는 것 자체를 만끽한다. 이것이 그들에게 해방감을 안겨준다. '소셜 다이닝'의 직업 맞히기 진실게임에서 그들은 각자 자신이 전념하고 있는 자신의 직업과 관련한 것들을 소개하며 자기존재를 스스로 보증하는 데 자족한다. 타자에게 자기존재의 진실이 얼마나 넓고 깊게 감응하고 서로 교응하는지의 문제는 그다지 중요한 사안이 아니다. 비록 '소셜 다이닝'이란 상품 소비의 형식을 매개로 이뤄지고 있지만, 그들은 이렇게 해서라도 최소한 이 순간만큼 서로 연결돼 있다는 사회적 관계로서 자기존재의 '있음'에 안도한다. 그래서일까. '소셜 다이닝'을 마치고 집으로 돌아오는 '김구경'은 "진실이 무언지는 누구도 알 수 없"는, 상품 소비 형식의 매개를 통해서라도 타자와 연결돼 있다는 사회적 관계를 지탱하는 참석자들의 모습 속에서 흡사 "쇼윈도에서 눈이 없는 마네킹이 나를 보는"(109쪽)듯 씁쓸하다. 그렇게 '김구경'은 현재 "한 사람을 위해 대신 옷을 골라주고, 입어보고, 사다주는 일"(101쪽)을 하는 '퍼스널 쇼퍼'로서 타자와 연결돼 있는 자기존재를 자조(自嘲)한다. 그러면서 인간 마네킹으로 폄하되는 '퍼스널 쇼퍼'로서 끝까지 버텨내는 '존버'를 감내하다 보면 접어뒀던 시나리오 작가를 향한 꿈에 다시 접속-연결될 수 있을지 모른다는 막연한 예감을 갖는다.

이처럼 타자와의 접속-연결 자체는 자기존재의 보증을 위해 결코 대수롭지 않게 여겨서는 안 될 사안이다. 〈모나로부터, 모나에게〉의 작중 인물 '모나'의 중층적 면은 바로 이 점을 바탕으로 이해할 필요가 있다. '모나'는 미대생 시절 기행을 일삼으면서 수묵화의 대가인 교수로부터 묵의 농담과 명암의 깊이를 표현하는 데 탁월한 능력을 갖고 있다는 평가를 받는 데서 짐작할 수 있듯 친구들보다 독특한 미적 능력을 소유하고 있다. 이런 '모나'는 작중 인물 '정연'과 '유건'과 삼각관계를 보인다. 이들은 서로 친구 사이다. 그중 '정연'과 '유건'은 부부인데, '유건'은 유년 시절부터 '모나'를 첫사랑으로 여긴 채 그가 다른 사람과 결혼했음에도 불구하고 '모나'를 연모한다. 그리고 '정연'은 대학생 시절부터 '모나'와 절친으로 '모나'의 생의 아픈 치명적 상처를 알면서 '모나'의 도움 요청을 모른 척한다. '유건'과 자신의 사랑을 지키기 위해서다. 물론 이 작품은 연인들의 삼각관계에 바탕을 둔 연애 서사에 초점을 맞춘 것은 아니다. 그럼에도 불구하고 '모나'를 중심으로 한 '정연'과 '유건'의 서사는 눈길을 끈다. 특히 '모나'의 경우 미적 능력이 탁월한 것에서 짐작할 수 있는바, 그는 '정연'과 '유건'과 맺는 관계를 수묵화의 농담을 절묘하게 조절하여 명암의 깊이를 표현하듯, 비유컨대 '모나'가 그리는 삶의 수묵화의 재현 방식으로 '정연'과 '유건'의 삶에 개입한다. '정연'에게는, '모나'가 유년 시절부터 겪은 새아빠의 성폭력으로 임신을 하게 되고 '모나'의 남편은 이런 사실을 모른 채 "무조건 낳을 것을 종용"(75쪽)하고, 이를 거부하는 '모나'

를 비정한 사람으로 몰아세우는 것에 대한 참담한 슬픔과 상처를 공유하면서 도움을 받고 싶다. 그리고 '유건'에게는, '모나'의 결혼 생활이 힘들자 '유건'의 극진한 위로를 받고 '모나'로부터 멀어진 "남편을 사랑하고 있으며, 미치도록 그리워한다"(71쪽)고, 그래서 '모나'의 남편이 다시 돌아오게 할 수만 있다면 '모나'의 전부를 내줄 수도 있다는 남편을 향한 절절한 사랑의 고백을 통해 '모나' 자신의 슬픔과 외로움을 위로받고 싶어 한다. '모나'에게 '유건'은 "완벽한 친구"(76쪽) 그 이상도 이하도 아니다. 이처럼 '모나'의 삶의 치명적 고통과 상처를 위무받고 치유하기 위해 '정연'과 '유건'의 삶에 '모나'는 그의 존재형식, 곧 묵의 농담으로써 명암의 깊이를 조절하듯 그들의 삶에 개입한다. '모나'의 입장에서는 자기존재를 보증하기 위해 '유건'처럼 '정연'도 예외 없이 '완벽한 친구'로 여겨온 그들의 삶에 접속하여 연결해 왔던 셈이다. 다시 말해 '모나'의 삶은 위태로운, 하마터면 자기파괴로 귀결될 수 있는 자기존재를, '정연'과 '유건'과의 연결의 힘을 통해 감내할 수 있었던 것이다. 이를 두고 '모나'의 자기존재를 지키기 위한 유별난 이기적 연결이라 힐난하지 말자. 다만, 자기존재의 보증을 위해 타자와 접속-연결하고자 하는 우리네 삶의 본원적 그 무엇임을 성찰해 보자.

3. 사회경제적 욕망에 붙들린 주체와 타자

그런데 자기존재로서 주체가 타자와 접속-연결하는 과정에는 사회경제적 욕망과 그것의 정동을 등한시할 수 없다. 〈홈 스위트 홈〉과 〈앨리스타운〉은 그 적나라한 모습을 보여준다. 공교롭게도 이 두 작품은 주거와 관련한 서사로 이뤄져 있다.

〈홈 스위트 홈〉에서 작중 인물 '보미'는 서울에서 출생하여 줄곧 서울에서 성장하였으나 신접살림을 서울 외딴곳에 시작하면서 어떻게 해서든지 "인서울 아파트"(231쪽) 욕망을 실현할 목적으로 자신의 전 존재를 기투한다. "하우스푸어가 되더라도 집을 마련하기 전까지는 아이를 갖고 싶지 않았" 던 '보미'이지만, "부양가족 수가 늘어날수록 높아지는 청약 가점 때문"(235쪽)에 임신과 출산을 결행할 만큼 '보미'의 자기존재는 '인서울 아파트'의 삶을 살고 있는 타자와 접속-연결하고자 하는 사회경제적 욕망에 붙들려 있다. 그래서 남편 '영진'은 '인서울 아파트'는 아니지만, 빌라에서의 신접살림보다 쾌적하고 편리한 주거를 위해 홈쇼핑에서 소개된 서울 외곽에 위치한 "50층이 넘는 고층 건물의 위용"을 지닌 '앨리스타운'을 둘러보기로 길을 나선다. 영진네 가족이 방문한 '엘리스타운'은 "허허벌판에 뚝 떨어진 외계 물체거나, 망망

대해에 고립된 외딴 섬처럼 보이"(222쪽)는 낯선 이물감으로 다가온다. '앨리스타운'의 단지는 넓고 인파로 붐비는 상가와 각종 편의 시설이 갖춰져 있으나, '보미'에게 '앨리스타운'은 "겉보기엔 평범했지만 이상한 나라의 토끼굴처럼 끝이 보이지 않는 깊은 구멍"일 뿐, 보미는 "어떤 논리와 규칙도 통하지 않는 현실 너머의 세계에 있는 기분"(235쪽)으로 이곳에 데리고 온 '영진'이 원망스럽다. 그래서였을까. 이곳에 정신이 팔린 사이 그들의 아이가 갑자기 실종되고, 아이는 단지의 입주민 전용게이트를 누군가 통과할 때 따라 들어갔고 놀이터에서 놀다가 돌아갈 길을 잃고 놀이터에 방치돼 있던 것이다. 낯선 주거 '앨리스타운'과의 첫 접속은 이처럼 아이의 실종이란 해프닝에서 드러나듯, 영진네 가족의 주거로서 부적합할 뿐만 아니라 이들 가족 구성원의 자기존재가 '앨리스타운'이 함의하는 타자와 정서적 사회경제적 차원에서 접속-연결하는 게 결코 쉽지 않다는 것을 말한다. 여기에는 '인서울 아파트'를 향한 '보미'의 사회경제적 욕망이 좀처럼 사그라들 기미가 아니라는 점을 상기하자.

그렇다면 '앨리스타운'에서 살고 있는 주민들은 어떤가. 〈앨리스타운〉은 〈홈 스위트 홈〉과 서로 마주하고 있는 작품처럼 읽힌다. 〈앨리스타운〉은 영진네가 주거할 수 없는 '앨리스타운'에 살고 있는 입주민의 삶을 보여준다. 이곳 입주민은 신도시 주상복합아파트에 분양을 받고 살 수 있을 만큼 사회 경제적 처지가 안정돼 있는 사람들이다. 작중 인물로 그려지는 네 여성들(발렌띠나, 라우라, 에바, 루씨아)은 "넷플릭스 신작에 대한 감상이나 제로 웨이스트 상품을 품평하며 사사로운 대화를 즐겼고, 가끔은 이슈가 되는 정치나 사회 문제도 화제에 올렸지만 보편적이고 상식적인 수준의 언급 이상은 하지 않"(182쪽)는 정도의 교양을 갖추고 스페인어 교실을 다니는 등 중산층 이상의 사회경제적 수준을 지니고 있다. 작품에서는 2동 여자의 죽음이 '앨리스타운'에서 일어나는 개별 사건 중 하나이며, 작중 인물 네 여성의 가십거리로서 '앨리스타운'의 부동산 가치에 심각한 위협이 되지 않는 한, 달리 말해 '앨리스타운' 주민들의 자기존재에 치명적 손상이나 불이익을 초래하지 않는 한도 내에서 서로 접속-연결돼 있다. 가령, 다음처럼 말이다.

애초에 악의가 없었던 그녀들은 여전히 티테이블에 앉아 발렌띠나가 수확한 방울토마토를 먹고, 라우라에게 마스크팩 샘플을 받고, 에바의 집에서 파에야를 해 먹자는 계획을 세우고, 루씨아가 만든 프리저브드 플라워를 나눠 갖지. 여름휴가는 어디로 가느냐고 누군가 말을 꺼내고, 각자 스케줄을 확인하고, 여행 상품을 검색하고, 아이스 아메리카노를 마시고, 웃고, 묻고, 되묻고.(210쪽)

혹시, 〈홈 스위트 홈〉의 영진네 가족이 이곳에 거주한다면 예의 '앨리스타운'의 타자들과 접속-연결할 수 있을까. 이 접속-연결은 어떤 모습일까. 이것이 힘들다면, 영진네는 '인서울 아파트'의 타자들과 어떤 존재론적 접속-연결의 삶을 통해 그들의 행복한 삶을 꾸려갈까.

4. (비)현실 속 '사랑의 진정성'으로 접속-연결돼 있는

여기서, 우리가 이토록 메마르거나 형식적 관계로만 이뤄진 비정성시(非情城市)에 갇혀있는 것만은 아니다. 자기존재의 안녕을 위해 타자들과의 접속-연결 온도가 차가운 것은 아니다. 〈테라스가 있는 옥상 별채〉, 〈반려〉, 〈정성을 다하는 생활〉에서 감지되는 작중 인물의 관계는 상투적이라고 흔히들 비판할 수 있는 '사랑의 진정성'이란 고전적 낭만적 문제를 재발견하도록 한다. 이 과정에서 우리는 관계를 둘러싼 심각한 오해와 미움과 실망감과 불신 등이 뒤섞이는 감정의 소용돌이를 겪는다.

〈테라스가 있는 옥상 별채〉에서 외국인을 대상으로 한 공유숙박을 운영하는 중년 여성과 쿠바에서 온 젊은 남자 '치코'의 사이는 서로의 가족사를 얘기하고 내밀한 얘기를 주고받을 정도 친밀도가 높아진다. '치코'가 한국에 온 이유는 그의 연인을 만나기 위해서인데 중년 여성은 '치코'의 연인 '유진'이 유부남인 사실을 알고 그들의 사랑이 순탄치 않은 깊은 상처를 받는 데 함께 아파한다. 그러다가 '치코'가 한국을 떠난다. 그녀는 '치코'가 자신의 금목걸이를 훔쳐 달아났다고 단정하여 '치코'와 그동안 맺었던 낭만적 관계와 그를 향한 연민의 태도를 증오와 혐오의 악의로 치환한다. 하지만 그녀는 이 같은 '치코'를 향한 적대적 불신의 태도가 얼마나 어리석은 오해였는지 성찰하게 된다. 그녀의 반려견은 주인과 차마 이별하기 힘든 순간을 주인의 금목걸이를 깔고 앉아 죽음을 맞이했는데, 그녀는 '치코'를 도둑으로 내몬 것이다. 무엇보다 반려견의 목숨이 꺼져가면서까지 얼마나 주인을 사랑했는지에 둔감했고, 한국에서 그토록 사랑한 연인을 동성애 때문에 접속-연결할 수조차 없던 '치코'가 품은 사랑의 진정성을 진심으로 헤아리지 못한, '치코'를 강도로 속단한 자신의 경박한 삶에 대해 중년 여성은 자기비판을 한다. 이 자기비판의 여운은 작품의 말미에서, '치코'가 떠난 후 그의 연인

'유진'에게 걸려온 전화기에 대고 '치코'가 없어 뒤늦은 감이 없지 않으나 '치코'의 사랑의 진정성을 전해주고, 이어서 '유진'으로부터 들려온 스페인어 '께 바(Qué va)', 곧 중년 여인의 '치코'를 향한 오해와 잘못을 다독거리는 위로의 단말마로 번진다. 이렇게 중년 여성과 '치코'와 '유진'은 고전적 차원에서 '사랑의 진정성'에 서로 접속-연결돼 있다.

이처럼 타자들과의 관계는 '사랑의 진정성'을 가로막는 오해와 불신과 실망감 등이 실타래처럼 얽혀있다. 〈반려〉에서 반려 고양이 '양희'가 실종돼 애타게 찾는 주인 '은희'의 온갖 노력을 누구보다도 잘 알고 있는 그녀의 연인 '남운'은 '은희'를 전심전력으로 돕는다. 가뜩이나 '남운'을 향한 '은희'의 사랑이 점차 식어가면서 '남운'과 헤어지고자 한 '은희'와 사랑을 유지하기 위해 실종된 고양이 찾기는 '남운'에게 실로 소중한 기회다. 왜냐하면 '은희'는 '양희'를 찾을 때까지 '남운'의 도움이 절실하여 '남운'과 이별할 수 없기 때문이다. 그래서 고양이 찾기를 매개로 '은희'와 '남운'의 관계는 지속된다. '남운'이 이렇게 '양희'와 접속-연결됨으로써 '은희'와 관계를 지속할 수 있는 만큼 '은희'를 향한 '남운'의 사랑의 진정성은 변함이 없다. 이것은 그토록 찾기 힘든 '양희'를 '남운'이 몰래 키우고 있었던 연유를 이해하도록 한다. 기실, '남운'은 이 사실을 '은희'에게 오래도록 들키지 않아야만, '은희' 곁 "쓸모 있는 사람"(137쪽)으로서 '은희'를 오래도록 사랑할 수 있는, '남운' 나름대로 '사랑의 진정성'을 유지할 수 있다고 생각했기 때문이다. 이것은 생각하기에 따라, '남운'을 앞뒤가 막힌 사랑에 눈먼 자기중심적인 것으로 비치기 십상이다. 그런데 어떤가. '사랑의 진정성'은 이처럼 고전적이고 낭만적이며, '남운'의 이 '사랑의 진정성'에 "은희는 두 사람의 관계가 새로운 국면을 맞았다는 사실을 인정해야 했다."(146쪽) '은희'와 '남운' 사이 고양이 '양희'가 매개돼 있지만, 달리 말해 '은희'-'양희'-'남운'은 서로 접속-연결돼 있고, 여기에는 '은희'를 향한 '남운'의 '사랑의 진정성'이 신묘한 마력을 발산한다.

그렇다. '사랑의 진정성'은 삶의 난경에 굴복하지 않도록 삶을 살아내는 힘을 북돋운다. 〈정성을 다하는 생활〉의 서사는 바로 이 점을 주목한다. 에어컨 수리비에 불만을 품은 고객의 반인간적 폭력에 창졸지간 목숨을 잃은 아빠의 부재에도 불구하고 엄마와 딸 '연지'는 시장 귀퉁이에서 갖가지 어려움 속에서 작은 분식집 영업 장사를 억척스레 끌어간다. 이 모녀는 딸의 남자 친구 '연수'의 헌신적 도움과 마치 키다리 아저씨처럼 모녀가 어려움에 처할 때 나타나는 철물점 양재 아저씨의 존재로 삶의 어려움을 헤쳐 나간다. '연지'의 분식

집과 연루된 사람들은 '사랑의 진정성'으로 서로의 존재들이 맞닿아 있다. 그러던 '연지'에게 도저히 잊히지 않는 좀처럼 극복되지 않을 뿐만 아니라 삶의 불가사의한 장면이 있다. 아빠가 무참히 죽은 곳에서 현장검증이 있던 날 어떤 할머니가 인파를 비집고 들어와 범인이 끔찍한 살인을 재현하는 모습을 지켜봤고 엄마에게 다가와 물병을 건네주었는데, 그 할머니가 바로 살인범의 어머니다. 여기서, 살인범의 어머니가 현장검증에서 '연지'의 엄마에게 물병을 건네주고, 아빠의 화장터까지 따라온 것을 '연지'는 어떻게 이해할까. "모든 것이 비현실적이어서 슬프거나 무서운 감정을 느낄 수 없었다"(303쪽)는 '연지'의 내적 상태를 주시할 필요가 있다. 여기에는 살인범의 어머니의 출현이 제 자식의 잘못을 대속(代贖)할 수 없으며, 죄인과 다를 바 없는 어머니로서 가책을 배가한다. 그래서 아빠의 죽음 현장검증을 공포의 충격에 휩싸인 채 생의 기운이 휘발돼 가는 엄마에게 물병을 준 것은, 역설적으로 살인범의 어머니로서 자식의 죄를 대신하여 진심으로 용서를 비는 뜻이 담겨있다. 진심이 깃든 이 사죄는 아빠의 화장터를 따라와 애도하는 그의 모습에 포개진다. '연지'가 비현실적이라고 하듯, 살인범의 어미는 이처럼 자기존재의 형식을 통해 살인범인 제 자식과 그 피해자 가족과 접속-연결함으로써 살인범을 낳은 어미로서 가책은 물론, 죽은 자의 가족과 죽은 자를 향한 애도를 표한다. 다시 말해 이 또한 살인범의 어미가 자기존재로서 타자들(고인과 유족)을 향한 속죄와 애도의 형식을 빈 또 다른 '사랑의 진정성'에 바탕을 둔 접속-연결이다.

   이수안 소설집의 맨 마지막 페이지를 덮은 후 그동안 망실하고 둔감했던 자기존재로서 주체와 뭇 존재의 접속-연결 도정이야말로 우리 삶을 이루는 진솔한 모습임을 성찰하게 된다. 이들 접속-연결에서 얼마나 많은 고통과 상처가 생겼으며, 이를 또 다른 존재의 형식으로 접속-연결하기 위한 분투의 삶을 살고 있는지……. 접속-연결의 도정에서 우리는 존재한다.

수록 작품 발표 지면

세상의 기원
《문장웹진》, 2023년 2월호

모나로부터, 모나에게
《작가포럼》, 2021년 창간호

소셜 다이닝
《문학수첩》, 2024년 상반기호

반려
《문장웹진》, 2023년 10월호, 2023년 아르코문학창작기금 선정작

테라스가 있는 옥상 별채
《문예제일선》, 2024년 3호

앨리스타운
《동리목월》, 2020년 봄호

홈 스위트 홈
《작가연대》, 2022년 16호

도그워킹
《문예바다》, 2020년 여름호

정성을 다하는 생활
2019년 김유정신인문학상 수상작

저녁의 이웃

초판 1쇄 인쇄 2026년 2월 11일
초판 1쇄 발행 2026년 3월   5일

지은이 | 이수안
발행인 | 강봉자, 김은경

펴낸곳 | (주)문학수첩
주소 | 경기도 파주시 회동길 503-1(문발동633-4) 출판문화단지
전화 | 031-955-9088(대표번호), 9536(편집부)
팩스 | 031-955-9066
등록 | 1991년 11월 27일 제16-482호

홈페이지 | www.moonhak.co.kr
블로그 | blog.naver.com/moonhak91
이메일 | moonhak@moonhak.co.kr

ISBN 979-11-7383-039-6 03810

* 파본은 구매처에서 바꾸어 드립니다.